내 S급 연예인

내 5급 연예인 7

고고33 현대 판타지 소설

초판 1쇄 찍은 날 § 2022년 4월 1일
초판 1쇄 펴낸 날 § 2022년 4월 8일

지은이 § 고고33
펴낸이 § 서경석

총괄팀장 § 황창선
편집책임 § 김우진
디자인 § 스튜디오 이너스

펴낸곳 § 도서출판 청어람
등록번호 § 제387-1999-000006호
등록일자 § 1999. 5. 31
어람번호 § 제1-3178호

본사 § 경기도 부천시 부일로 483번길 40 서경B/D 3F (우) 14640
편집부 § 서울시 구로구 디지털로 272 한신IT타워 404호 (우) 08389
전화 § 02-6956-0531 팩스 § 02-6956-0532
http://www.chungeoram.com
E-mail § chungeorambook@daum.net

ISBN 979-11-04-92425-5 04810
ISBN 979-11-04-92386-9 (세트)

MODERN FANTASTIC STORY

내 S급 연예인 7

고고33 현대 판타지 소설

도서출판 청어람

내 S급 연예인

목차

제1장 — 봄에 오세요 II

아이돌 팬들도 사람이기 때문에 가끔 눈에 띄는 애들이 있다.

그런 애들을 보면 심봤다는 표현을 쓰는 매니저들이 있는데, 지금 실장의 얼굴이 그랬다.

실장은 산삼이라도 발견한 것처럼 흥분해 있었다.

"아, 저는 생각이… 없는데요."

"그러지 말고, 여기 스태프예요?"

"죄송합니다!"

산삼이 후다닥 도망간다.

"아, 안 돼! 야, 우석아! 가서 잡아!"

"예, 예?"

"뭘 멍때리고 있어? 가서 잡으라고! 이름이라도 알아야……."

"박은혜요."

"어?"

매니저 신우석은 눈을 깜빡였다. 분명히 봤다. 산삼의 목에 걸려 있던 명찰을.

"스태프 명찰에, 박은혜라고 적혀 있었어요."

"박은혜… 좋았어, 걔 우리 거다."

전해지길 심마니들은 산에서 산삼을 발견하면 크게 소리친다고 한다.

하지만 그건 옛날이야기. 요즘은 누가 채 갈세라 아주 은밀히 속삭인다.

"우석아, 걔 꼭 잡아야 한다. 꼬옥."

* * *

"준비 끝!"

지금 막 꿀벌 옷으로 갈아입은 은별이가 날 향해 방긋 웃는다.

오밀조밀하게 자리 잡은 눈 코 입이 어찌나 귀여운지. 귀여워, 너무 귀여워.

곁에서 보던 작가도 어쩔 줄 몰라 할 정도니까.

그럼, 이제 대기실을 벗어나 경기장으로 이동해야 하는데.

관중석에는 팬들이, 경기장에는 아이돌이 가득한 곳에서 은별이가 마이크를 들고 종횡무진할 거다. 물론 나는 카메라 밖에서 안절부절못하며 쫓아다녀야겠고.

근데… 은별이한테 한눈팔고 있던 사이, 릴리시크 멤버들은 어디로 간 걸까.

"여자애들 어디 갔어?"

"화장실 갔습니다. 모자 쓰고 갔으니까 눈에 안 띌 겁니다."

뭐, 눈에 좀 띄면 어때.

조심하라고는 했지만 누가 신경이나 쓰겠어. 다들 바빠 죽겠는데.

나는 권박하에게 아이들이 오면 챙겨줄 것을 당부하고 은별이에게 손을 내밀었다.

"자, 갈까요?"

은별이가 앙증맞은 주먹을 높이 치켜든다.

"골드버튼 가자!"

"가자!"

「VJ 카메라 ON」

"은별나라 은별공주 언니오빠삼촌이모들! 오늘도 안녕!"

경기장에서 은별이의 힘찬 인사를 시작으로 아이돌 육상대회 녹화 겸 유튜브 라이브 방송이 시작됐다.

어려도 베테랑 유튜버인 은별이는 진행에 거침없다.

@신나라 와, 아육대 현장을 라방으로 보다니!

@민아00 대박!! 은별공주 우리 오빠들 보여줘요!!

@급식이no11 질서 지킵시다! 타 팬 티 내지 말고!!

@limon Eunbyeol! so cute!!

@혁정12 은별이 처음 보는데 되게 귀엽다ㅋㅋ

@Rris I think Ebyeol is the cutest girl in the world!!!

@오베 오늘은 은별이 보러 언니 오빠들이 많이 온 모양이네요. 부하 직원이 물어보네요. 아침부터 뭘 그렇게 보냐고. 다들 반갑습니다. 하이루!

@유미엄마 설거지하면서 틀어놓고 있네요. 은별이 추울까 봐 걱정했는데 두툼한 옷 입고 있어서 마음이 놓입니다. 오늘은 대표님까지 있어서 너무 든든해요! 새로운 친구들도 방가방가!

유튜브 방송 채널 창에 댓글이 쏟아지기 시작했다.

주요 커뮤니티에 〈아육대 현장 라이브 방송〉 소식이 퍼져서 아이돌 팬들도 계속 들어오고 있다.

이러다가 시청자 수 역대급 찍는 거 아닌가 모르겠다.

하지만 은별이는 영상으로 보는 것보다 실제로 봐야 더 귀엽다. 그 증거로 경기장 안 아이돌들의 시선이 은별이에게 집중됐다.

아름다운 화단에 꿀벌이 나타난 것이다.

"재가 은별이야? 되게 귀엽다!"

"나 사진 찍어야지!"

"야야, 녹화 중이잖아! 작가님한테 혼나!"

소란스러운 현장에서 조연출이 목소리를 높였다.

"비비7부터 인터뷰 진행할게요!"

지시에 맞춰 대기하고 있던 비비7 멤버들에게 은별이 벌이 부웅 날아간다.

"안녕하세요, 고은별 리포텁니다! 자기소개 부탁드립니다!"

"Biggest Bias! 안녕하세요, 저희는 비비7입니다!"

카메라 앞에 선 일곱 명의 남자 아이돌.

금발 머리의 리더 우차빈이 고개를 숙여서 은별이와 눈높이를 맞췄다. 은별이도 대본에 적혔던 대로 질문을 시작했다.

"비비7 오빠들은 오늘 컨디션 어떤가요?"

"음, 오늘 컨디션 정말 좋고요, 비비들 실망시키지 않도록 최선을 다하겠습니다!"

"차빈 오빠는 지난번에 60미터 달리기 경기에서 아깝게 준우승하셨잖아요? 이번에 우승하기 위해서 특별히 준비하신 것 있으세요?"

"음, 우선 저녁마다 운동장에서 조깅하면서 연습했고요, 헬스로 근력을 강화했습니다!"

"성주 오빠, 진짜인가요?"

핑크 머리 멤버도 은별이와 눈높이를 맞추기 위해 허리를 숙였다.

꼭 백설 공주와 일곱 난쟁이 같다. 키는 좀 다르지만.

"예, 밤마다 나가긴 했습니다. 근데, 그렇게 열심히 하지는 않았던 것 같은데."

"성주야, 웃기려고 거짓말하지 마. 시청자 여러분들 그런 거 안 좋아해."

"형, 맨날 나갔다 오면 맥주 들고……."

우차빈이 급하게 입을 막자, 발버둥 치는 핑크 머리를 보면서 은별이가 씨익 웃는다.

"멤버들 사이가 진짜 좋아 보이는데요, 옆에 계신 대헌 오빠는 지난번에 우차빈 오빠의 준우승은 일종의 초능력이라고 하셨잖아요? 초능력이 세상에 존재한다고 믿으시죠?"

"예, 초능력은 존재합니다!"

한숨 쉬는 멤버들.

"차빈 오빠는 어떻게 생각하세요?"

"없죠. 외국에서 초능력 증명하면 100만 달러 상금 준다고 했는데도, 결국에는 초능력자 안 나왔거든요."

"나오겠어요? 정부에 끌려갈 텐데."

주대헌의 반박.

"요즘같이 SNS 시대에 그게 말이나 돼?"

"안 될 게 뭐 있어요? SNS 시대라고 사람들 실종 안 되나?"

"알겠습니다!"

비비7 인터뷰를 마친 은별이가 다시 쫄랑쫄랑 움직여서 여자 아이돌 팀에게 향했다.

"빛나는, 소녀들이, 대한민국에, 나타났다! 빛이여, 솟아나라!"

땅에서 기운을 끌어올리는 아홉 명의 소녀들.

지구 저편의 비밀 부족 출신이라는 콘셉트를 가진 그룹답게 마치 부족 의식 같은 자기소개를 하는 그녀들 옆에서 은별이도 함께 두 팔을 높이 들었다.

의식이 끝나고 인터뷰 시작.

"빛소대 언니들, 오늘 대회를 앞두고 점을 보셨다면서요?"

"예. 저희 부족에서는 큰일을 앞두고 점을 보거든요."

"그래서 결과가 어떻게 나왔나요?"

"저희 팀이 우승할 거라고 나왔습니다!"

"와아! 축하드립니다!"

다 같이 박수를 치고.

"본격적인 대회 시작을 앞두고 팬들에게 각오 한마디 부탁드립니다!"

"저희는 오늘 경기에 모든 것을 걸겠습니다! 여자 계주 우승 가자!"

주먹을 불끈 쥐고 외치자, 지난 대회 우승자인 디다(D.DA) 팬들이 앉은 관중석에서 야유가 들려왔다.

전광판에 잡힌 디다 멤버들이 어깨를 으쓱한다.

"꼭 좋은 결과 있으시길 바랍니다!"

"감사합니다!"

다시 은별이 벌이 날아간 곳은.

"안녕하세요, 웬디즈 언니들!"

웬디즈 이름표를 달고 있는 두 명의 소녀들.

백애리, 유민주가 카메라 앞에 섰다. 중계석에 앉아 있는 또 다른 멤버 곽설희가 전광판에 비치는데, 부상에서 회복하지 못한 차아린은 오늘 촬영에 불참했다.

그러고 보니 은별이와 웬디즈는 지난번에 인기차트 야외무대에서 만난 적이 있다. 그때 제법 친해졌는지 셋이서 인터뷰를 하는 모습이 꼭 자매들 같다.

"저, 폭로할 게 있습니다!"

백애리가 느닷없이 손을 들었다.

"앗, 무슨 폭로죠?"

"민주가 절 너무 구박합니다! 정말 너무한다니까요?"

"여러분, 애리가 하는 말 다 거짓인 거 아시죠?"

"리포터님, 저 믿죠? 그죠?"

"알겠습니다!"

은별이가 딱 끊자 웃음소리가 경기장에 퍼졌다.

나 역시 카메라 밖에서 웃음을 참고 지켜보는 중인데, 등 뒤에서 누군가 톡톡 두드려서 무심코 고개를 돌렸다가 하마터면 소리를 지를 뻔했다.

"찾았다, 부문장님."

"어… 예나구나.

사슴 눈망울과 갑작스레 깊은 숲속에서 마주친 느낌이다. 한마디로 식겁했다는 얘기다.

본명 주예나.

한때 N탑 연습생이었지만 저장강박증, 4차원 소녀, 먹방 성애자, 자기애 끝판왕 등 수많은 애칭을 남기고 N탑에서 퇴출된 연습생.

"그래, 잘 지내지?"

예나가 고개를 끄덕이고 눈을 반짝거리면서 나를 계속 쳐다본다.

나는 애써 태연하게 마주했다. 예나의 침대 밑에 쌓인 쓰레기와 구더기를 떠올리면서.

"차트 1위 했다며? 축하한다."

이광배 작곡가의 표절 논란으로 컴백 일정이 미뤄졌던 예나는 얼마 전 컴백과 동시에 다섯 개 차트에서 1위를 차지했다.

그래도 예나를 퇴출한 결정을 후회하지 않는다.

얘는 언제 한번 사고 칠 게 확실하다고 생각했었고, 실제로도 엄청난 사고를 치니까.

그러고 보니 이 많은 아이돌 중에서 10년 후에 살아남는 애들이 몇 명이더라.

“부문장님.”

“어?”

“파이팅.”

“어, 어.”

겨우 그 말 하려고 온 건가.

예나와 대화하는 사이 은별이는 또 다른 아이돌에게 날아가 버렸다.

잘하고 있으니 이제 나는 없어도 될 것 같다.

그래서 경기장 밖으로 나와서 안면 있는 매니저들과 인사를 나누고 있는데, 웬디즈 매니저가 다리를 절뚝거리면서 팬클럽 운영진과 함께 도시락을 체크하고 있는 게 보였다.

“다들 어디 가고 왜 너 혼자 하고 있어?”

“아, 팀장님은 배가 아프다고 해서요.”

“운전은 1팀장이 하는 거야?”

“예.”

사고의 여파로 웬디즈 매니저도 여전히 부상에서 회복하지 못하고 있었다.

별수 없네. 똥 싸러 간 놈 대신에 일손이나 보태야지.

나는 쌓여 있는 도시락과 간식을 둘러봤다. 유병재가 있었으면 침을 꿀꺽 삼켰을 정도의 비주얼이 눈앞에 펼쳐졌다. 실제로 저승이는…….

아무튼 아육대는 팬들 도시락을 제작진이 아닌 가수 측에서 준비하기 때문에 소속사마다 종류도 다르고, 음료수와 간식이 추가되기도 한다.

그래서 N탑이 준비한 도시락은 항상 최고였다. 엔터 업계 넘버원이니까.

"아, 윤소림 소속사 대표다!"

"퓨처엔터, 퓨처엔터!"

도시락을 나눠주는 중에 날 알아보는 팬들도 있었다.

나영 씨가 조심하라고 했지만. 뭐 이 정도는 어쩔 수 없지. 그때 누군가 물었다.

"저, 대표님! 오늘 윤소림은 안 와요?"

"우리 소림이는 촬영 중."

"저기, 윤소림하고 웬디즈 콜라보 계획은 없으세요?"

"없는데."

"피처링은요?"

"없습니다!"

"Shining Time 원곡자가 SNS에서 언급한 거 대표님 맞죠?"

"그건 노코멘트."

"와, 진짜가 봐!"

"그럼 원곡자하고 웬디즈 콜라보하는 거 대표님이 주선하신 거예요?"

"아닙니다."

"아린 누나 몸 나으면 웬디즈 바로 미국 가서 포 워리어즈하고 녹음하는 건가요?"

"그건 N탑에 물어봐 주세요."

겨우 도시락을 돌리고 내려오니 1팀장이 화장실에서 돌아와 있었다.

그가 나를 보더니 내게 슥 다가와 넌지시 물었다.

“은별이는 구독자 수가 쑥쑥 늘어나던데요?”

구독자 수 50만 명을 넘겼지만 정체기라서 골드버튼을 받기까지는 아직 갈 길이 멀었다.

“윤소림도 이번 영화 잘될 것 같고, 성지훈이나 강주희도 잘하고 있고, 아, 릴리시크? 걔들 지난번에 아카데미에서 한번 봤는데 괜찮던데요?”

당연한 거 아니야? 퓨처엔터 소속인데.

“힘드신 거 있으시면 언제든 연락 주세요. 제가 힘닿는 데까지 도울 테니까.”

피를 다 빨고 떨어진 거머리처럼, 1팀장이 징그럽게 미소 짓고 날 쳐다본다.

자고로 세상에 대가 없는 친절은 없다.

왜 이러나 싶은데, 웬디즈 매니저가 창백한 얼굴을 들고 와서 청천벽력 같은 소리를 했다.

“팀장님, 이따가 계주 때 매니저들도 뛴다는 소문이 있습니다.”

“뭐?”

1팀장이 화들짝 놀란다.

나도 잠깐 놀랐지만 이내 웃고 말았다.

웬디즈 매니저는 저 다리로 못 뛸 테고, 그럼 1팀장이 뛸 테니까.

다른 매니저들이 뛰는 모습은 또 얼마나 가관일까.

제작진이 시청률 높이려고 별수를 다 쓰는구나 싶었다.

하여간, 시청률에 환장한 놈들 같으니라고.

고개를 절레절레 흔들며 핸드폰을 만지작거리는데, 갑자기 1팀장이 허리를 숙이더니 바닥에 주저앉는다.

응?

"팀장님!"

"으, 배가, 배가 너무 아파!"

후후, 벌써부터 꾀병을 부리는 매니저가 나타난 모양인데.

"일어나. 장난치지 말고. 너 아니면 누가 뛰어? 다리 다친 애가 뛰어?"

"아, 진짜 배가 너무……."

어라?

1팀장의 고개가 꼴깍 넘어갔다.

"팀장님!"

야.

야.

일어나…….

*　　　*　　　*

"N탑 팀장 들것에 실려 가던데 무슨 일이야?"

"맹장염이래."

"아, 부럽네. 나도 맹장염 걸리고 싶다."

구시렁거리면서 경기장에 들어가는 매니저들.

그 가운데 빛소대 매니저 신우석도 있었다. 그는 남다른 각오를 다지며 몸을 풀기 시작했다. 어깨도 풀고, 다리도 푸는데.

'응?'

옆에서 목을 까닥까닥하는 남자가 있었다.

'누구 매니저지?'

다른 매니저들과 달리 몸이 탄탄해 보이고 날렵한 이미지다.

근데, 왠지 낯이 익는데.

누굴까.

* * *

남자 계주가 끝나고 여자 계주 차례가 됐다.

앞서 뛰었던 남자 아이돌 매니저 중 일부가 넘어졌지만 다행히 큰 부상은 없었다.

"이러니 넘어지지."

신우석 매니저는 바닥을 보며 눈살을 찌푸렸다.

아육대는 운동장 촬영이 아니라서 트랙이랍시고 바닥에 시트지만 대충 붙여놓은 상태였다.

그나마도 앞서 몇 차례 경기를 했기 때문에 시트지가 울거나 어긋난 곳도 보였다. 최악이구나 하고 생각하는데, 옆에서 누군가 신우석에게 들리도록 속삭였다.

"조심해요. 다치면 큰일이니까."

고개를 돌려보니 그 남자였다.

밝은 미소를 띤 남자는 그대로 신우석을 지나쳐 웬디즈 멤버들에게 다가갔다.

'웬디즈 매니저였구나.'

멤버들 사이가 좋기로 유명한 걸 그룹.

지금 보니 매니저와도 사이가 좋은 듯 보였다.

"워워, 너무 가까이 오지 마."

"왜요, 왜요?"

애리가 고개를 추켜든 채 다가가고 매니저는 한발 물러나며 경계한다.

"사회적 거리 두기라고나 할까."

"그게 뭔데요?"

"너희들하고 딱 붙어 있으면 사진 찍힐 테고, 그러면 나영 씨한테 혼나."

"무슨 말인지는 잘 모르겠는데, 저희랑 붙어 있으면 대표님 혼난다는 거죠?"

짓궂은 미소를 보인 애리가 매니저에게 억지로 달라붙는다.

"으아, 저리 가!"

"싫은데요? 싫은데요?"

둘이 티격태격하는 모습이 급기야 체육관 전광판에 잡혔다.

매니저의 모습은 마치 뭍에 올라온 생선 같았고, 애리는 생선을 붙잡기 위해 손을 뻗는 어부 같았다.

결국 붙잡힌 매니저는 포기했는지 축 늘어졌다.

"근데 부문장님, 언니 마지막 촬영 하는 장소는 어디예요?"

"강원도 정선. 눈 내리면 아무도 못 들어갈 정도로 외지에서 촬영한대.”

“우와, 대박.”

스트레칭을 하면서 몰래 대화를 엿듣다 보니, 신우석은 그가 매니저가 아닐지도 모른다는 생각이 들었다.

매니저를 대표님이라고 하지는 않을 테니까.

근데 부문장은 또 뭐지?

여전히 정체는 모르겠지만, 아무튼 경기가 곧 시작될 것 같았다.

1번 주자들만 남기고 다들 경기장 밖으로 나가야 했다.

—제자리에!

—차렷!

탕!

경기가 시작됐다.

예상대로 전년도 우승자인 디다(D.DA)가 치고 나온다.

준우승을 했던 웬디즈도 만만치가 않다. 백애리가 따라잡을 듯 디다 멤버의 꽁무니를 바싹 좇았다. 그런데 이때, 이변이 일어났다.

디다가 넘어지면서 백애리와 부딪친 것이다. 3위가 순식간에 1위가 되는 순간이었다.

—빛소대 이비! 이비가 추월했습니다!

빛소대는 한번 잡은 승기를 놓치지 않았다.

2번 주자, 3번 주자까지 1위로 치고 나왔다.

디다와 웬디즈는 꼴찌를 다투고 있었기 때문에 승산이 없다고 봐야 했다.

아이돌들이 마지막 주자인 매니저들을 향해 전력 질주 해온다.

신우석은 가벼운 마음으로 바통을 기다렸다.

선수 출신과 일반인은 어차피 게임이 되질 않는다. 시작부터 승패가 결정 난 경기였지만 빛소대 멤버들이 1위로 들어오면 이건 하늘이 두 쪽이 나도 경기 결과가 뒤바뀔 수 없다.

"오빠!"

마침내 바통을 이어받은 신우석은 단숨에 날아갔다.

오랜만에 느껴지는 바람에 얼굴이 씻기는 기분이었다.

하지만 언젠가부터 이런 기분이 식상해졌다. 신호탄 소리를 기다리며 느끼는 긴장감도, 트랙 위에서의 두근거림도 옅어졌다.

여름 어느 날 운동장을 달려가면 시원한 바람이 온몸을 감싸던 어린 시절, 그때의 감각은 아무리 노력해도 찾을 수가 없었다.

여자 계주에 뛰는 매니저들은 두 바퀴를 돌아야 한다.

체육관에서의 두 바퀴라고 해봐야 200미터도 채 되지 않는 짧은 구간.

신우석은 순식간에 반환점을 돌았다. 심심하다는 생각이 들 정도로 이변 없는 경기겠지만.

'이왕 하는 거 제대로 기록 한번 내볼까?'

빛소대가 주목받으려면 압도적으로 이기는 게 좋을 테니까.

그래서 좀 더 피치를 끌어올리려 할 때였다.

'뭐야?'

신우석은 방금 전 일을 믿을 수가 없었다.

그 남자였다. 웬디즈 매니저.

그가 순식간에 그를 제치고 앞서 나갔다.

뭔가 잘못된 걸까. 내가 너무 긴장감 없이 뛰어서 그런가.

오만 가지 생각을 하면서 신우석은 온 힘을 다해 다리를 뻗었다. 어차피 남은 구간은 백 미터도 채 되지 않는다.

뒤를 생각할 필요가 없었다. 앞만 보고, 오직 앞만 보고 달리기만 하면 되는데……

'따라잡을 수가……'

오히려 더 멀어지고 있었다.

있을 수 없는 상황에서 남자의 등만 보였다. 너른 등에 바람이 매달려 있었다.

너무 오랫동안 달리지 않아서일까.

신우석은 심장이 터질 것 같았다. 숨이 가쁘고 가슴이 찢어질 것 같았다.

그런데 왠지 기분은 날아갈 것 같았다.

저 등을 따라잡고 싶어서 안달이 난다. 그래서 이를 악물자 새로운 바람이 느껴졌다.

'아… 나는 달리는 게 정말 좋구나.'

신우석이 오랫동안 잊고 있던 사실을 깨달았을 때, 전광판에는 남자의 얼굴이 비쳤다.

그는 시원한 미소를 띠고 있었다.

경기장이 들끓었다.

*　　　*　　　*

다음 날.

나는 문을 빼꼼 열고 사무실을 살폈다. 그러던 중 얼마 전 들어온 신입 직원과 눈이 마주쳤다.

"나영 씨, 자리에 없지?"

속삭여 물었는데, 문이 벌컥 열린다.

그래서 마른침을 꿀꺽 삼키고 고개를 들었지만, 김나영 팀장의 이글거리는 눈빛을 보자마자 다시 고개를 숙였다.

"대표님, 잠깐 얘기 좀 할 수 있을까요?"

"아, 되고말고."

거의 끌려가다시피 내 사무실로 자리를 옮겼다.

툭.

김나영 팀장이 프린트한 종이를 내려놓았다. 커뮤니티에 올라온 게시물들 같은데, 여기 봐도 내 얼굴, 저기 봐도 내 얼굴이다.

—대박!! 어제 아육대 녹화장 난리 났네요! 웬디즈 매니저가 글쎄…….

—이번 설에 아육대 방송 꼭 보세요! 역대급 예고!!

—웬디즈 매니저가 아니라 윤소림 매니저랍니다! 현장에서 웬디즈 매니저들 대신…….

—진짜 마지막에 꿀잼이었음! 간식 먹다가 떨어뜨렸을 정도!

"이게 왜……."

"눈에 띄지 말라고 부탁드렸던 것 같은데요."

"아니, 난 좀 억울한 게, 뛰지 않으려고 했는데……."

그르릉! 캬! 야옹!

들릴 리 없는 소리가 김나영 팀장에게서 들려온다.

한참을 더 구박받고 나서 김나영 팀장와 소파에 마주 앉았다.

스카프를 고쳐 매는 그녀에게 넌지시 물었다.

"혹시 소림이한테 연락 온 거 있어?"

"아니요. 통화도 안 되는 지역이라서 저녁에나 연락 올 것 같아요."

"참, 그런 데서 살면 얼마나 사람이 그리울까."

"그리워할 만한 사람이 있다면 많이 외롭고 쓸쓸하겠죠."

"그런 곳에 있으면 누구라도 그리워지지 않을까?"

왠지, 유복희의 마음이 느껴지는 것 같았다.

윤소림도 느끼고 있을까.

"지난번에 소림이하고 한참을 걸으시던데. 무슨 얘기 하셨어요?"

"언제?"

"눈 내리던 날이요."

별거 없었다. 그냥 윤소림의 미래에 대해서 얘기했다.

앞으로 어떤 배우가 되고, 어떤 영화를 찍고, 어떤 삶을 살고 싶은지를 듣고 얘기하고 뭐 그런 시간이었다.

언젠가 내가 없을 때의 윤소림의 모습을 상상하며 웃고 떠들던 시간.

"난 눈 오는 날이 좋아. 내가 걸어온 길을 선명하게 보여주잖아."

시간이 지나 또 다른 눈에 덮어질지언정.

뭐 덮어지면 다시 선명한 발자국을 만들면 되니까.

*　　　*　　　*

「강원도 정선군. 〈장산의 여인〉 마지막 촬영지」

“와, 내 평생 그렇게 예쁜 시인은 처음 봤다니까.”

“그러게. 그냥 얼굴만 내놔도 베스트셀러 찍겠더만.”

커피 한 잔을 입에 문 스태프들이 흩날리는 눈을 보면서 수다를 떨고 있다.

“근데 시인으로서 재능은 별론가 보지? ppl에 사활을 거는 거 보면.”

“재능이 있으면 뭐 해. 팔리지 않으면 말짱 꽝이지. 좋은 글이 잘 팔리는 시대는 끝났어요. 잘 팔리는 글이 좋은 글인 시대지.”

“하긴, 시만 좋으면 뭐 해. 사람들이 모르는데.”

그래서 영화나 드라마에 잠깐이라도 노출시키려고 거액의 광고비를 쓴다.

“그나저나, 마지막 촬영이라서 그런지 시원섭섭하네. 눈까지 오고.”

“이제 소림이 못 볼 생각 하니까 아쉬워서 그렇지?”

“아니, 뭐, 나만 그래?”

웃으면서 커피를 마저 홀짝거린 스태프들은 처마 밑 마루에 시선을 뒀다.

오버사이즈 점퍼로 몸을 꽁꽁 여미고 있는 윤소림이 이현미 감독의 말을 경청하고 있었다.

비서 역의 배우 윤환과 장도진 역의 박승태는 오늘 촬영이 없지만 함께였다.

“진짜 마지막이 왔네.”

이현미 감독의 속삭임에 아쉬움이 묻어나왔다.

모자챙 아래 그녀의 얼굴은 평소보다 부드러웠고, 눈길 역시 따뜻했다.

“환이 씨는 기분이 어때?”

“잘 모르겠습니다. 후련하기도 하고 아쉽기도 하고 그래요.”

“후련한 거는 내 얼굴 그만 봐서인 거 알겠는데, 아쉬운 건 뭐야?”

이 감독의 농담에 윤환은 얼굴이 빨개져서 손사래를 치고 이어 말했다.

“그냥… 윤환의 모습을 제대로 못 보여준 게 아닌가 싶어서요.”

“충분히 잘했어. 판단은 관객들이 하는 거고.”

“그래, 너 잘했어. 나중에 확 뜨고 나서 나 모른 체하지 마라.”

모른 체하려야 할 수 없는 대선배 박승태의 말에 윤환은 뒷머리를 긁적이다가 윤소림과 눈이 마주쳤다. 작중에서 꽤 오랜 시간 유복희를 위해서 일했고, 그녀를 남몰래 짝사랑했다.

그래서인지 윤소림의 눈을 보면 가슴이 아리고 애틋해지는 그였다.

하지만 촬영이 끝나면… 언제 또 볼 수 있을까.

이런저런 생각에 복잡한데, 박승태가 턱을 긁적이며 아쉬움이 묻어난 투로 속삭였다.

“가만있어 봐. 그럼 소림이 다시 보려면 영화제에서나 보겠네.”

“아닌데요. 저 선배님께 자주 연락드릴 건데요?”

윤소림이 배시시 웃는다.

“됐어, 바쁠 텐데 나 챙길 시간이 어디 있어? 말만 들어도 기분 좋다.”

“나중에 너무 연락한다고 뭐라고 하지나 마세요.”

“그래, 두고 보자. 하하하!”

한바탕 웃고 나서 이 감독은 하늘을 올려다봤다.

눈이 더 쏟아지기 전에, 이제는 정말 마지막 숏 사인을 외쳐야 할 것 같았다.

“자, 촬영 없는 배우들은 빠지시고요. 소림이는 잠깐 감정 잡을 시간 줄게.”

“예!”

처마 밑을 벗어나는 윤소림에게 스타일리스트가 서둘러 우산을 건네준다.

우산 위로 소리 없이 떨어지는 눈.

쌓인 눈을 밟으면서 윤소림은 천천히 생각을 정리하기 시작했다.

한참을 그러다가 문득 바닥을 내려다봤다. 마당을 걸은 발자국이 길게 나 있었다.

지나온 시간들처럼 선명하게.

그렇지만 너른 마당은 아직 발자국이 찍히지 않은 곳이 훨씬 많았다.

윤소림은 마지막 한 컷을 위해서 또다시, 성큼 발을 내디뎠다.

언제나 경쾌한 울림의 이현미 감독의 목소리가 다시 울려 퍼진다.

"액션!"

.

.

.

전쟁 같은 시간이 지나고 유복희는 장산그룹을 전문경영인체제로 바꾼다. 회장 자리뿐 아니라 모든 것을 내려놓은 그녀는 가방 하나만 들고 사라지는데.

S#120. 시골집 마루 / 낮

몇 년 후, 그녀의 소식을 물어물어 찾아가는 비서 윤환.

(Cut to)

장면이 다시 바뀌고 마루에 앉아 눈 내리는 마당을 바라보는 유복희의 모습.

하염없이 눈을 바라보다가 책을 쓸어내리며 지난날을 떠올린다.

(평온함과 그리운 마음을 표현하는 장면입니다)

유복희 NA : 봄에 오세요

살이 에이도록 찬 바람에 꼭 닫은 문을

발자국 소리에 서둘러 엽니다

눈사람이 된 우체부 아저씨가 인사하고 떠나면

아쉬워 눈 덮인 마당에서 눈을 떼지 못합니다

지나는 이의 발자국에 화사해진 마음은
휑한 바람 소리에 다시 찬바람이 스며듭니다
그러니 봄에 오세요
혼자 있어도 마음 따뜻해지는 봄에 오세요
그대 없어도 따뜻한 햇살 있는 봄에 오세요

"컷!"

"수고하셨습니다!"

2019년 1월 11일, 배우 윤소림 주연 〈장산의 여인〉 공식 촬영 종료.

제2장

소원을 말해봐

—사정상 오늘부터 빛소대 홈마를 그만두게 됐습니다. 죄송합니다.

—연습생을 찾습니다. 사진은 없지만 키는 160센티 정도 되고 얼굴이 주먹만 하고 되게 귀여웠어요. 나이는 고등학생 정도? 그날 참가한 아이돌 멤버들 다 봤는데, 아직 데뷔하지 않은 연습생 같았습니다.

—빛소대 소속사 라이트닝 엔터입니다. 스태프를 찾습니다. 아육대 현장에서 일하셨던 분들 중에서 머리카락이 어깻죽지를 덮을 정도로 윤기 나는 생머리 여성분…….

—아육대에서 싸움 날 뻔한 거 보신 분? 〈O.O.O〉 멤버들하고 어디 연습생인가? 짧은 머리에 모자 푹 눌러쓴 여자애(분위기 장난 없었음)하고 기 싸움 하던 거.

ㄴ나 처음부터 봤음. 오3 멤버들이 우리 있는지도 모르고 수다 떨고 있었음. 대화 내용이 연습생 때 어쩌고, 용 됐다는 둥, 눈 피한 거 봤냐는 둥 누구 하나 까는 얘기 같았는데 그때 모자 눌러 쓴 여자애가 지나갈 때 또 수군거렸음(잘 모르겠지만 까던 애랑 일행인 듯?) 그런데 여자애가 멈추더니 오3 멤버들에게 다가왔음. 그러더니 주머니에서 사탕 봉지인가? 그거 꺼내더니 오3 멤버들 발밑에 버렸음. 그러더니 하는 말.

ㄴ여기서 끊으면 어떻게 해!

ㄴ신경질 나 진짜!! ㅠㅠ 그래서 뭐라고 했는데??

ㄴ아 미안, 배달 음식 와서. 그래서 뭐라고 했냐면… '쓰레기통인 줄'

ㄴ…쩐다!

"박하 씨, 뭐 해요?"

"커뮤 모니터링 중인데, 글에서 거론되는 애들이 왠지 인상착의가……."

권박하가 무언가 찜찜한 듯 고개를 갸웃한다.

그래서 김승권도 모니터를 들여다보는데, 마침 사무실 문이 열리고 릴리시크 멤버들이 차례로 들어왔다.

제일 먼저 소연우.

160센티미터의 키에 주먹만 한 얼굴, 고등학생이라는 점이 일치한다.

두 번째로 들어온 박은혜는 어깻죽지를 덮는 긴 머리를 가지고 있고.

그리고 권아라가 들어왔는데, 푹 눌러쓰고 있던 벙거지 모자를 벗은 그녀는 짧은 숏컷 머리를 가볍게 흔들었다.

마지막으로 송지수가 들어왔다. 그런데 얼굴을 찌푸리더니…….

"에,에, 에… 엣취!"

기침 소리에 직원들 모두가 일순간 멈추고 송지수를 바라본다.

그럴 때 사무실 문이 다시 열리고 최고남이 들어왔다.

썰렁한 분위기를 감지했는지 눈을 깜빡이다가 입을 연다.

"다들 뭐 해? 퇴근해."

한마디 툭 던지고 대표실로 들어가다가 또 멈칫.

고개를 돌린 그가 미소와 함께 다시 말했다.

"명절 연휴 잘 보내고 와!"

민족 대명절 설이 돌아왔다.

* * *

거실 가득 구수한 냄새가 퍼진다.

신문지를 펼치고, 그 위에서 여자들은 전을 부치고 남자와 아이들은 만두를 빚는다.

윤소영과 윤지연 자매도 자리에 없는 언니 몫까지 만들기 위해서 손을 부지런히 놀렸다.

"우리 내년부터는 그냥 사 먹자. 요즘 파는 거 잘 나와."

늦게 온 고모가 전 부치는 윤지연 곁에서 부스러기를 주워 먹으며 중얼거렸다.

평소에도 말투와 행동이 얄미운 편이라서 어김없이 작은 아빠의 핀잔이 이어졌다.

"넌 손 하나 까딱 안 하면서 무슨 말이 그렇게 많냐?"

"언니 힘들까 봐 그러지! 돈 만 원이면 따끈따끈한 전이 집 앞에 배달되는데, 그거 사는 게 낫지. 이게 무슨 고생이야?"

"그럼 니가 사 오든가! 늦게 와서 뭐 이렇게 말이 많아."

"하여간 무슨 말을 못 해!"

어디에나 모였다 하면 으르렁거리는 친척들이 있고.

"지연아, 와이파이 끊어졌다! 공유기 고장 났나 본데?"

"오빠! 핸드폰 그만 만지고 만두 빚어!"

어디에나 뺀질거리는 친척도 있다.

"큰오빠, 소림이는 오늘 못 오는 거야?"

성화에 못 이긴 고모가 느릿느릿 손을 움직이며 물었다.

"방송국 돌면서 피디한테 인사도 해야 하고 바쁜가 봐."

"아니, 인사는 가족한테 먼저 해야지. 연락 한 번을 안 하냐? 섭섭하게."

"네가 이해해. 요즘 정신없잖아."

"그래도 이건 아니지."

투덜거리는 고모와 달리 아빠는 미소만 짓고 있는데, 작은아버지가 이번에도 구원군처럼 나섰다.

"야, 그러는 니 아들은 군대 다녀와서 연락 한 번을 했냐, 아니면 취직했다고 전화 한 번 했냐?"

"그거랑 이거랑 같아?"

"다를 게 뭐가 있어? 그리고 내가 소림이면 네 얼굴 안 보지."

"내가 뭐?"

"너 맨날 소림이한테 연습생 그거 해서 뭐 하냐, 연예인 되는 게 쉬운 줄 아냐, 빨리 취직하고 시집갈 생각 해라 등등 오지랖 실컷 부렸잖아?"

"그거야 걱정돼서 그랬던 거지!"

고모하고 작은아버지가 서로를 못 잡아먹어 으르렁거린다.

항상 보는 풍경이라서 다들 그러려니 하는 사이, 아빠가 화제를 돌렸다.

"재석이는 이번에 승진했다면서? 빠른 편이지?"

"우리 재석이야 능력 있으니까. 초등학교 때부터 수학 경시대회 나가서 수상하고 그랬잖아. 부장님이 그렇게 예뻐한대."

"꼴랑 부장 예쁨 받아서 뭐 하냐? 소림이는 전 국민한테 예쁨 받는데."

작은아버지가 또 끼어들기 무섭게 고모의 눈빛이 사납게 변했다.

목소리도 한층 커졌다.

"연예인이 예쁨받는 게 뭐 그리 대수라고. 그리고 악플도 많이 받지 않아? 지난번에 기사 보니까 악플러 고소한다던데. 아, 오빠, 그거 어떻게 됐어?"

"회사에서 계속 고소하고 그러나 봐."

"어휴, 그런 거 보면 연예인이 할 게 못 돼. 괜히 딴따라라고 하는 게 아니라니까?"

"딴따라는 무슨. 소림이는 배우야."

"뭐, 노래도 하더만."

"아주 악담을 해라."

"걱정돼서 하는 얘기지!"

빼액 소리를 지른 고모가 콧바람을 싸하게 내쉬더니 안방을 힐끗 쳐다봤다.

"근데, 언니는 누구랑 통화하길래 방에 들어가서 나오질 않아."

"세무사하고 통화하나 본데?"

아빠의 얘기에 작은아버지의 눈이 동그래진다.

"세무사?"

"어. 세무사 차현호라고. 업계에서 유명한 사람인가 봐. 이번에 정산하면서 소림이 대표님이 소개해 줬거든."

"아, 얼마나 벌었길래?"

"좀 벌었어."

멋쩍어 웃음을 짓는 아빠.

그때 소파에서 핸드폰을 만지작거리던 친척 오빠가 종이 하나를 주워 들었다.

눈을 게슴츠레 뜨고 보더니, 눈썹을 추켜 올리며 중얼거린다.

"소림이 작년에 6천만 원 벌었어요?"

"어어?"

"이거 정산표 맞죠?"

"그게 왜 거기 있어."

아빠가 당황할 때, 고모가 여지없이 나섰다.

"에게. 작년에 그렇게 TV에 많이 나오더니 그거밖에 못 벌었어? 연예인이면 억 단위로 벌어야 하는 거 아니야?"

"야, 6천이면 많이 번 거지. 첫해니까 거 뭐야. 회사에서 투자한 돈 갚고 그러면 그 정도면 많은 거야."

작은아버지의 반박에 고모도 질세라 혀를 차며 다시 말했다.

"이게 바로 말로만 듣던 노예 계약이네. 어쩐지 잘된다 했다. 실컷 일하면 뭐 해. 곰은 재주가 부리고 돈은 주인이 가져가는데."

"저기……."

"오빠, 내가 변호사 알아봐 줄까? 이런 거 초장에 따져야 해."

"야, 변호사는 무슨. 지금 소림이 잘되고 있는데 잡음 만들 일 있냐? 넌 애가 생각이 없냐?"

"작은오빠는 왜 나만 갖고 그래! 걱정돼서 하는 얘기지!"

"저기……."

"형, 재 얘기 신경 쓰지 마. 6천이면 많이 번 거야. 멋도 모르면서."

"저기 말이야."

"내가 뭘 몰라? 연예인들은 CF 하나에 억 단위라면서? 영화 계약해도 수억이라는데 6천만 원이면 뭔가 잘못된 거지. 이거 분명 뭔가가 잘못……."

"야!"

아빠가 큰소리를 치고 나서 두 눈을 깜빡이며 말했다.

"6천이 아니라… 6억이야."

"어?"

그 말에 친척 오빠가 다시 정산표를 보더니 동그라미를 세다 말고 눈을 크게 뜬다.

“그것도 아직 CF 몇 개는 정산이 안 된 금액이야. 올해는 그것보다 배는 벌 것 같다고 하고.”

“배, 배?”

이번에는 고모의 눈이 동그랑땡처럼 변했다.

친척 오빠에게서 정산표를 뺏더니 제 눈으로 숫자를 다시 확인한다.

“네 아들은 수학 경시대회 나갔다더니 왜 애먼 0을 빼고 그랬다냐.”

작은아버지가 비아냥거리는 투로 말했지만 고모의 입은 꿀 먹은 벙어리가 됐다.

그래서 윤지연이 기분 좋게 전을 뒤집을 때였다.

문 밖에서 도어록 누르는 소리가 들린다.

띡띡, 소리가 들리는 문으로 모두의 시선이 머물렀다.

그리고 덜컹.

.

.

.

친척들과 사진도 찍고 사인도 해주고.

이런저런 궁금한 것에 답해줬더니 금세 지나간 시간.

하늘이 한 톤 어두워지고서야 윤소림은 제 방에서 혼자만의 시간을 가질 수 있었다.

왠지 몰입해야 할 것 같고, 감정을 되새겨야 할 것 같다.

영화 촬영이 끝난 것이 엊그제 같으면서 아주 먼 옛날 일같이 느껴지기도 했다.

그래서 어서 빨리 카메라 앞으로 돌아가고 싶은데……

하지만 지금은 다른 게 신경 쓰였다.

'대표님은 뭘 하고 계실까.'

궁금해서, 자꾸 핸드폰을 만지작거린다.

*　　*　　*

[아저씨, 괜찮아요?]

저승이가 내 얼굴 위에서 손을 휘젓는다.

왜냐하면 내가 지금 넋이 반쯤 나가 있기 때문이다.

"너 그래서 장가는 언제 갈 거냐."

"예, 가야죠."

명절을 맞아 오랜만에 본가에 내려왔다.

식구라고는 어머니와 나 둘뿐이지만, 명절에는 그래도 삼촌들이 어머니가 걱정돼 내려오기 때문에 집이 복작거렸다.

하지만 으레 그렇듯 이런 자리는 서른 넘은 남자에게는 고역이다.

"여자는 있고?"

화살이 날아와 콕 박힌다.

"지금은 없습니다."

"아니, 애인도 없이 뭐 하고 사는 거야? 이거 허우대만 멀쩡하지 속 빈 강정이네."

콕. 콕.

"일이 바빠서요."

"남들도 다 바빠. 그래도 다 연애하고 장가가고 애 낳고 할 거 다 하잖아? 핑계야, 핑계."

"고남 조카, 선 한번 볼래? 우리 학교에 참한 선생님 있는데."

삼촌들에 이어 외숙모까지 거들기 시작했다.

하하호호 웃음소리에 정신이 아득히 멀어지는 기분이다.

그래도 어머니 혼자 적적하게 사는 이곳에 오랜만에 웃음소리가 퍼져서 왠지 안심은 된다.

일어날 타이밍을 잡고 있는데, 어머니가 날 불렀다.

부엌으로 갔더니 짙은 눈주름을 접고 윙크를 하신다.

다행히 어머니는 안색이 좋아 보였다.

"삼촌들 술안주 되지 말고 밖에서 바람이나 쐐."

"그래야겠어요."

"근데, 고남아."

"응?"

"난 나영 씨가 그렇게 좋더라. 병원 수속할 때 보니까 일 처리 똑 부러지고 참하고. 그냥… 그렇다고."

결정타 한 대를 맞고 휘청거리자 어머니가 다시 말했다.

"그리고 자주 내려와."

"예."

어머니의 옆모습을 잠깐 지켜보다가 마당으로 빠져나왔다.

눈 녹은 마당은 질퍽거렸고 개들은 진흙 묻은 발로 뛰어다녔다.

은별이 키만 한 꼬마 셋이 동면에서 깬 개구리처럼 팔딱거리며 뛰놀고 있었다.

장독대를 맴돌고, 담벼락 밑에서 벌레를 잡는지 요란하게 땅을 파헤치고 있다.

그러다가 날 보고 쏜살같이 달려왔다.

"삼촌, 삼촌!"

"왜?"

나는 작은 머리 셋을 내려다보며 왜 불렀는지 이유를 물었다.

"삼촌, 연예인 회사 다닌다면서요?"

"그런데?"

"삼촌, 그럼 매니저예요?"

고개를 끄덕였다.

"와, 그럼 연예인들 많이 알아요?"

"조금?"

"우와, 누구 알아요?"

짹짹거리는 새들에게 모이를 주듯, 나는 넌지시 물었다.

"혹시 윤소림이라고 알아?"

"누군데요?"

"앗, 난 알아. 500살 마녀."

"아, 그 누나."

어쩐지 애들 얼굴이 심드렁해 보인다.

"윤소림 안 좋아해?"

"예. 전 윤소림 팬 아닌데요."

아니, 윤소림이 어때서? 애들 보는 눈이 없네.

역시 애들한테는 배우보다는 아이돌인가.

유유나 웬디즈급이면 먹힐 것 같지만 우리 회사는 아니고.

그렇다고 릴리시크를 지금 보여주자니, 아직 방송 한 번 안 탔으니 별로 반응이 없을 테고.

"그럼 혹시… 너희들 은별이는 아니?"

"은별나라 은별공주요?"

말이 떨어지기 무섭게 애들 얼굴이 활짝 폈다.

눈매가 부드러워지고 눈동자가 반짝거린다.

"대박!"

"저 은별나라 구독자예요!"

"나도, 나도!"

"은별이랑 친해요?"

"글쎄. 친한가?"

은별이는 지금 뭐 하고 있을까. 전화 한번 해볼까.

근데 애들 기절하는 거 아니야?

주머니에 손을 넣는데, 기다렸다는 듯 핸드폰이 진동한다.

핸드폰을 꺼내서 누군가 싶어 액정을 본 나는 흐뭇하게 미소 지었다.

"여보세요?"

흥미를 잃은 아이들이 멀어진다.

나는 노을이 사라질 때까지 핸드폰을 귀에서 떼지 않았다.

연휴가 지나가고 있었다.

*　　　　*　　　　*

"환아, 미안하다. 이럴 때일수록 밀어줘야 하는데. 회사가……."

매니저는 암담한 표정을 감추지 못했다.

그래서 윤환은 애써 무덤덤하게 입을 열었다.

"괜찮아요. 배우 파트 정리한다는 말 나온 지 꽤 됐잖아요."

"하필 시기가."

비록 조연이라지만 장산의 여인이 곧 넷플렉스에서 공개된다.

이럴 때 제대로 회사에서 밀어줘야 하는데.

"회사가 정상화됐어도 밀어줬겠어요?"

윤환의 뼈 있는 말에 매니저는 괜스레 제 볼만 긁적였다.

사실 회사는 오래전부터 윤환의 일에 손을 놓고 있었다. 장산의 여인 오디션도 윤환이 직접 지원한 것이었고, 촬영 때도 윤환이 사비를 써가면서 스타일리스트를 불렀다.

"그래, 이번 영화 잘되면 너한테는 오히려 전화위복이 될 거야."

해줄 수 있는 최선의 말을 해주고 매니저는 커피를 홀짝거렸다.

"저 일어나 볼게요. 그동안 감사했습니다."

"아, 잠깐만."

매니저가 지갑을 뒤적거려서 명함을 꺼냈다.

"여기 한번 가봐. 좋은 조건으로……."

"저 생각해 둔 데 있어요."

"그래? 어디?"

"그건 나중에 말씀드릴게요. 간다고 해놓고 못 들어가면 창피하잖아요."

소리 없이 웃으면서 카페를 나온 윤환은 지갑을 꺼내 그 안에 꽂힌 명함을 꺼냈다.

"퓨처엔터……."

여기라면.

나도 스타가 될 수 있을까?

*　　　*　　　*

['그분의 골목식당' 아니, 이런 가게가 있다고? 그분도 놀란 숨겨진 맛집!]

[장산의 여인 명장면]

[이 영화가 핫하다 넷플렉스 오리지널 무비 〈장산의 여인〉 리뷰]

[윤소림의 명연기]

카페 구석진 자리에서 배우 윤환은 유튜브 추천 영상을 훑어보며 약속 상대를 기다렸다.

지난주에 넷플렉스에서 공개된 〈장산의 여인〉은 한류 콘텐츠 1위, 넷플렉스 아시아 국가 순위 1위를 차지하면서 연일 화제가 되고 있었다.

그 결과 윤소림은 말 그대로 떡상했고, 영화에 출연한 배우들도 관심을 받고 있는데.

[장산의 여인 연기파 조연 윤환은 누구?]

윤환은 자신과 관련한 영상도 재생했다.

'이 백 개가 넘네.'

주로 응원의 댓글들이었지만 날카로운 지적도 보인다.

다행히 약속 시간보다 일찍 나왔기 때문에 댓글을 하나하나 꼼꼼히 읽을 여유가 있었다.

kilder (1일전)
이 배우 심상치 않다!

최이슬 (1일전)
독립영화에서 보고 호감형이었는데, 장편영화 축하합니다! 빨리 다른 작품에서 다시 봤으면 좋겠어요!

김준수 (1일전)
난 조금 아쉬운데. 나만 그런가? 윤소림이 애랑 붙으면 연기가 가라앉음. 둘 다 짬이 안 돼서 그런가.

'역시, 티가 났나.'

괜히 윤소림에게 미안해져서, 윤환은 핸드폰에서 눈을 떼고 한숨을 쉬었다.

사실 오늘 만나기로 한 사람이 윤소림 매니저였다.

한참을 고민하다가 윤소림에게 퓨처엔터에 들어가고 싶다는 얘기를 어렵게 꺼내고 약속을 잡았다.

그래서 오늘 자세한 얘기를 나눌 생각인데, 문제는 지인들.

[기어이 퓨처엔터 관계자 만나러 갔냐? 관두라니까!]

쉼 없이 들어오는 까똑.

'계약할 거라니까.'

[거기 대표 소문 안 좋아. 이 갈고 있는 배우들도 많고.]

'대체 누가 그런 소리를 해?'

[열이 친구 중에 N탑 연습생 있거든? 걔도 아주 그냥 이를 간대.]

'헛소문이야. 직접 보니까 사람 좋기만 해.'

[그 사람 N탑 부문장으로 있을 때 자기 목적을 위해서는 수단과 방법을 가리지 않기로 유명했대. 그래서 N탑 애들 캐스팅됐다고 하면 촬영 접고 빠지는 배우들도 많았고.]

'그렇게 안 보인다니까. 윤소림한테 되게 잘해.'

[사람 가려가면서 대하는 거지. 윤소림은 지금 알아서 잘되고 있잖아? 그러니까 잘해주는 거지. 실적 없으면 잘해주겠어? 그리고 성격이 지랄 맞아서 N탑에 있을 때는 거의 왕 노릇 하고 다녔더라고. 피도 눈물도 없고. 예나 알지?]

한때 N탑 연습생이었으나 갑자기 퇴출.

하지만 오디션프로그램에서 국민 프로듀서의 선택으로 데뷔.

첫 앨범부터 국민 프로듀서라는 팬덤과 지원으로 차트 1위.

이후 내는 곡마다 차트인, 차트 1위 코스를 밟다가 작년 말 신곡 〈all right?〉으로 3주 연속 차트 1위.

현재는 작년 앨범 〈3월에 핀 꽃잎〉이 차트 역주행 중.

[예나가 그렇게 그 사람을 잘 따랐대. 그런 애를 자기 마음에 안 든다고 퇴출시켰잖아? 예나가 그날 회사 앞에서 짐 들고 엉엉 우는 바람에 아직도 인터넷 검색해 보면 그때 팬들 목격담 나와.]

'아육대 못 봤어? 아육대 보니까 은별이라는 애하고 잘 어울리고 그러더라. 목말도 태우고.'

[그거 다 대본이고, 작가들이 그렇게 하라고 짜준 거고. 그리

고 애한테까지 쓰레기 짓 하면 그건 진짜 쓰레기 아니냐? 유튜브에 예나 검색해 보라니까?]

예나 퇴출 목격담?

내키지 않지만 검색해서 쳐보니 진짜 유튜브에 해당 영상이 있었다.

N탑 앞에서 서럽게 울고 있는 예나의 모습.

또다시 까똑이 들어올 때, 마침 윤소림 매니저가 카페에 들어왔다. 윤환이 자리에서 일어났다.

"안녕하세요!"

"언제 왔어요? 나도 빨리 온다고 왔는데."

유병재는 뒤풀이 이후 오랜만에 보는 윤환을 반겼다. 촬영장에서도 싹싹하고 열심히 하는 친구로 봤기 때문에 좋은 이미지로 기억하고 있었다.

"저도 온 지 얼마 안 됐어요."

"뭐 좀 드셔야죠?"

"아, 전 괜찮습니다. 매니저님 음료 뭐 드시겠어요? 제가 살게요."

"됐고."

유병재는 점퍼를 벗어서 자리에 두고 카운터로 향했다.

약간 들뜬 표정으로 쇼케이스 냉장고로 간 그는 얼마 안 있어 큼지막한 케이크 접시와 단 음료를 양손에 쥐고 왔다. 그걸로도 모자라서 테이블에 놓고 케이크 한 접시를 더 가져온다.

"식사 안 하고 오셨어요?"

"간식이죠. 하루 종일 운전을 하려면 체력 유지는 필수니까."

"소림 씨, 요즘 스케줄 있어요?"

"……."

대꾸 없이 자리에 앉는 유병재.

윤환도 키가 커서 덩치가 있는 편이었지만 유병재에 비하면 왜소한 편이었다.

'이런 매니저를 다루려면 쉽지 않겠지?'

대표가 힘이든 카리스마든 뭐가 있으니까 밑에서 일하는 것 아닐까.

그러고 보면 퓨처엔터 직원들은 다들 한 성격 하게 생겼다.

윤소림의 스타일리스트만 봐도 왕년에 껌 좀 씹어봤을 것 같으니까.

왠지 지인발 소문이 조금 신경 쓰일 때쯤, 유병재가 케이크 한 조각을 해치우고 나서 물었다.

"소림이한테 얘기는 들었는데, 회사하고 계약 끝나셨다고요?"

"예. 회사가 배우 파트를 정리해서요."

"음, 그렇게 됐구나. 근데 아마 이번 영화로 밑그림 그리셨으니까 윤환 씨와 계약하고 싶어 할 회사는 많을 거예요. 시간 두고 만나보면서 보여주는 그림 중에 고르시면 될 겁니다."

"제가 그림 보는 안목이 없어서요. 전 회사도 처음에 제시한 비전은 진짜 좋았거든요. 근데 오디션 기회 한번 제대로 잡지 못했어요."

얘기를 들은 유병재가 턱을 긁적인다.

하긴, 그런 회사들 흔하지. 돈이 되니 뛰어들긴 했지만 연줄도 없고 아는 것도 없고.

"근데 어쩌죠? 사실, 저희는 현재 배우풀을 넓힐 계획이 없어서요."

회사가 꾸준히 성장하는 단계이긴 하지만, 당분간은 릴리시크에 포커스를 맞출 계획.

그래서 단도직입적으로 얘기했는데도, 윤환은 각오를 단단히 하고 온 모양인지 흔들리지 않고 다시 말했다.

"계약조건은 크게 욕심낼 생각 없습니다."

"계약할 때는 욕심내야죠. 계약을 잘해야 본인도 돈 버는 재미에 일 열심히 하고, 회사도 그만큼 가져가려고 일 따 오고 하는 거니까."

유병재가 진하게 웃고 나서 다시 묻는다.

"그럼, 윤환 씨는 뭘 하고 싶은 거예요? 당장 연기할 수 있으면 되는 건가요? 아니면 유명 스타 돼서 돈 많이 벌고 싶은 거?"

윤환은 옅게 웃고 나서 진지하게 말했다.

"스타… 되고 싶죠. 돈도 많이 벌고 싶고. 그런데 지금은 다양한 걸 해보고 싶어요. 사실 제가 경험이 별로 없어요. 사람하고 부대끼는 일을 해본 적도 없고요."

"그러니까, 연기 외적인 걸 말하는 거죠? 예능이라든가."

"예. 가능하면 당분간 고정적으로 정해진 시간에 일할 수 있는 걸 해보고 싶습니다."

의외였다. 연기에 집중하고 싶을 줄 알았는데.

그렇다고 겉멋이 들어서 하는 얘기도 아닌 것 같고.

자세가 됐다고나 할까.

"선배님들이 그러더라고요. 젊을 때 예능이든 뭐든 해보라고.

나이 먹으면 그런 데 나가고 싶어도 못 한다고요."

윤환의 얘기를 들으며 케이크를 한 입 쏙 넣는 유병재.

쩝쩝하고 케이크를 먹고는 다시 말했다.

"무슨 뜻인지 이해했어요. 일단 대표님께 보고하고 말씀드릴게요. 윤환 씨 상황도 있으니까 바로 답을 드리겠습니다. 다른 회사도 알아보시는 거죠?"

"아니요."

윤환이 고개를 가로저었다. 그래서 유병재는 다시 권했다.

"좀 알아보시는 게 좋을 것 같은데. 조건도 비교해 보시고."

"전 퓨처엔터면 충분합니다."

왜 이렇게까지 퓨처엔터에 오고 싶어 하는 걸까.

혹시.

'하긴. 나 같은 매니저가 많지는 않지.'

그렇다면 이해가 가는데, 그래도 궁금해서 물었다.

"우리 회사 뭘 믿고 그러는 거예요?"

물었더니, 윤환이 눈을 반짝거리며 말했다.

"제가 최서준 선배님 덕후거든요."

응?

뜬금없는 최서준의 등장에 유병재가 콧잔등을 찌푸렸다.

윤환은 빈말이 아니라는 듯이 최서준의 데뷔 비하인드 스토리부터 필모그래피를 줄줄 외웠다.

최서준을 데뷔시킨 게 누구인가. 최고남이었다.

결국 윤환은 최고남을 보고 온 것이었다.

"저 근데, 만약 계약하게 되면 활동은 언제부터 하게 될까요?"

윤환이 밝은 얼굴로 묻는다. 유병재는 입에 묻은 초콜릿 가루를 핥으며 말했다.

"프로그램 잡으려면 시간이 걸리니까. 한 다음 주나 되어야 활동하겠죠?"

"그렇게 바로 캐스팅이 돼요?"

"흠… 바로 캐스팅되면 안 되나요?"

"그건 아니지만. 전에 회사는, 오디션 잡는 데만 기본 몇 달이었거든요."

얼떨떨해하는 윤환의 모습에 유병재는 피식 웃었다.

기분이 살짝 좋아진다. 열정, 꿈, 노력, 행동같이 윤환에게서 좋은 단어들이 느껴졌기 때문이다.

'이런 배우라면 키우고 싶지.'

그래서 기분 좋게 포크를 드는데.

'어라? 벌써 다 먹었네.'

쩝.

하나 더 먹어야겠다.

"케이크 하나 더 주문할 건데, 환이 씨도 하나 드세요.

"전 그럼… 민트 케이크."

"민트요?"

유병재의 얼굴이 잔뜩 일그러졌다.

윤환에게 들었던 호감이 사라진다.

민트라니.

'극혐이군.'

*　　　*　　　*

「SBC 방송센터」

—열 개 사, 열 개!

성지훈의 부탁대로 방송국 매점에 들러서 전화를 했는데, 샌드위치를 열 개 사라고 난리다.

나는 핸드폰을 귀에서 조금 떨어뜨리고 다시 말했다.

"열 개는 무슨. 애들도 사 먹어야죠. 혼자 다 드시려고 그래?"

아이돌 샌드위치도 정해진 수량이 있다.

그리고 이미 아이돌들이 쓸어 갔는지 딱 봐도 얼마 없네.

—야, 걔들은 맨날 먹잖아. 나는 또 언제 방송국 갈지 모르는데 너 간 김에라도 주문해야지.

"제 번호가 무슨 배달 어플 번호예요? 속도 안 좋으신 양반이 열 개를 어떻게 다 먹으려고."

—소화제 먹으면서 먹을 거다! 열 개 사.

버럭 내지른 소리에 귀가 따갑다.

누가 가수 아니랄까 봐.

"주희 누나한테 몇 개 가져다줄 건데요?"

—다섯 개 가져다준다고…….

말하다가 얼른 입을 다문 성지훈.

내 이럴 줄 알았어.

"소속사 대표로서, 신중한 연애를 하실 것을 부탁드립니다."

—연애 아니야!

"그럼 뭔데요?"

—…썸.

결국 매점에서 샌드위치 열 개를 샀다. 어린아이처럼 신나 할 성지훈을 생각하면서 봉지를 들고나오다가 매점에 들어오던 손님과 부딪쳤다.

그 바람에 봉지가 바닥에 툭 떨어졌다.

"죄송합니다."

자라가 고개 내밀듯, 상대방이 머리를 까딱거린다.

"아, 괜찮아요."

나는 가볍게 봉지를 주워들며 지나간 사람을 바라봤다.

[내가 안 괜찮아. 눈 좀 뜨고 다니시지… 라고, 쟤가 중얼거리는데요?]

저승이가 친절하게 내 성질을 돋운다.

[누군지 아세요?]

"〈웍스디〉 멤버 같은데?"

나는 잠깐 뒤를 돌아봤다. 녀석은 모자 위에 후드 모자를 또 걸친 채로 턱만 살짝 내밀고 있었다. 살짝 건들건들하고 어딘지 모르게 불편한 태도.

[요즘 애들은 왜 저렇게 껄렁거릴까요? 죽어서도 저렇더라고요. 전에 어떤 영은 침을 찍찍 뱉는데. 어휴, 더러워서.]

"유유병 초기라서 저래."

[유유병?]

그런 애들이 있다. 인기가 조금 생기고 팬들이 붙고 주변에서 우쭈쭈 해주고, 그러면서 자기가 뭔가 특별해진 듯한 느낌에 사로잡히는 아이돌.

보통 그런 병은 인기가 팍 떨어져야 백신 맞은 것처럼 정신이 드는데, 진짜 문제는 거기서 한발 더 나아가서 유유병에 걸리는 경우다.

이 경우는 답이 없다.

마치 자신은 세상의 고독을 혼자 안고 있고, 아이돌이 아닌 아티스트라는 생각을 가지게 되면서, 스스로에게 자아도취 되는 상태에 빠져 무슨 말도 귀에 안 들어간다.

이런 놈들의 특징은 SNS에 올리는 사진만 봐도 알 수가 있다.

신비주의, 인디 감성, 어설픈 전문가 티를 내면서 세상의 고통과 슬픔은 혼자 간직하고 있다.

[유유 님이 저러세요?]

"안 그러지. 유유는 그냥 귀찮은 거고,"

저런 애들이 제멋대로 해석해서 따라 할 뿐이다.

그래서 묻고 싶다.

너는 정말 유유처럼 치열해 봤냐고.

길을 걷다가도 악상이 떠오르면 맨바닥에 주저앉아 악보를 그리고, 녹음실에서 한 달 내내 새우잠을 자본 적이 있으며, 악상이 떠오르질 않아서 탈모가 생길 만큼 괴로워해 봤냐고.

[그런데 명부에 의하면, 아저씨는 유유가 창작의 고통에 괴로워하는 모습을 살짝 즐기신 것도 같은데.]

뜨끔.

"명부에 그런 게 어디 나와? 사이비 같으니라고."

아무튼, 매점을 나와서 예능국 본부장실로 향했다.

*　　　　*　　　　*

"아육대에서 잘 뛰더라?"

SBC 손주영 본부장이 안경다리를 접으며 짓궂게 웃는다.

"저 원래 잘 뛰었습니다."

"너 달릴 때 순간시청률 껑충 뛰었다면서?"

"타이밍이 맞았나 보죠."

조금 설렁설렁 뛸 걸 그랬나.

빛소대 매니저가 너무 잘 뛰어서 자극받는 바람에 전력을 다했다.

튼튼한 심장과 다리가 내 말을 들어야 말이지.

아무튼.

왜 불렀나 싶어 눈만 깜빡거리자 그녀가 피식 웃고 입을 열었다.

"그래서 오늘 왜 불렀냐면, 너 걸 그룹 데뷔시킨다며."

"예."

"팀명이 뭐더라?"

"백합을 뜻하는 '릴리', 그리고 문자 그대로의 '시크'라는 의미를 더해서 릴리시크."

백합은 '순수한 사랑', '변함없는 사랑'이라는 의미를 가지고 있다.

릴리시크 세계관에서는 팬들과의 관계를 상징한다.

"그럼 언제 데뷔하는 거야?"

"곧 데뷔할 수 있을 것 같습니다."

손 본부장이 그렇단 말이지, 하는 투로 눈빛을 드러내고 나서 말했다.

"걔들, 데뷔 리얼리티 예능 할 생각 없냐?"

"리얼리티 예능이요?"

"어. SBC 플러스에서 하자. 준비 과정부터 데뷔까지. 어때?"

괜찮은 제안이긴 한데.

"왜? 별로야?"

"그게 아니고, 저희는 이미 콘텐츠를 유튜브에 올리고 있거든요."

"뭐?"

나는 직접 핸드폰을 꺼내서 보여줬다.

지난주부터 릴리시크 멤버들은 하루에 5분 분량의 영상을 유튜브 채널에 올리고 있다.

사실 홍보라기보다는 넷이서 함께할 미션을 주고 싶었다.

각자가 살아온 환경이 다르고, 경험의 차이가 있기 때문에 함께 어울리는 시간을 많이 가져야 한다.

물론 SBC 자회사인 SBC 플러스에서 프로그램을 만들어준다는 것은 좋은 제안이다. 우리 돈 한 푼 안 들이고 홍보하는 거니까.

하지만 방송국 놈들이 어떤 놈들인데 공짜로 주겠는가.

손 본부장은 방 국장과 다르다. 계산은 정확한 사람이다.

사실 생각보다 리얼리티 예능이 인지도 향상에 크게 도움이 되지도 않는 이유도 있다.

차라리 은별나라에 출연하는 게 더 나을걸?

그러고 보니 우리 은별이는 지금 뭐 하고 있을까.

"흠……."

손 본부장이 릴리시크 멤버들이 올린 영상을 살피면서 고심한다.

그러더니 빙긋 웃으며 혼잣말을 속삭였다.

"얘들 재밌네."

* * *

「영상 1」

—가위바위보!

—앗싸, 이겼다!! 우리 먼저 시작한다!

—야, 찍기 없어! 찍으면 반칙!!

—그런 얘기 없었거든??

—야아!!

—아, 그냥 빨리 좀 하라고! 학원 가야 해!

여고생들이 운동장에서 말뚝박기 놀이를 하고 있는 5분짜리 영상.

도움닫기부터 시작해서 엉덩이 찍기까지 남자들 못지않게 거칠게 놀면서도 뭐가 그렇게 좋은지 깔깔 웃음소리가 끊이질 않는다.

—어어! 너 손 늦게 냈어!

—야야, 소연우 또 억지 쓴다!

—심판! 심판! 비디오판독 해주세요!

—심판이 어딨어?

—그럼 내가 심판!

—야, 이 사기꾼아!

말에서 껑충 내려온 여자애가 헐레벌떡 핸드폰을 주워 드는 것으로 영상 끝.

「영상 2」

눈이 제법 매서운 소년과 그보다 한참 왜소한 또 다른 소년, 아니, 소년처럼 짧은 머리의 여자애가 서로를 노려보고 있다.

—아라 언니, 파이팅!

—김민규, 권아라한테 또 지면 오늘로써 남자이길 포기해라!

—뭉그적거리지 말고 한 판으로 끝내라고!

주변에서 목청을 높여 응원하는 가운데, 소년과 여자애가 서로를 공격할 틈을 노리며 손을 뻗고 있다.

서로의 팔이 창이고 방패다.

영상이 클로즈업되면서 땀방울이 맺힌 두 사람의 얼굴과 매서운 눈빛이 비치는 그때.

—민규야, 안다리 조심해!

여자애의 손이 잽싸게 상대방의 소매를 낚아챈 순간 이어진 안다리 후려치기가 제대로 먹혔다.

영상에는 소년이 포물선을 그리며 뒤집어지는 장면과 함께 응원하던 여학생들이 달뜬 목소리를 내며 깡충깡충 뛰는 모습이 보인다.

숨을 크게 내쉰 여자애가 촘촘한 눈썹을 껌뻑인다. 큼직한 눈동자에 쓰러져 있는 소년이 비치고, 피식 웃고 손을 내민다.

「영상 3」

영상 속 화면이 흔들리고 잠시 뒤에 의자에 앉아 있는 여자애가 보인다.

—안녕하세요, 릴리시크 송지수라고 합니다!

그러고 나서 눈을 깜빡깜빡.

5초 정도 입술만 머뭇거리고 있자 카메라 안으로 어린아이가 들어왔다. 그러더니 제 목을 긋는 시늉을 하면서 카메라를 향해 외친다.

—컷컷!!

심각하게 이마를 짚은 아이가 여자애 곁에 다가갔다.

—언니, 제가 뭐라고 했죠?

—…상큼, 발랄하게, 박력 있게.

—그럼 방금 전이 '상큼, 발랄하게, 박력 있게'였습니까?

—아닙니다.

—뭐라고요?

—아닙니다!

—다시 잘할 자신 있습니까?

—예!

—오케이!

카메라 밖으로 나온 아이가 다시 액션을 외치고.

—안녕하세요 ↑↑ 릴리시크↑ 송지수입니다↑↑

그리고 어색한 방긋 미소.

결국 아이가 다시 영상에 나타나서 한숨을 쉬고 한마디 한다.

—영상 날려!

「영상 4」

—은혜야! 손님 나가신다!

—예!

어디 식당 안인 것 같은데, 여자애가 앞머리를 흩날리며 카운터로 달려간다.

—계산 도와드릴게요! 제육볶음 2인 세트 13,000원입니다!

손님이 계산을 하고 나가자 여자애는 행주를 들고 테이블을 치우기 시작했다.

익숙한 손놀림으로 뚝딱 정리하자, 또 다른 테이블에서 대낮부터 술에 취한 손님이 손을 번쩍 든다.

—이모, 소주 한 병!

—이슬이시죠?

초록색 병을 가져다주자, 손님이 살짝 풀린 눈으로 여자애를 쳐다본다.

—이런 데서 썩을 외모가 아닌데?

—예?

—나 MNC 피디야. 〈두근두근〉 알지? 그거 내가 만든 거야.

언제 한번 방송국 찾아와. 내가 키워줄게!

—아, 예.

술주정하는 손님을 달래고 여자애는 주방 뒷문에 놓인 쓰레기봉투를 양손에 들고 쓰레기통에 버린다.

—후.

땀에 젖은 이마를 훔치는 여자애.

불어온 바람에 젖은 머리카락이 흔들거리자 수줍은 듯 웃는 여자애의 모습을 끝으로 영상이 멈췄다.

"뭘 그렇게 봐?"

"유튜브 추천 영상."

아이돌그룹 〈웍스디〉의 리더이자 메인보컬인 제임스가 태블릿을 내려놓는다.

하릴없이 이것저것 보다 보니 음료수 광고에 이어서 여자애 넷이 무개념 무근본 콘셉트로 찍은 영상을 넋 놓은 채 보고 말았다.

"근데 왜 왔어?"

제임스가 고개를 돌리며 허락 없이 집에 들어온 여자를 바라본다.

몸에 짝 달라붙은 원피스에 어울리지 않게 모자를 눌러쓰고 있던 여자가 모자를 훌렁 벗고 샛노란 단발머리를 흔들어댔다. 그러고는 익숙하게 짜증 섞인 목소리를 낸다.

"너 보고 싶어서 뛰어왔는데 그게 할 소리니?"

"현관 앞에서 내리면 되지 뭘 뛰어와."

"택시에서 내리자마자 뛰었다고! 카메라에 찍히면 어떻게 해? 나 데뷔한 거 잊었어?"

신인 걸 그룹 〈O.O.O〉 리더 율.

모자를 아무 자리에나 놓고 제임스 옆에 달라붙는다.

"자기, 우리 무대 봤어?"

"봤어."

"어땠어?"

팔에 닿는 율의 살결에 제임스는 눈살을 찌푸렸다.

정말 뛰어왔는지 끈적거린다. 더럽게.

"긴장감 제로. 칼군무도 없고, 실수투성이에 AR 음원 쓸 거면 입이라도 잘 맞추든가. 너희 회사는 돈 없어? 곡에 돈 좀 쓰라고 해. 트랜지션 엉망이고, 더블링은 왜 그렇게 많아? 그리고 애들 고음도 안 나오는데 튠만 올리니까 밴딩 나잖아? 사운드박스에서 따 와도 그것보다는 낫겠다."

"아, 뭐라는 거야! 그래서 뭐? 나도 별로였다는 거야?"

제임스는 한숨을 쉬고 마지못해 말했다.

"그래도 넌 좀 낫더라."

"그치? 나는 괜찮지? 실장님도 내가 제일 낫다 그랬어!"

해맑게 웃는 율의 얼굴을 보면서 제임스는 그게 웃을 일이냐고 되물으려고 하다가 관둬 버렸다.

'이런 애들이 뭘 알겠어.'

그냥 노래 주는 대로 부르고, 추라는 대로 추는 마네킹들.

창작의 고통 따위는 1도 모르는 병풍에게는 이런 설명도 아까울 뿐이었다.

"뭐야? 애 영상 본 거야?"

제임스가 좀 전에 내려놓은 태블릿을 주워 든 율이 눈을 크게 뜨고 시청 목록을 살폈다. 마치 남자 친구가 딴짓하고 있지는 않은지 감시하려는 집착 쩌는 여친처럼.

"왜 남의 물건을……."

짜증을 콱 내려다가, 제임스는 율이 영상 속 여자애를 아는 것 같아서 궁금해졌다.

"너, 얘 알아?"

"전에 우리 회사에 있던 애야. 얘 때문에 지금 짜증 나게 생겼어."

그건 또 무슨 소리야.

"너네 회사에 있던 애라는 건 무슨 소리고, 짜증 나게 생겼다는 건 무슨 소린데?"

"우리 회사에서 존재감 없던 애였고, 그래서 안 놀아줬더니 왕따네, 어쩌네 하면서 나간 애라고! 그런데 아육대에서 걔 우연히 보고 반가워서 알은척하려고 했더니 우리 생까더라?"

"그래서?"

"그래서 뭐. 그냥 우리끼리 왜 저러냐 하고 있는데… 그래, 얘, 얘 말이야!"

율이 갑자기 유튜브 영상 목록을 톡톡 치면서 펄쩍 뛴다.

"얘가 갑자기 우리한테 오더니 쓰레기를 버리는 거야? 뭐라더라? 쓰레기통인 줄? X년. 그래서 그거 지금 커뮤에서 말 나오고 있잖아. 아, 진짜 짜증 나!"

"그러게 조심 좀 하지."

"우리가 뭐?! 걔들이 이상한 거지. 그래서 자기야."

율이 갑자기 빙긋 웃는다.

진짜 돌은 건가 싶을 정도의 표정 변화에 제임스가 율에게서 살짝 떨어지면서 물었다.

"왜?"

"자기가 SNS에 글 하나만 올려주면 안 돼? 오3 멤버들 착한 것 같다고."

"미쳤냐? 그러다가 잘못하면 스캔들이야!"

이번에는 제임스가 펄쩍 뛰었다.

"아, 자기야, 돌려서 적으면 되지. 인사 잘하고 착한 후배들이라고."

"다른 애들한테 부탁해! 너 친구 많잖아?"

"아아, 자기랑 급이 같아?"

뭐, 그건 틀린 말 아니지만.

"여자 친구 부탁 한번 못 들어주냐? 유유도 예전에 중국 여배우가 태도 논란 있을 때 SNS로 옹호했잖아! 그래서 유유 팬들이 CCTV도 찾아줘서 논란 해결하고 중국 배우가 고맙다고 영상 편지도 남겼잖아? 그 일로 웨이보에서 유유 떡상했고!"

듣고 보니… 그럴듯하긴 한데.

"자기야아~!!"

* * *

순식간에 5분짜리 영상 4개를 시청하고, 손 본부장이 핸드폰을 내려놓는다.

"재밌죠?"

"일단 리얼리티 예능 얘기는 좀 있다가 하고."

포기할 줄 알았는데, 어떻게든 할 생각인 모양이네.

영상 괜히 보여줬나?

조금 후회되는데, 손 본부장이 어디론가로 전화를 걸었다. 잠시 뒤에 본부장실에 들어온 사람은 인기차트 설민수 피디였다.

"최 대표님!"

귀인 보듯 다가온 설 피디가 옆자리에 털썩 앉았다.

"설 피디가 할 얘기가 있다고 그래서 말이야."

"무슨 얘기요?"

궁금해서 물었더니, 설 피디가 망설이다가 눈을 질끈 감고 입을 열었다.

"윤환이라는 배우 아시죠? 왜, 소림 씨랑 같이 영화 찍었던 배우."

"알죠."

"그 배우 내가 연락 한번 하고 싶은데 방법이 없네요? 물어물어 회사 알아내서 연락했더니 계약 끝났다고 그러고."

그래서 윤소림이랑 연락을 하나 뭐 그런 건가 본데.

"윤 배우는 왜요?"

"아, 이번에 MC 교체할 계획이라서 알아보는 중이거든요. 아무래도 배우 하나는 있어야 할 것 같아서요. 윤환이라는 배우가 얼굴도 크게 안 알려진 상태라서 신선하기도 하고."

이쯤 되면 윤환이 운이 좋은 건가.

그러지 않아도 오늘 유병재가 윤환을 만나서 얘기를 듣고 왔는데.

어쩌면, 생각보다 일이 잘 풀릴지도 모르겠다는 생각이 내 머리를 스친다.

"연락하는 건 어렵지 않은데, 그럼 여자 MC는 누구로 하실지 알아보셨어요?"

"아직이요. 물망에 오른 애들은 있지만……."

설 피디가 말꼬리를 흐린다. 내가 무슨 조건을 걸지 눈치챈 것 같다.

이왕 눈치챈 거, 나는 미소를 띠고 단도직입적으로 물었다.

"여자 MC 자리, 저희 애들은 어떻습니까?"

*　　　*　　　*

"여자 MC자리, 저희 애들은 어떻습니까?"

"최 대표님 애들이요? 소림 씨 말씀하시는 건가요?"

가끔 형광등이 제멋대로 환해질 때가 있다.

지금 설 피디 표정이 딱 그랬다. 하지만 이어진 말에 환해졌던 설 피디의 얼굴은 다시 칙칙해졌다.

"저희 회사에서 곧 데뷔할 연습생들이요."

"아… 연습생. 사진 있어요?"

"예."

사실 이미 설 피디는 릴리시크 멤버들을 본 적이 있다.

지난번에 윤소림이 인기차트 일일 MC를 만났을 때 애들도 현장 견학할 겸 데려간 적이 있으니까.

그때 설 피디에게 인사시켰는데 기억하지 못하는 걸 보면 까맣게 잊은 모양이다. 아니면 기억력이 별로 안 좋나?

심지어 핸드폰으로 프로필사진을 보여주는데도 모르고 있다.

"애들 얼굴에서 퓨처엔터 스타일이 보이긴 하네요… 근데 아직 데뷔도 안 한 아이들을 MC로 세우기는 좀……."

그래서 말이나 꺼내본 거다. 되면 좋고 아니면 마는 거니까.

입 여는 데 돈 드는 것도 아니고.

설 피디 반응이 뜨뜻미지근해 보여 안 되겠구나 생각하고 있는데, 손 본부장이 테이블을 툭툭 두드리며 시선을 끌었다.

"설 피디, 애들 미팅이라도 한번 해보는 건 어때? 릴리시크가 아직 데뷔는 안 했어도 벌써 CF도 찍었어."

"그래요?"

손 본부장이 인자한 미소를 지으며 고개를 끄덕인다.

하릴없이 내 편 들어줄 리는 없고, 왠지 쥐약 같지만 일단 입맛만 살짝 다셔봤다.

"예, 바이바이 음료수 CF에 잠깐 나왔습니다."

"아, 그거? 그럼 거기 나왔던 학생들이 최 대표님 애들이구나!"

그건 또 기억하나 보네.

CF에서 릴리시크 멤버들은 하굣길의 여고생들이 되어 싱그러운 모습을 연출했다.

그 장면을 떠올렸는지 설 피디의 얼굴에 다시 형광등이 반짝 켜졌다.

하지만 어떤 기억을 떠올리든 지금은 애들이 많이 달라졌다.

트레이닝과 체중 조절로 체형도 변했고, 당연히 스타일도 확 바뀌었다.

특히 송지수의 변화가 가장 극적이었다. 지수는 그동안 시력이 좋지 않아서 안경과 렌즈를 번갈아 썼다.

CF 촬영 때도 안경을 썼을 정도니까.

하지만 얼마 전 시력 교정 수술을 받아서 안경을 완전히 벗었다.

"그럼 애들 정확히 언제 데뷔하는 거예요?"

"아직 준비할 게 많아서 6월 예상하고 있습니다."

"지금이 3월이니까 한 서너 달 남았네요?"

"예."

사실 곡 작업은 마무리 단계다. 싱글 한 곡에 걸려봐야 한두 달 아닌가.

마음먹으면 낼모레 데뷔하는 것도 어려운 일은 아니었다.

하지만 또 급할 이유도 없다.

최고의 곡을 받쳐줄 최고의 안무와 뮤직비디오, 팀 콘셉트를 위해서 시간을 좀 더 쓸 생각이다.

"만약 우리 프로 MC 하게 되면 중간에 데뷔할 수도 있겠네."

설 피디가 턱수염을 긁적거리며 중얼거린다. 눈동자가 고장 난 필라멘트처럼 반짝거린다.

나는 고개를 끄덕였다.

"그렇게 된다면 당연히 릴리시크 데뷔 무대는 인기차트겠죠. 물론, 피디님이 좋게 봐주신다면요."

출연하고 말고는 피디와 씨피가 결정하는 거다.

퓨처엔터가 윤소림을 가진 회사라고 해도 신인 걸 그룹을 내

마음대로 무대에 올리고 싶다고 올릴 수 있는 게 아니다.

손 본부장이나 방 국장에게 알랑방귀 좀 뀌면 한두 번은 출연해 볼 수 있겠지만, 결국은 '릴리시크' 그룹 자체의 인기가 뒷받침되어야 한다.

"생각해 보시고 천천히 알려주셔도 됩니다. 윤 배우 섭외 건은 제가 윤 배우한테 연락해서 피디님과 연결해 드리겠습니다."

오늘은 설 피디와 마주 보고 우리 애들 얘기를 한 걸로 충분히 만족스러운 걸음이었다.

릴리시크가 데뷔를 하게 되면 방송국 관계자들을 만나서 출연 여부를 결정하는 '페이스미팅'을 거쳐야 한다. 무대에 오르고 싶은 그룹은 많은데 오를 수 있는 그룹의 수는 많아야 스무 팀 정도밖에 안 되기 때문에 경쟁이 치열하다.

그러니 이렇게 어필한 것만으로 내 입장에서는 충분히 이득이었다.

안 되도 어쩔 수 없고.

나중에 설 피디가 아쉬워하게 될까 봐. 그게 조금 걱정일 뿐.

* * *

「인기차트팀 회의 중」

—병신 같은 년이!

결국 장례식장에서 장산그룹 자식들과 유복희가 부딪쳤다.

팽팽한 신경전!

그때, 말없이 지켜보고 있던 유복희의 비서가 입을 연다.

―회장님 앞입니다. 돌아가셨어도, 회장님 앞입니다.

주춤하는 장산그룹 자식들.

"으, 멋있다!"

"얼마니? 내 월급 다 가져가도 좋으니까 내 비서 해라!"

"저 등빨 봐봐. 운동 되게 열심히 했겠다."

묵직한 저음의 등장에 김밥 먹으며 영화 보던 작가들의 호들갑이 시작됐다.

영화 속에서 윤환은 비서이면서도 보디가드 같은 존재였다.

큰 역할은 아니었지만 씬 대부분이 윤소림과 붙어 있기 때문에 극 중에서 유일하게 로맨스가 연상되는 포지션이었다.

"아니, 어디 있다가 저렇게 뚝 떨어졌어?"

"필모 보니까 자잘한 거는 많더라고요."

"전에 회사가 일을 더럽게 못했나 보네. 그래도 이번에 옷 잘 입었으니까 회사만 잘 고르면 대박 터질 삘 아니야?"

"대박 아니어도 돼! 기근에 허덕이는 20대 남자배우 풀에 뉴페이스 등장한 것만으로 충분한 거지!"

"이참에 우리랑 꼭 같이 일했으면 좋겠는데. 피디님은 왜 안 오는 거야?"

말 꺼내기 무섭게 문을 열고 설 피디가 들어왔다.

놀라서 캑캑대던 메인작가가 눈치를 보다가 물었다.

"어떻게 됐어요?"

"윤환 씨하고 통화했어. 미팅하기로 했어."

"와, 역시 우리 피디님! 기어이 해냈네! 윤환 씨가 뭐래요? 하고 싶은 눈치예요?"

"하나씩 하자, 하나씩. 일단 미팅하기로 했으니까 그날 잘 설득해 봐야지."

작가들은 들뜬 표정을 감추지 못했다.

김밥 하나를 집어 먹으면서 설 피디가 물었다.

"근데, 그 애 정보는 찾았어?"

"아니요."

작가들의 표정이 착 가라앉는다.

빛소대 홈마가 찍은 한 장의 사진 속 주인공.

연습생이다, 알바생이다, 스태프였다 등등 의견이 분주한 의문의 여자애.

그래서 일단 여자 MC 후보에 올리고 찾아보는 중이었다.

"사진 한번 다시 줘봐."

작가가 건넨 태블릿을 뚫어지게 보는 설 피디.

처음 사진을 봤을 때부터 어디서 본 것 같다고 했던 그였다.

이번에도 사진에 빠져들 것처럼 태블릿을 코앞에서 보더니 눈썹을 툭 구부린다.

"생각나셨어요?"

"분명 어디서 봤어."

"그러니까 어디서요??"

"…그걸 모르겠어."

* * *

[오늘 새로운 회사 대표님 만난다고?]

[아직 계약은 안 했어. 될지 안 될지도 모르고. 끝나면 문자할 게.]

[그래, 긴장하지 말고. 우리 아들 파이팅!]

윤환은 덜컹거리는 버스에서 엄마에게 문자를 보내고 어제 했던 통화를 떠올렸다.

'인기차트 피디님이 윤환 씨를 한번 보고 싶다고 하는데.'

'정말요?'

윤소림 매니저와 만난 지 며칠이나 지났다고, 바로 연락이 왔다. 그래서 얼떨결에 인기차트 피디와 미팅 날짜까지 잡고 말았다.

일 처리가 무슨 5G급이다.

그러고 보니 윤소림이 핸드폰 광고도 찍었던데.

―이번 정거장은…….

천장에서 안내 방송이 들리자 윤환은 자리에서 일어났다.

아직 몇 정거장 더 남아 있었지만 마음이 조급했다.

일어나서는 마스크를 고쳐 썼다.

지금까지 딱히 알아본 사람은 없었지만 그래도 혹시 몰라서.

아니나 다를까.

버스에 탄 남학생들이 윤환이 서 있는 모습을 보고 화들짝 놀란다.

'설마…….'

이런 반응은 처음이라서 등에서 땀이 난다. 괜스레 마스크를 매만지면서 눈치를 보고 있는데, 학생들이 그의 바로 옆에 섰다.

'아, 이거 사인해 줘야 하나?'

아니면 요청할 때 해줘야 하나.

머릿속이 복잡해졌지만 윤환은 곧 깨달았다. 이들이 관심을 가지는 게 자신이 아니라는 것을.

"야, 대박 예쁘다!"

"내 말이 맞지? 항상 이 버스 탄다고."

"퓨처엔터 걸 그룹 연습생이라며? 진짜야?"

"곧 데뷔한대. 퓨처엔터 홈페이지에 떴어!"

소곤거리면서 창가에 눈길을 주는 학생들.

대체 누굴 얘기하길래 저런 반응일까 싶어서 슬쩍 고개를 돌려본 윤환.

타이밍 좋게도 창밖만 보던 여자가 고개를 살짝 돌렸다. 눈이 마주치기 무섭게 윤환은 재빨리 고개를 돌렸다.

"맞네. 홈페이지 떴네. 근데 여기서 누구야?"

"안경 쓴 사진."

하지만 여자는 안경을 쓰고 있지 않았다. 사진을 번갈아 보는 학생.

"안경이 잘못했네."

"미친놈아, 사진 그만 보고 얼굴이나 한번 더 봐! 언제 또 우리가 연예인 얼굴 보냐."

"야, 유튜브 채널도 있나 봐?"

윤환도 눈을 슬쩍 내려서 학생들의 핸드폰을 같이 바라봤다.

다행히 영상에 자막이 붙어 있었다.

—안녕하세요, 송지수예요! 다들 점심 드셨어요?

[오늘도 상큼, 발랄, 박력이 부족하지만 일단 지켜본다.]

—오늘은 요리를 해보려고 합니다.

—제가 숙소 생활을 하고 있거든요. 그래서 웬만한 음식은 이모님께서 해주세요.

—음, 오늘 만들 요리는 김치비빔국수예요.

—우선 손을 깨끗이 씻어야겠죠?

[물소리다.]

—김치비빔국수는 김치가 맛있어야 해요. 저는 은혜가 식당에서 가져온 김치로 만들게요. 엄마가 보내준 김치도 있는데… 아무튼.

—거품이 넘치면 또다시 찬물을 조금 부으세요. 이렇게 세 번 정도 반복하면 면이 잘 익었을 거예요.

—…….

[오늘도 말없이 요리만 하는 중. 감독은 속 터진다.]

[뿌우우~]

—아, 제가 말을 안 하면 감독님이 부부젤라를 부시기로 했어요.

—저희 감독님 아시죠? 은별나라 은별공주의 고은별 님. 시간 되시면… 아니, 꼭 구독과 좋아요 부탁드립니다.

[똥꼬발랄한 은별이가 궁금하시다면!]

—여기서 매운 거 좋아하시는 분들은 고추 하나 썰어 넣으시면 좋아요. 저는 고춧가루 넣었어요. 이거 맞나?

[문제의 고춧가루 등장! 지옥의 시작이었다…….]

—음, 맛있다.

완성된 요리를 한 입 베어 물고 만족스러운 미소를 짓는 송지수.

그런데 곧 얼굴이 빨개지더니 물 한 컵을 냉큼 마신다.

—하아, 아, 매워. 아, 맵네요. 아, 아… 아!

[과연 송지수는 살았을까?]

화장실로 달려가는 뒷모습을 끝으로 영상이 흑백으로 변했다.

"크크, 골 때리네."

"야, 근데 우리 이거 왜 이렇게 열심히 보는 거냐?"

"재밌잖아?"

"그러니까 이게 왜 재밌는데?"

'그러게 말이다'라고 대답할 뻔한 윤환은 피식 웃으며 고개를 돌렸다.

아뿔싸.

영상에 빠져서 내릴 역을 지나치고 말았다. 송지수도 없었다.

옆에 있는 학생들도 뒤늦게 그 사실을 깨달은 듯, 세 사람은 동시에 한숨을 내쉬었다.

"후, 정신 똑바로 차리자. 이쯤인 것 같은데."

혹시 늦을까 봐, 버스에서 내려 뛰어온 윤환은 숨을 몰아쉬며 퓨처엔터 사무실을 찾았다.

"편의점 맞은편이라고 했지?"

마침 횡단보도 신호가 파란색이었다. 곧 바뀌려는지 깜빡거린다.

윤환은 서둘러 다리를 뻗었다. 전력 질주가 아니어도 긴 다리 덕분에 성큼성큼 횡단보도를 건넜다. 그렇게 횡단보도를 거의

다 건널 즈음에 여고생 두 명이 총알처럼 그의 옆을 스쳐 지나갔다.

그러더니 건물과 건물 사이의 길로 휙 들어간다.

머리카락이 흩날리는 뒷모습이 꼭 연 꼬리 같았다.

뭐가 좋은지 깔깔 웃으면서 달려간다. 마치, 이쪽이 당신이 찾는 길이라고 알려주기라도 하는 것처럼.

"진짜네."

지도 어플을 확인했더니 정말 그 길이다.

윤환은 핸드폰을 뒷주머니에 넣고 여학생들이 지나간 길로 들어가려고… 했다가 앞에서 멈췄다.

웬 개 한 마리가 그를 향해 송곳니를 드러내고 있었다.

크으으!

시베리아허스키나 진돗개처럼 큰 견종은 아니었다.

축구공보다 작은 녀석이 뭘 믿고 저러는지 181센티미터의 그를 막아서고 있었다.

마치 길을 지키는 수문장 같은 느낌이라고 해야 할까.

목줄이 있는걸 보면 주인이 있는 개인데.

무시하고 지나가야 하나 고민할 때였다. 어디선가 작은 목소리가 튀어나왔다.

"멍구야, 그러면 안 돼!"

응?

저 아이는 윤소림이 촬영 때 핸드폰으로 보여준 적이 있었다.

퓨처엔터의 마스코트라는 은별이.

그때 재밌게 보기도 했고, 윤소림 앞이기도 해서 윤환 역시 은별이의 유튜브 채널을 구독하고 있었다.

'실제로 보니까 더 귀엽네.'

그렇게 생각하는데, 은별이가 다가와 말했다.

"잠시 검문이 있겠습니다."

"어, 어?"

"어디 가시는 건가요?"

"퓨처엔터 사무실에 가고 있는데."

"은별나라 은별공주를 알고 계신가요?"

"어."

고개를 끄덕이자, 은별이가 고개를 끄덕이고 다시 물었다.

"구독과 좋아요를 누르셨습니까?"

"……."

*　　　*　　　*

구독자 인증 과정을 거치고 어렵사리 길이 열렸다.

은별이가 바로 옆에서 윤환을 올려다보며 쫓아온다.

'이제 진짜 퓨처엔터에 온 것 같네.'

하지만 얼마 못 가 윤환은 입구에서 또 걸음을 멈추고 말았다.

이번에는 어떤 여자가 건물 앞에 서 있었다.

그런데, 손에 중세 시대 기사들이나 쓸 법한 모형 검을 쥐고 있다.

'아, 박은혜!'

윤환은 그녀의 얼굴을 바로 알아봤다.

아까 학생들이 보던 퓨처엔터 홈페이지에서 스쳐 본 얼굴이었으니까.

그런데 왜 저기에서 저러고 있는 거지?

모형 검은 또 뭐고?

"칼슨! 난 당신을 이대로 보낼 수 없어요. 당신이 정말 날 떠나려고 한다면, 나는 당신을 이 검으로 벨 거예요!"

굉장히 진지한 태도와 목소리 톤이다.

'연기하는 건가?'

자신의 직업이 배우였기에, 윤환은 본능적으로 그렇게 생각했다.

그렇다면 상대 배우는?

그때, 계단 위에서 누군가 터벅터벅 내려오는 모습을 본 윤환은 눈을 크게 떴다.

최고남 대표였다. 그는 검이 아닌 빗자루를 들고 있었다.

그 역시 굉장히 진지하고 비장미 가득한 표정을 지으며 입을 연다.

"미안하지만, 난 가야겠소. 하나 당신이 날 벤다 해도 원망하지 않겠소."

"왜! 왜!"

"미안하오."

"정말, 그것이 칼슨 당신의 선택인가요? 그렇다면 알겠어요. 당신을 벨 수밖에… 이야!"

박은혜가 검을 휘두르고 최고남 대표가 빗자루로 막는다.

둘이서 합을 주고받는 모습은… 그래, 우스꽝스러웠다.

보고 있다 보니 윤환은 저도 모르게 뒷걸음질을 쳤다.

그러다가 문득 아래를 내려다봤을 때, 바지를 꼭 잡고 있는 은별이가 보였다.

이제 와 도망치기에는 너무 늦었다는 것처럼, 은별이는 진하게 미소 짓고 있었다.

*　　　　　*　　　　　*

"과제를 냈거든요. 데뷔 전까지 매일 영상 하나씩 제작해서 인터넷에 올리기로."

바로 올리는 것은 아니다. 은별나라 스튜디오에서 편집을 거친다.

"오늘은 '대표님 찬스'라고 가끔 이렇게 제가 찬조 출연을 해주기로 했습니다."

아까 마주친 상황이 많이 무안해서 설명이 구차하게 붙었다.

빗자루 칼싸움은 하지 말걸.

[후회해도 이미 늦었어요. 아까 신나게 하더니만.]

저승이가 빗자루 휘두르는 흉내를 내면서 정신 사납게 주변을 맴돌고 있다.

요즘에는 근처에 제사가 없나?

제삿밥 얻어 먹으러 잘만 돌아다니더니 요즘 통 내 곁에서 떨어지질 않는다. 아니다, 내가 요즘 너무 많이 사줘서 그런가 보다.

허, 그래. 저놈 입맛이 고급이 됐어! 그래서 제삿밥은 거들떠도 안 보는 거다. 젠장, 그걸 이제 깨달았네.

"방이 좀 춥죠?"

윤환이 어깨를 쓸어내리고 있는 게 눈에 보였다.

그래서 히터 온도를 높이고, 손을 휘휘 흔들어서 저승이에게 떨어져 있으라고 했다.

"감사합니다."

윤환이 희미한 미소를 짓고 날 쳐다본다.

"뭐가요? 히터 온도 올린 거?"

"아니요. 인기차트 이어주신 거요."

난 또 뭐라고.

그런 일로 잘난 척하기도 무안해서 솔직히 말했다.

"설민수 피디가 〈장산의 여인〉을 보고 마음에 들었던 모양이더라고요. 그쪽에서 먼저 윤환 씨 의사를 물어본 겁니다. 그러니까 나 아니었어도 어떻게든 윤환 씨에게 연락이 갔을 겁니다."

"그럼 대표님 덕분에 빨리 연락이 된 거네요."

꿈보다 해몽이라더니, 겸손한 태도를 보이는 윤환에게 호감이 간다.

"요즘 여기저기 연락 많이 오죠?"

"그게, 회사를 나와서 그런지 그렇게 연락이 오진 않아요."

"회사에서 연결 안 해줍니까?"

"……."

하긴 이 바닥에 정이 어딨나.

내보낸 놈이 잘되는 꼴 보면서 배앓이하고 있을 텐데 안부 전화까지 해줄 리가 없지. 윤환의 전 소속사 대표는 아마 당분간 초코파이는 쳐다보지도 않을 것 같다.

"저기, 그래서 퓨처엔터와 일해보고 싶습니다."

결심을 굳힌 듯, 윤환이 눈에 힘을 주고 얘길 꺼냈다.

그러지 않아도 얼마 전 만나고 온 유병재는 윤 배우를 긍정적으로 평가했다. 자세가 좋고, 성장 가능성이 있다고.

하지만, 하지만 말이지.

『윤환 : 계유(癸酉)년 을묘(乙卯)월 무술(戊戌)일 출생』

『운명 : A』

『현생 : B』

『업보 : 0』

『전생부(前生簿) 요약 : 양반가의 자식으로 태어났다. 하여 삶은 무탈했다. 빼어난 외모와 효심으로 많은 양반가에서 그와 연을 맺고 싶어 했지만 그는 감히 우러러볼 수 없는 찬란한 운명을 가진 여인에게 마음을 빼앗겼으니… 시간이 흘러 마음에 없는 여인과 혼약했으나 여인의 몸이 약해 초야 치른 지 얼마 안 돼 먼 길을 떠난다. 하나 홀로 남은 그는 죽을 때까지 여인의 남자로 남았으니, 먼 길 떠나던 날 여인이 마중 나와…….』

이거 또 여자 저승사자가 적었나 보네.

요약본이 이 정도면 풀 버전은 장편 로맨스 드라마 수준이겠지?

그래서 본론으로 돌아오면, 윤환은 S급이 아니다. 그와 관련해 내가 업보를 짊어진 것도 없고.

무엇보다, 윤 배우가 내 기억에 없다.

그 말인즉, 이 친구는 대성하지 못하거나, 업계에서 사라진다는 의미다.

여기서 좀 더 생각을 해야 했다.

〈장산의 여인〉으로 윤환의 미래가 달라질까?

본래 〈장산의 여인〉은 윤소림이 배역을 맡기 이전에도 성공했었다.

다만 그때 유복희는 윤소림의 유복희와는 달랐던 걸로 기억한다.

백유미였나? 아니, 김솔이였구나.

정확히 기억은 나지 않지만 김솔이가 연기한 유복희에선 로맨스는 티끌만큼도 없었다. 영화 전개 내내 팽팽한 긴장의 연속이었다.

아마도 김솔이가 전작에서 장르물을 찍은 지 얼마 되지 않은 상태로 영화 촬영을 하는 바람에 캐릭터가 이어진 걸 수도 있다.

하지만 윤소림의 유복희는 어떠했던가.

120개 씬 내내 아슬아슬한 감정선과 경직된 표정을 유지하면서도 윤소림의 유복희는 지켜주고 싶게 만드는 흠이 있었다.

삐걱거리듯 불시에 드러나는 눈빛과 행동에서 관객들은 유복희의 불안함을 함께 느꼈다.

그리고 그때마다 불안함을 잠재워 주는 캐릭터가 바로 윤환이었다.

그랬기 때문에 지금 윤 비서의 존재감이 두드러질 수 있었다.

아무튼… 그래, 아무튼.

문제는 윤환의 앞으로가 달라진다 한들 나와는 상관이 없다는 거다.

[우리의 목적은 아저씨의 업보 해결이니까요.]

이제는 업보 소리만 들어도 징글징글하다. 하지만 어쩌겠는가.

말 그대로 내 업보인걸.

"비록 제가 A급 배우는 아니지만……."

"아니요, 윤환 씨는 A급이에요."

생의 계획이 그렇다고 말하고 있다.

정해진 운명이고, 노력으로 그 이상을 쟁취할 수도 있을 거다.

배우가 아니더라도, 세상 어디에서 무엇을 하든 A급 이상의 운명은 보장받는다.

전생의 덕으로 이번 생은 그렇게 태어났다.

한채희처럼 대형 사고만 터뜨리지 않는다면 윤환의 삶은 무탈하다.

"좋게 봐주셔서 감사합니다."

"당분간 예능을 하고 싶다고 하셨는데, 배우 일은 아예 생각하지 않고 있는 거예요?"

잠깐 모든 것을 제쳐두고 얘기를 이어봤다.

"지금 당장은 그렇습니다."

신인배우가 연기를 잠깐 멈추고 예능을 도는 일이야 흔한 편이다.

물 들어올 때 노 저어야 하니까.

기라성 같은 배우들도 예능 나들이를 하려고 안달인 세상인데 기회를 놓치고 싶지 않겠지.

아니면, 유병재에게 말했던 대로 순수하게 세상 경험을 해보고 싶은 걸 수도 있고.

"배우가 예능 활동 할 때는 어느 정도 이미지 유지는 해야 합니다. 그리고 적당한 시점에 끊고 본업으로 돌아가야 해요. 알죠?"

너무 망가지면 수습하기 어렵다. 너무 익숙해져도 안 된다.

당부했더니, 윤환이 수줍게 웃으며 속삭인다.

"왜 웃으세요?"

"전 소속사에서는 이런 얘기를 나눈 적이 없어서요. 아, 거기가 나빴다는 말은 아니고 배우 쪽은 잘 몰랐던 것 같아요."

"회사가 배우를 본격적으로 키우려고 했다면 A급 이상 배우를 영입했을 겁니다. 그래야 대본이 들어오고 업계 돌아가는 소식이 들리니까."

윤환이 고개를 주억거렸다.

나는 잠깐 그를 바라보다가 결론을 내렸다.

"솔직하게 말씀드릴게요. 우리는 당분간 배우 풀을 넓힐 생각이 없어요. 곧 데뷔할 연습생들에게 역량을 소비할 겁니다. 물론, 윤 배우님이 아쉬운 것도 사실이고요."

윤환이 입술을 지그시 깨문다. 실망했는지 시선이 아래로 처졌다.

"하지만, 인기차트 활동은 저희가 서포트하죠. 원한다면요. 아, 윤환 씨가 인기차트 MC를 맡게 될 경우에 말이에요."

처졌던 시선이 다시 올라왔다.

유난히 투명한 눈에 미소 띤 내 얼굴이 비친다.

"원합니다! 그래 주시면 감사하죠!"

"이제 TV에 자주 나올 텐데, 부모님이 좋아하시겠네요?"

서류를 꺼내 들면서 물었더니, 윤환이 밝게 웃으며 고개를 끄덕인다.

사람 참, 괜찮네.

·

·

·

계약서가 담긴 대봉투를 들고 나오면서, 윤환은 설렘을 감추지 못했다.

들썩거리는 입꼬리를 얼른 마스크 속에 감춘다.

그러고는 겨드랑이 사이에 대봉투를 끼고 핸드폰을 들었다.

[엄마, 퓨처엔터와 일하기로 했어요. 그리고 역시나 좋은 사람들이었어요.]

빗자루 칼싸움을 하는 모습에 조금 당황하긴 했지만, 그만큼 분위기도 좋고 연습생과 대표 간에 격이 없어 보이는 게 사이도 좋아 보였다.

하긴, 영화 촬영 때도 최고남 대표가 온 날은 윤소림의 연기 집중도가 장난이 아니었으니까.

무엇보다 윤소림이라는 라이징스타를 만들어낸 만큼 대단한 대표니까.

역시, 미다스의 손이라는 말이 괜히 나오는 게 아니다.

"그러고 보면 여기와 일하고 싶은 배우들이 많겠구나."

그제야 윤환은 아까 대표실에서 얼핏 본 서류 뭉치들을 떠올렸다.

증명사진이 붙은 프로필도 있었는데, 퓨처엔터와 계약하고 싶어서 누군가 간절함을 담아 보내온 서류일지도 모르겠다.

"폐 끼치지 않게 열심히 해야겠네."

다짐하고 다시 핸드폰을 살폈다.

아직 엄마에게서 문자가 오질 않았다.

눈을 깜빡거리며 좀 더 쳐다볼 때, 문자가 왔다.

후, 하고 숨을 내쉬면서 미소 짓고 문자를 본다.

*　　　*　　　*

「인기차트팀 회의 중」

방금 막 〈장산의 여인〉에서 유복희를 지키다가 튀어나온 것 같은 윤 비서가 인기차트 회의실에 들어왔다.

봄이 와도 찬바람만 쌩쌩 불던 작가들 얼굴에 마침내 화사한 봄이 찾아왔다.

"어머! 윤 배우님!!"

늘 쌀쌀맞고 짜증만 내던 작가들이 이상한 비음을 섞으며 의자를 직접 빼준다.

"와, 티라노가 비음 내는 거 봤어요?"

"세상에 만연한 외모 지상주의를 끊어내는 것은 정재계의 비리와 부패를 끊어내는 것만큼 불가능한 일이야. 그냥 수긍해."

기가 찬 FD가 막내 작가의 별명을 꺼내 들며 중얼거리자, 그보다 나이 든 선배가 진리를 속삭였다.

그사이 윤환이 작가들과 마주 앉았다.

별처럼 초롱초롱 빛나는 작가들의 눈과, 피에로처럼 징글맞게 올라간 입꼬리를 마주 본 윤환이 어색하게 웃는다.

그 모습을 보는 FD는 여전히 꼬인 심정으로 설 피디를 바라봤다.

날카로운 질문으로 윤환의 허점을 끌어내기를 바라면서.

이런 질문 있잖은가.

윤 배우도 똥 싸죠?

윤 배우도 트림하잖아요? 분명 할 거야.

윤 배우는 샤워할 때 발가락 씻어요? 때 나오죠?

윤 배우도 코 팔 거야. 그렇죠?

물론 설 피디가 미치지 않고서야 그런 질문은 하진 않겠지만, 그래도 피디로서의 권한을 보여주면서…….

"윤 배우님, 우리랑 할 거죠?"

설 피디의 첫마디였다.

"아, 하고 싶습니다."

"합격!"

두 번째 입을 열었을 때 윤환은 인기차트 MC가 됐다.

그럼 이제 여자 MC만 남았는데, 여전히 빛소대 홈마가 올린 사진 속 여자는 오리무중.

그래서 결국 설 피디는 포기를 하고 다른 후보를 만나기로 했다.

그 전에 우선 윤 배우를 배웅하고.

"윤 배우, 내가 전화할게요!"

"예! 열심히 하겠습니다!"

"대충 해도 돼요! 이게 있는데."

신이 난 설 피디가 제 얼굴 위에서 손을 흔든다. 윤 배우가 허리를 꾸벅 숙이고 사라지자 작가들의 비음은 한층 더 커져서 FD는 쥐라기 시대 익룡들의 둥지에 떨어진 기분을 느껴야 했다.

그리고 잠시 뒤 문이 다시 열리고…….

"안녕하세요! 이번 생은 오.오.오! 오3 리더 율입니다!"

신인 걸 그룹 〈O.O.O〉 리더 율.

그녀가 등장했다.

* * *

"데뷔한 지 얼마나 됐어요?"

"이제 한 달 됐습니다!"

대답은 씩씩하네.

"취미가 뭐예요?"

"뜨개질이요!"

"뜨개질?"

"예. 하다 보면 집중돼서 잡생각도 안 나고 재밌거든요."

"특기 있어요?"

"노래? 헤에."

식상하네.

"메보예요?"

"예! 팀에서 메인보컬 맡고 있습니다!"

"한 곡 들어볼 수 있을까요?"

기교 섞인 팝송 반 토막.

"멤버들하고 사이는 어때요?"

"너무우~ 좋습니다!

율이 입술을 쭉 내밀고 대답한다.

그 바람에 설 피디는 어제 저녁 술안주로 먹은 개불을 잠깐 떠올렸다.

설 피디는 프로필을 손에 들며 생각했다.

'이 정도면 괜찮으려나?'

작가들이 율에게 질문을 하고 있었지만 딱히 귀담아듣고 싶진 않았다.

많은 경우 사람은 첫인상에서 느낀 생각에서 크게 벗어나질 않는다.

외모야 예쁘장하지만 딱히 끌리진 않고, 대답들도 정해진 틀 같았다.

'뜨개질? 소속사에서 배우라고 했나 보지 뭐.'

특기가 노래? 직장인이 일 잘하는 게 특기인가.

음악방송 피디 생활을 하면서 수많은 아이돌을 봤기 때문에 척하면 척이다.

데뷔 곡도 차트 광탈한 지 오래고, 팬덤은 바람 불면 훅 날아갈 정도로 미약하고, 그나마도 오타쿠들이 새로 출시한 인형에 반응하는 수준인데.

그럼에도 율이 앞에 앉아 있을 수 있는 이유는 율의 소속사 대표가 N탑 출신이기 때문이었다.

'인맥도 있고, 경력도 있는 사람이 만든 걸 그룹이니 쇼케이스 때도 기자들이 푸시 해줬고 말이지.'

오늘 자리를 위해서도 저쪽에서는 꽤나 공을 들였다.

설 피디가 어젯밤 개불에 소주 한잔 마시고 케이크 하나 들고 집에 들어간 사연이 그러했다.

'다른 애들도 보고 결정하자.'

설 피디가 고개를 끄덕이자, 율은 좋게 보였다고 생각했는지 환하게 웃었다. 순진한 걸까. 계산일까. 아무래도 후자 같다.

"오늘 수고했어요."

"감사합니다!"

나가는 율에게서 눈을 떼고, 설 피디는 스태프들을 바라봤다.

칙칙한 얼굴들을 보니 잡생각만 잔뜩 한 것 같았다.

드르륵.

"너희들끼리 하고 있어. 담배 한 대 피우고 올 테니까."

"예."

이후에 약속을 잡은 아이돌들도 오3와 별반 다를 바 없는 급이었다.

디다(D.DA), 예나, 웬디즈 같은 급은 당연히 이런저런 핑계를 대면서 애초에 캐스팅 제안을 고사했고.

'그나마 빛소대가 좀 나은데.'

신인급이긴 하지만 똘끼 충만한 콘셉트 덕분에 어그로는 끌리니까.

'그래도 윤 배우는 캐스팅했으니까.'

남자, 여자 MC 중에서 하나는 잡았다.

50프로는 목표한 바를 이뤘다는 얘기였다.

"아, 사인!"

마누라가 꼭 받아 오라고 했는데.

젠장맞을. 오늘 저녁에는 맛있는 것 좀 먹나 했더니만.

"아니지, 어쩌면 다행인가?"

사인에 기분 좋아진 마누라가 잠 못 들고 흥분이라도 하면…….

"어휴!"

고개를 내저은 설 피디는 실없이 웃으면서 화장실로 향했다.

방광을 깨끗이 비우고 나온 그는 담배나 태울 겸 총총걸음으로 흡연 구역으로 향하며 주머니를 뒤적였다.

"오케이!"

그가 딱 자판기 커피 한 잔 마실 동전에 세상 다 가진 미소를 지을 때였다.

"설 피디!"

응?

손 본부장이다.

그런데 그녀 혼자만 있는 게 아니었다. 눈이 화등잔만 해진 설 피디가 냉큼 달려왔다.

"사장님!"

"설 피디, 어디 가요?"

"아, 섭외 문제로 통화할 게 있어서요, 잠깐 밖으로 나가는 중이었습니다! 통화 길어지면 다들 일하는데 시끄러울 것 같아서요."

"바쁘네, 바빠."

따뜻한 햇살처럼 눈부신 사장님의 그윽한 시선.

"지난번에 윤소림 일일 MC 건, 그거 아주 감동적이었어요. 손 본부장, 그거 실검에도 한동안 오르내렸지?"

"예. 윤소림과 웬디즈 사연이 한동안 실검에 올랐습니다. 물론 인기차트도 그렇고요."

"설 피디가 참 대단해. 어떻게 그런 무대를 만들었어요?"

"아휴, 아닙니다."

"아니긴. 나도 영상 보고 감동했는데. 그게 단순히 무대를 보여주는 것으로 끝난 게 아니잖아요? 연습생들의 비애, 회사와 회사 간의 관계, 그런 종합적인 것을 내가 설 피디 덕분에 느꼈어요."

"감사합니다!"

"손 본부장, 설 피디도 경력 좀 되지?"

"그럼요."

손 본부장의 대답에 사장님이 '흐음' 하는 긍정의 시그널을 보낸다.

설 피디는 마른침을 꿀꺽 삼켰다.

'승진각!'

떠오른 생각에 사춘기 소년처럼 가슴이 설렐 때였다.

몸을 배배 꼬며 이마를 긁적이던 그의 눈에 로비를 지나는 여자애가 눈에 들어왔다.

'어!?'

찰랑거리는 머리, 하얀 얼굴, 피존 향 짙게 퍼뜨릴 것 같은 역동적인 발걸음으로 눈앞을 스쳐 간다. 바로 그 애다! 빛소대 홈마가 찍은 사진 속 여자애.

"설 피디, 이번에 MC 바꾼다면서요?"

"아, 예!"

잡아야 하는데. 사장님 두고 그냥 갈 수도 없는 노릇이고.

애타는 속마음도 모르고 사장님은 계속 질문이고.

"캐스팅하는 중이에요?"

"남자 MC는 배우 윤환이라고……."

에라, 모르겠다.

승진이 우선이다.

"얼마 전 넷플렉스에 올라온 〈장산의 여인〉이라는 영화에 출연한 배우입니다. 윤소림과 호흡을 맞췄고요."

"아, 윤소림하고? 손 본부장도 윤환이라는 배우 알아?"

"알죠. 영화 공개되고 2, 30대 여성들이 검색하는 배우 순위에서 10위권에 들었을 정도로 앞으로가 기대되는 배우입니다."

"그래? 이야, 역시 설 피디. 진짜 내가 설 피디한테 아주 기대가 커요."

"감사합니다!"

"그럼, 수고해요. 조만간 또 보자고요."

"예!"

승진 문턱으로 가는 길목에서 희망의 전주곡을 연주해 주고 사장님이 떠난다.

설 피디는 잠깐 넋이 나가 있다가 정신을 번쩍 차렸다.

"찾아야 해!"

멀리 가지는 못했을 거다.

가봐야 SBC 건물 안 아니겠는가.

하지만 설 피디의 예상은 완전히 빗나갔다.

도대체 그 짧은 시간에 어디를 갔는지 찾을 수가 없었다.

"으아! 내가 오기로라도 너 잡아서 MC 시킨다!"

설 피디는 찾는 것을 멈추지 않았다.

집념의 사나이 아닌가.

시골 촌놈이 방송국 피디 되겠다고 서울 올라가겠다고 했을 때, 마을 사람들이 무식한 놈 운운하며 비웃었어도 기어이 피디가 된 그였다.

그것도 무려 SBC 정직원!

지금껏 집념으로 살아왔다.

연고 하나 없는 삭막한 서울에서 밥 벌어먹고 살기가 어디 쉬웠던가.

억센 사투리 뜯어고치고, 박쥐 같은 기자들과 호형호제하고, 싸가지 없는 연예인과 그 매니저 놈들하고 밀당하고, 선배 피디들한테 조인트 까여가면서 이 자리에 섰다.

“기필코 찾고 만다.”

30분 후.

지친 설 피디는 주차장이 훤히 보이는 계단에 털썩 주저앉았다.

“이건 뭐, 사막에서 오아시스 찾기네.”

기도라도 해볼까?

신이시여 소원을 들어주십시오.

말해봐라. 너의 소원이 무엇이냐.

그 소녀를 찾는 것입니다…….

“나 지금 뭐 하는 거냐.”

잠깐 두 손을 모았던 설 피디는 엉덩이를 털고 일어났다.

그러다가 주차장 쪽을 흘깃 보곤 눈을 깜빡였다.

“하도 걸었더니 당이 떨어졌나?”

피존 향 짙게 날 것 같은 저 발걸음의 여자는 신기루일까.

“저기에 있었네!”

잡아야 한다. 그러려면 달려야 한다.

그런데 내내 걸었던 탓인지 삐걱거리는 무릎과 지끈거리는 허리통에 어색한 뜀뛰기로 여자애를 잡으러 가는 설 피디.

"잠깐만, 잠깐만!"

그사이 차에 탄 여자애는 설 피디의 간절함과 정성을 1도 모른 채로 그렇게 검은 차와 함께 사라져 버렸다.

다행히 차 번호를 손에 쥐고 회의실로 돌아온 설 피디.

그런데…….

"피디님! 왜 이제 오셨어요?"

"왜? 무슨 일 있었어?"

퇴근 시간도 아닌데 스태프며 작가들이며 이슬 머금은 꽃처럼 얼굴이 활짝 펴서 그를 맞이했다.

"그 애 왔었어요! 피디님이 간절히 찾던 그 애요!"

"그게 무슨 말이야?"

"그 애가, 최고남 대표 애였지 뭐예요! 송지수라고!"

작가가 송지수의 프로필을 설 피디에게 보여줬다.

아니, 그렇게 찾아 헤맸는데, 여기서 오디션 중이었다고?

너무 황당해서 주저앉은 설 피디는 프로필을 들고 고개를 절레절레 흔들었다.

"우연이라고 해야 하는 거야, 인연이라고 해야 하는 거야?"

"실물이 더 낫더라고요!"

"애가 말을 잘하는 건 아닌데, 눈빛도 좋고… 일단 예뻐요. 신선하게 예뻐요!"

그렇겠지.

신기루처럼 예쁘지.

고개를 주억거린 설 피디는 하도 어이가 없어서 피식 웃고 방금 전 일을 얘기했다.

얘기하는 중에도 헛웃음이 흘러나올 정도였다.

누가 믿을까? 이런 상황을.

"웃기지 않냐? 내가 오디션에 불러놓고 밖에서 그렇게 헤맸으니 말이야."

"저……."

FD가 머뭇거리며 입을 연다.

"왜?"

"방명록 보시면 됐을 텐데. 방송국 들어오면서 적었을걸요?"

"너… 나가."

"예?"

"나가, 인마!"

* * *

릴리시크 멤버 중에 누가 인기차트 MC가 되면 좋을까.

고민 끝에 나는 인기차트 프로그램 대본을 하나 구해서 멤버들에게 한 번씩 들게 했다.

그랬더니, 송지수가 든 순간 환한 빛이 일렁였다.

그래서 오늘 송지수가 오디션을 본 것이다.

[미다스의 손이 저승사자의 능력으로 만들어지고 있다니……]

점점 편해지는 세상이니까.

핸드폰 터치 몇 번에 시장을 보지 않아도 야채가 배달되는 세상 아닌가.

[적절한 비유라고 생각하십니까?]

그만 얘기하는 걸로 하자.

어찌 됐든 송지수 잘되고, 릴리시크 잘되면 업보 해결로 직결되는 거니까.

그러니까 이건 다 내 업보 해결과 저승이의 빠른 업무 복귀를 위한 간소화 과정이라고 생각하자.

[인정. 그 대신… 알죠?]

의미심장한 눈빛에 섞인 단어를 해석해 보자면 오늘 대박 맛있는 걸 먹고 싶다는 것 같은데.

짬뽕이나 먹어라.

발광하듯 불만을 토하는 저승이를 뒤로하고 룸 미러에 비친 송지수를 바라봤다.

차 팀장이 힘을 팍팍 줘 헤어 메이크업을 해주었는데도 방송국을 나온 뒤로 표정이 계속 어둡다.

[아, 좀 더 잘 말해볼걸. 난 왜 맨날 이러지?]

언제 뒤로 갔는지 저승이가 송지수의 옆에서 속마음을 속삭인다.

허락도 없이.

[하아, 대표님은 왜 나한테 하라고 했을까. 연우도 있고 아라도 있고, 은혜도 있는데.]

[내가 제일 못하는데.]

[떨어지면, 다들 실망하겠지?]

아주 자기 비하의 끝판왕이구만.

더 내버려 두다가는 부정적인 생각으로 차가 무거워질 것 같았다.

"지수야."

"예? 아, 예! 대표님!"

"너 오늘 잘했어."

도망치지도 않았고 작가들과 스태프들 시선 앞에서 흐트러지지도 않았고.

[정말일까. 그냥 하시는 말이겠지?]

못 믿겠으면 한 번 더 말해주지 뭐.

"이제껏 내가 본 송지수 모습 중에서, 오늘이 가장 용감하고 멋있어 보이더라."

내일은 더 멋있어지겠지.

내가 그렇게 만들 거니까.

[칭찬… 받았다.]

송지수가 수줍게 웃는다.

"그래서 오늘 지수 맛있는 거 사주려고."

[아, 신라호텔 뷔페 먹고 싶다.]

뷔페? 뷔페 좋지.

[후식으로는 통구이 바비큐에 화이트와인이면 좋겠는데.]

통구이 바비큐에 화이트와인이라… 응?

송지수는 술 못 마시는데?

룸 미러를 쏘아봤더니, 저승이가 슬며시 고개를 돌린다.

* * *

"아쉽지만, 다른 기회도 있는 거니까."

매니저의 말은 율의 귀에 들리지 않았다.

다른 누구도 아닌 송지수라니! 송지수가 인기차트 여자 MC라니!

"괜찮은 거지?"

"예."

"그래, 그럼 쉬어."

매니저가 나가고 혼자 남은 율은 이를 악물었다.

"씨발!"

*　　　*　　　*

「SBC 인기차트 녹화 당일」

윤환, 송지수가 인기차트 MC로 최종 낙점됐다.

경쟁이 치열한 자리라서 기대하지 않았는데, 설 피디가 이상하게 송지수한테 꽂혀서 번갯불에 콩 구워 먹듯 결정 나버렸다.

아무래도 지난번 윤소림이 일일 MC를 맡았던 일이 도움이 된 것 같다.

낙점 후, 두 MC는 인기차트 작가들을 만나서 콘셉트 회의를 거치고 공중파 데뷔를 준비하느라 정신없는 시간을 보냈다.

처음에는 서로를 낯설어했지만, 하루 이틀 호흡을 맞춰가면서 한 걸음 가까워진 것 같다.

여전히 어색해 보이긴 하지만.

[송지수. 기묘(己卯)년 임신(壬申)월 무오(戊午)일 출생.]

저승이가 대기실 문 옆에서 기댄 채로 명부를 뒤적인다.

종이가 한 장 두장 빠르게 넘어간다.

[박은혜. 기묘(己卯)년 기사(己巳)월 갑신(甲申)일 출생]

[권아라. 신사(辛巳)년 신묘(辛卯)월 계미(癸未)일 출생]

[소연우. 신사(辛巳)년 임진(壬辰)월 무신(戊申)일 출생]

촤르르 넘어가던 종이가 멈추고 명부가 다시 닫혔다.

그러자 저승이가 나를 쳐다봤다. 찬바람 느껴지던 얼굴에 미소가 그어진다.

[이제 시작이네요.]

과연 릴리시크는 대중에게 먹힐까?

그래서 S급 운명의 길을 갈 수 있을까?

그 답은 곧 알 수 있을 거다.

[근데, 진짜 윤환은 왜 받아준 거예요?]

저승이가 기자와 인터뷰 중인 윤환을 흘깃 보며 물었다.

'이상하게 신경이 쓰여서.'

그러게. 내가 좀 변한 것 같다.

재능충 아니면 거들떠도 안 보던 내가 저런 타입에게 흥미를 느끼다니.

아니면 회귀의 부작용인가?

사람이 갑자기 변하면… 아, 나 죽었었지.

"오케이!"

마지막 붓 터치를 끝낸 차가희가 한발 물러났다.

허리춤에 손을 올린 채로 작품 감상하듯 서 있는 그녀 옆으로 한 발자국 비껴 움직이자, 메이크업이 끝난 송지수가 보인다.
지난 8월에 릴리시크를 만났으니까, 반년이 지났네.
그사이 정말 많이 변했다. 실력도 늘었고.
특히 송지수는 처음부터 연습생 신분이었기 때문에 넷 중에서 가장 빨리 틀이 잡혔다.
자기가 뭘 해야 할지를 알고, 멤버들이 포지션을 잡는 데도 도움을 줬다.
다행히 성격도 예전보다 밝아진 편이고… 아마도?
"와, 대박! 언니, 완전 예뻐요!"
소연우가 바퀴벌레처럼 슥슥 움직이면서 송지수를 좌우로 훔쳐본다.
"지수야, 엄마한테 전화했어?"
"아니, 아직. 방송할 때 얘기하려고."
"그럼 사진 먼저 찍어서 보내 드리자."
뒤로 한발 물러난 박은혜가 핸드폰을 들고 요리조리 각도를 재면서 찰칵!
찍은 사진을 확인하고 송지수 어머니에게 사진을 뚝딱 전송한다.
사회생활을 일찍 해서 그런지 행동이 빠릿하다.
"언니, 많이 떨려요?"
"어. 떨려."
"심호흡, 심호흡! 그리고 이거 먹어요."
둘이서 요란하게 가슴을 들썩거리고 나서, 소연우가 뭔가를 주머니에서 꺼내서 내민다.

“이게 뭐야?”

“면접약이요, 혈압 낮춰서 긴장 줄여주는 약이에요.”

누가 부모님이 의사 아니랄까 봐.

나는 옆에 서 있는 우리 스타일팀 배서희에게 눈짓했다.

“압수!”

“아, 언니!”

가차 없이 약을 빼앗는다.

“아까 우황청심환 먹었는데 뭘 또 먹어? 그리고 이거 전문의약품 아니야?”

“이거 한 알 정도는 괜찮은데.”

“우리 연우… 혼날래?”

배서희가 소연우의 볼을 살짝 꼬집는다. 큰 눈을 깜빡거리며 도와달라는 듯 날 쳐다보길래 모른 척 시선을 돌렸다. 그곳에서는 일찌감치 준비를 끝낸 윤환이 황 기자와 인터뷰 중이었다.

“환이 씨, 소림 씨하고 촬영하면서 호흡은 잘 맞았었나요?”

“예, 소림 씨가 너무 잘해주셔서요. 오히려 제가 부족했죠.”

“극 중에서 유복희와 윤 비서는 키스씬은커녕 둘이 직접적으로 감정을 나누는 장면이 한 번도 없잖아요?”

“예.”

“그런데도 네티즌이 찐사랑이라고 부르는 이유는 뭘까요?”

“아무래도 처음부터 끝까지 유복희의 곁을 지키는 유일한 존재여서 더 감정이입을 하시지 않았나 싶습니다.”

차분하게 질문에 대답하는 모습을 보니 윤 배우는 걱정하지 않아도 될 것 같다.

그나저나 얘는 왜 이러고 있는 걸까.

나는 고개를 숙여서 다리에 붙어 있는 은별이를 바라봤다.

때아닌 매미 소리를 내면서 아까부터 이러고 있다.

"맴맴맴!"

이름하여 〈대표님의 다리는 여름 나무처럼 단단할까?〉라는 콘텐츠.

지켜보다가 은별이를 번쩍 들어 안았다.

"매미 잡았다!"

4학년이 돼서인지 작년보다 무겁다. 키도 많이 컸고.

좀 있으면 못 안겠거니 싶어서 왠지 아쉬운데, 권아라가 내 옆에 다가와 쭈뼛거리며 눈치를 본다.

"왜? 할 말 있어?"

"저… 죄송합니다."

"뭐가?"

"아육대에서 오3 멤버들하고 다툰 거요."

아, 그거.

찌라시 한 줄처럼 목격자 썰만 떠돌다가 잠잠해진 일이다.

오3 애들이 아육대에서 송지수를 스쳐 본 모양이고, 따돌렸던 얘기를 하다가 권아라의 귀에까지 들어간 모양이다. 그래서 이 정의롭고 착한 녀석이 오3 멤버들하고 부딪쳤는데 그걸 팬들이 우연히 목격했던 것 같다.

"나영 씨한테 들었어. 지수 때문에 그랬다며?"

"예."

나는 고개를 숙이는 권아라에게 손을 뻗었다.

녀석이 흠칫 놀라서 어깨가 줄어들었다.

그래서 어깨 대신에 머리를 쓰다듬었다.

"착하다."

"예?"

"착하다고."

수줍어하는 권아라를 보고 있는데, 내 머리에 작은 손이 올라왔다.

은별이였다. 그리고 나처럼 말했다.

"착하다."

"뭐어?"

나도 모르게 웃음이 나온다.

여자애들은 여전히 수다 떨기 바쁘고, 차 팀장은 그사이 핸드폰 들고 혼잣말 대잔치 중이고, 윤환은 이런 난장판 속에서도 진지하게 인터뷰 중이다.

이젠 핸드폰까지 요란하게 벨 소리를 울린다.

성지훈이네?

"샌드위치 품절이요!"

—흐응.

괴상한 소리를 내고 전화가 끊어졌다.

아무튼 정신없는 상황에서 인터뷰를 끝낸 황 기자가 박수를 치고 외친다.

"자, 우리 사진 한번 찍을까요?"

"얘들아, 대표님 옆으로 모여!"

"내가 대표님 옆에 설래!"

"에헴! 선배한테 양보하세요, 후배님들!"

"은별이 너무해!"

"자, 찍어요!"

황 기자가 카메라를 세팅하고 헐레벌떡 달려와 합류한다.

'너도 빨리 와!'

설렁설렁 다가오던 저승이가 부리나케 옆에 온다.

찰칵!

내 기억에 사진 한 장처럼 진하게 남는 순간이었다.

*　　　*　　　*

인기차트 방청을 위해 모인 팬들은 입장 전부터 소란스러웠다.

카메라를 몰래 가져왔는지 확인하기 위해서 가방을 체크하는 보안 요원과 팬들 사이에서 가끔 실랑이도 일어났고, 대화도 그치질 않았다. 오죽하면 수다 떨고 싶어서 오는 팬들도 있었다.

"오늘 남팬들 왜이렇게 많아?"

"남녀 성비 실화냐? 오늘은 완전 남탕이네."

"야야, 쉰내 나는 것 같지 않냐?"

킁킁.

코를 훌쩍거린 여자들은 인상을 찌푸리며 남자들을 쏘아붙이고는 금세 화제를 돌렸다.

"야, 인차 제작진, 새 여자 MC 뽑은 거 완전 무리수 아니냐?"

"맞아! 벌써부터 커뮤에 말 돌고 있잖아! 듣보잡이 MC 했다고!"

"새 MC 지원한 걸 그룹 아이돌만 열 팀이라는데, 그중에서 뽑은 게 개라는 게 더 어이없지 않냐?"

"심지어 아직 데뷔도 안 했잖아!"

오늘부터 바뀐 MC의 녹화일이라서 여팬들 사이에서 불만이 쏟아진다.

"이래서 대기업이 무서워요! 상도덕 개나 줘버려!"

"걔네 회사가 대기업이야?"

"윤소림 회사잖아! 윤소림 작년에 씹쌍타 치고 이번 영화도 대박 터졌고!"

"아아, 그러네."

"사진 봤어? 보정 개쩔지 않냐?"

"웃긴 게 얼굴에서 광이 나. 필터질 오지게 한 거지!"

"아씨, 짜증 나!"

여팬들은 온갖 신경질을 쏟아냈다.

갑자기 나타나서 새 MC 되고 인터뷰까지 하고, 주목받는 이유가 뭔데?

"데뷔하려고 줄 서 있는 애들 사이로 새치기한 거나 다름없는 거잖아! 내가 더 열받네!"

"오3 팬덤에서 이 일, 기자한테 제보해서 공론화한다는데? 공중파 피디가 친한 소속사 뒤 봐주는 거 뭐라더라? 아, 김영란법! 그거 걸릴걸?"

"하긴 완전 뒷말 나올 각이니까!"

"근데, 오3 팬덤이 있어? 걔들 데뷔한 지 얼마 안 되지 않았나?"

"원래 소규모 딱구들이 열일하는 거잖아!"

"딱구가 뭐야?"

"오타쿠!"

키득거리는 그녀들.

"근데 윤소림 회사 개무서운데. 악플 무조건 고소잖아?"

"이게 무슨 악플이야? 공익 제보지!"

그때였다. 뒤에서 누군가 여자의 어깨를 톡톡 두드렸다.

뒤돌아보니 남자 팬이다.

"저기요."

"왜, 왜요?"

"악플이 무슨 공익 제보예요. 악플이지."

"뭐야. 그, 그냥 한 소리죠!"

"그리고, 송지수예요. 듣보잡이 아니고. 또 그리고, 송지수 이미 데뷔했거든요? CF도 벌써 찍었고요."

여팬들은 그게 뭐냐고 대꾸했지만, 남팬은 진지하게 핸드폰까지 꺼내 들고 CF 영상을 보여줬다.

"봐요, 이미 전부터 은별이랑 영상도 자주 찍었고, 윤소림 브이로그에도 가끔 나왔어요. 그리고 최근에는 1일 1영상 올리고 있고."

"그, 그래서요?"

"그리고……."

"아, 또 그리고 뭐. 왜 자꾸 그리고래?"

목소리를 바르르 떠는 여자에게 남팬이 다시 말했다.

"송지수 팬들도 있다고요. 그러니까 말조심하시라는 얘기예요."

"패, 팬이요? 아저씨요?"

'고작 한 명 가지고'라고 구시렁거리던 여팬의 입술이 서서히 다물어진다.

주위에 있던 남자들이 다들 그녀를 보고 있었기 때문이다.

운동선수처럼 생긴 남자도 있고, 집에 있는 아빠 같은 사람도 있고, 의외로 모델처럼 잘생긴 사람도 있는데…….

"우리 다 릴리시크 팬이에요."

압도적인 분위기에 여팬은 입을 꾹 다물었다.

하지만 이해할 수가 없었다.

'아니, 벌써 이렇게 팬이 있다고?'

그럴 때, 또 다른 여팬이 부리나케 핸드폰을 내밀었다.

"야야, 이거 봐. 얘네 졸라 골 때린다."

"뭔데?"

"퓨처엔터 홈페이진데, 여기 릴리시크 세계관 봐봐."

"세계관?"

그토록 간절했던 꿈을 포기했을 때 소녀는 눈물을 흘렸다.

하지만 그동안 너무 많은 눈물을 흘려서 소녀가 흘린 눈물은 겨우 네 방울이 끝이었다.

밤의 어둠 같은 시간 속에서 더는 흘릴 눈물이 없어졌을 때 소녀는 또 다른 꿈을 찾아 떠났다.

이제 소녀가 떠나고 남은 자리에는 눈물만 있었다.

별들의 시선이 안타까움 속에서 눈물을 지켜봤다.

그러자 놀라운 일이 벌어졌다.

눈물 한 방울에서 하얀 꽃이 자라난 것이다. 별들이 기뻐할 때 또 다른 꽃이 자라났다.

"…그렇게 해서 릴리시크가 탄생했다?"

"개소름!"

"뭐가? 뭐가 개소름이야?"

"꿈을 포기한 소녀는 윤소림이고 윤소림의 눈물로 릴리시크가 태어났다는 거잖아!"

"엥? 뭐 이런 개찐… 세계관이 있어?"

남팬들이 들을까 봐 목소리를 낮추고 속삭인다.

"그래, 그거네!"

"뭐가 또?"

"릴리시크가 윤소림의 일부니까, 윤소림 코어 팬들도 자연스럽게 릴리시크에게 감정이입 하게 만들어서 흡수하려는 거네! 이야, 알파고가 와도 이런 수는 생각 못 하겠는데?"

"그게 감탄할 일이야?"

도대체 이런 생각을 하는 퓨처엔터란.

* * *

"미안해. 내가 다음에 오3한테 기회 줄게."

녹화 시작 전, 설 피디는 오3 매니저를 달랬다.

술자리에서 먹은 개불이 목에 얹힌 듯해서 이렇게라도 해야 찜찜한 게 덜어질 것 같았다.

"뭐 어쩌겠어요. 피디님이 결정한 일에 저희가 구시렁거려 봤자 입만 아프지."

"에이, 무슨 말이 또 그래."

"말이 그런 게 아니라, 정말 죄송한데요, 저 피디님 진짜 형님

같이 생각했거든요? 그날 개불 먹으면서 피디님이 형이라고 부르라고 할 때, 저 진짜 가슴 벅차고 그랬거든요?"

곰 같은 놈이 우는소리를 한다.

"미안해, 미안해. 내가 꼭 한 번은 오3한테 기회 준다."

"솔직히 저 그 말 못 믿겠습니다. 그날 케이크 들고 가실 때도 기회 준다고 하셔놓고."

케이크 얘기에 설 피디의 이마가 찌푸려졌다.

"야."

"예?"

"내가 미안하다고 몇 번을 얘기해. 그리고 너희 실장한테 못 들었어? 케이크에 있던 돈 봉투 다음 날 너희 회사에 퀵으로 돌려보냈어!"

"아……."

곰이 당황해서 고개를 숙인다.

"이거 졸라 어이없네? 저기, 오3 매니저님!"

"아, 피디님. 말씀 놓으세요!"

"됐고, 매니저님, 그쪽 회사 윤소림 정도 되는 배우 있어요? 오3 율이 MC 하면 축하 인사라도 보낼 배우 있냐고."

"……."

꿀 훔쳐 먹다 걸린 것처럼 곰 주둥이가 뚝 붙었다.

"아니면 은별이 같은 애 있어요? 똥꼬발랄한 유튜버! 구독자 수가 무려 50만!"

"……."

괜히 송지수를 낙점한 게 아니란 얘기다.

꽂혔어도, 사리 분별은 해가면서 결정한 거라는 얘기고!

한숨을 콱 내쉰 설 피디는 마지막으로 쐐기를 박았다.

"그리고 송지수 회사 대표가 누군지 몰라요?"

송지수를 뽑지 말아야 할 이유보다, 뽑아야 할 이유가 백 가지인데 어떻게 안 뽑나.

"가서 오3 녹화 준비나 해요!"

멍청한 곰을 뒤로하고 설 피디는 무대로 향했다.

이제 새 MC들의 활약을 보러 가야 할 때였다.

* * *

며칠 후.

주말을 맞은 퓨처엔터지만 직원들은 집에서 쉬지 않고 회사로 출근했다.

인기차트 본방송 모니터링을 위해서였다.

팀장들만 오라고 했더니, 다들 와버려서 조용하게 진행하려던 회의가 어수선해졌다.

케이크와 빵 냄새 때문인지 직원들 표정이 달콤해 보인다.

프로젝터 화면에서는 아직 광고가 나오고 있었다.

"근데 다들 연애는 안 하나 봐? 쉬는 날 회사 오는 걸 보면."

흰머리 희끗희끗한 고석천 이사가 능글맞게 웃는다.

교단에서 내려온 지 얼마 안 돼서인지 직원들을 학생처럼 대하는 경향이 있었다.

"날도 제법 풀렸는데, 남자 친구랑 한강도 가고 그러지. 젊은 때는 연애하는 게 남는 거야. 나 젊을 적에는 진짜 하루가 멀다 하고 놀러 다녔는데. 안 그래, 최 대표?"

자신의 20년 전쯤 연애담을 얘기하는 고 이사 앞에서 직원들이 말라비틀어질 것 같아서 나는 넌지시 대꾸했다.

"고 이사님은 지금도 젊으십니다. 사모님이랑 연애하시면 되죠. 제가 한 보름 휴가 드릴 테니까, 여행 좀 다녀오세요. 사모님께 티켓 보내 드릴게요. 두 분이서 오랫동안……."

순간, 고 이사의 손이 내 어깨에 툭 올라왔다.

"일하고 싶습니다, 대표님!"

정색하는 모습에 직원들이 낄낄거리며 웃는다.

김나영 팀장도 피식 웃으며 내 옆자리에 앉았다.

맞은편에서는 뿌리 염색을 다시 했는지 샛노란 머리의 차가희가 춘곤증 걸린 고양이처럼 턱을 받치고 반쯤 감긴 눈으로 날보고 있다.

"차 팀장, 요즘 유튜브 잘 안 돼?"

"대표님, 제 채널의 문제점은 뭘까요? 구독자가 요즘 잘 안 올라서요."

"노잼?"

차가희가 도톰한 입술을 빼죽 내민다.

실제로 생각보다 유튜브로 성공하는 경우는 많지 않다.

블루 오션이라고 너도나도 뛰어들지만 얼마 못 가 그만두는 비율이 90프로 이상이다.

그나마 차가희의 구독자 수가 빨리 늘어난 것은 은별이나 윤소림이 찬조 출연 했기 때문이다. 킬러 콘텐츠가 없으니 구독자

수에 정체가 오는 것은 당연하지.

"그래서 제가 지금 새로 콘텐츠 뭐 할지 고민하고 있거든요? 의견 요청!"

나는 프로젝터 화면을 다시 살폈다.

아직 광고 중이다.

그래서 해보라고 했더니, 차가희가 벌떡 일어나서 마커 펜을 들고 화이트보드 앞에 선다.

"첫째, 술방!"

"일에 지장 없겠어?"

숙취로 빌빌대는 직원은 사양이다.

잠깐 생각하더니, 줄을 죽 긋고 둘째로 넘어갔다.

"둘째는, 현직 스타일리스트의 연예계 썰!"

흔하지만 흥미는 생기니까.

"그리고 셋째는 화끈한 언니의 연애 상담!"

왜 해야 하는지 모르겠지만, 다들 분위기에 맞춰서 마음에 드는 것에 거수했다.

그 결과, 연예계 썰과 연애 상담이 고르게 지지를 받았다.

"오케이! 그럼 이 두 개로 가겠습니다! 혹시 여러분 중에 연애 상담을 받고 싶은 신청자 있으시면 첫 번째로, 제가 기꺼이 상담해 드리겠습니다!"

아무도 손을 안 든다. 들 리가 있나.

차가희의 시선이 회의실을 한 바퀴 돌더니 어느 한 지점에서 멈췄다.

생크림을 입에 묻히고 빵을 한 입 먹던 김승권이 눈을 깜빡인다.

"승권 씨 왜? 질문이라도 있어?"

무슨 방귀 같은 소리냐는 표정인데.

차가희의 입술이 샐쭉 나오자, 김승권이 생크림을 얼른 핥고 말했다.

"이성의 마음을 여는 방법에는 무엇이 있나요?"

차가희가 손가락을 딱, 부딪치고 회심의 미소를 짓는다.

"그럼, 질문자님은 이성의 마음을 열기 위해서 주로 어떻게 하시나요?"

"흠, 재밌는 얘기나 공감대를 형성할 만한 얘기를 찾는 것 같습니다."

쟤들 지금 뭐 하는 걸까.

그래도 직원들은 둘의 만담을 재미 삼아 지켜본다.

"맞습니다! 가장 기본은 서로에 대해 알아가는 거죠. 공감! 아주 중요한 키워드예요!"

그냥 되는 대로 얘기하는구나 싶다.

사이비도 저런 사이비가 다 있을까. 저거 영상 올리면 무조건 신고각이다.

"천 리 길도 한 걸음부터! 이성의 환한 미소를 얻기 위해서는 노력이 필요한 거예요!"

"혹시, 한 방에 이성의 미소를 얻는 방법이 있을까요?"

"노! 그런 건 있을 수가 없습니다! 이성의 미소는 그렇게 쉽게 얻을 수 있는 게 아니에요! 그런 건 형식적인 미소죠!"

차가희가 손을 휙 흔들고 단언하더니 냅킨 한 장을 빼 들고 김승권한테 내밀었다.

“그 전에 외모부터 깔끔하게 하는 것을 잊지 마세요!”

“그만하고 이제 앉아.”

보다 못해 손을 흔들어서 정리하고 프로젝터 화면에 집중한다.

그런데 회의실 문이 조금 열리더니 조각상이 들어왔다.

윤환이었다.

“왜 왔어요?”

“저도 같이 모니터링하고 싶어서요.”

찾아온 것은 윤환뿐만이 아니었다.

그 뒤로 송지수를 비롯한 릴리시크 멤버들도 함께였다.

“그래, 다들 같이 보자.”

아이들이 다람쥐처럼 후다닥 들어와서 빈자리에 앉는다.

윤환도 빈자리에 앉았다. 그러더니 빵을 쳐다본다.

“저, 이거 먹어도 되는 거예요?”

“먹으라고 있는 거니까, 마음껏.”

“잘됐네요. 배가 좀 출출했는데.”

윤환이 웃으면서 빵을 손에 들었다. 그 모습을 다들 조용히 지켜본다.

조심스럽게 벌어진 이가 빵을 한 입 베어 문다. 스르륵 나온 생크림이 입술에 잔뜩 묻었다. 새침하게 내민 혀가 하얗고 달콤한 생크림을 정리한다.

뭔가 먹방을 보는 기분인데, 금세 빵 하나를 후딱 해치운 윤환이 무안했는지 멋쩍게 웃는다.

볼에 생크림이 묻은 것도 모르고.

그런데 그때, 김승권이 슬쩍 손을 들며 차가희를 향해 물었다.

"저기, 차 팀장님, 이성의 미소는 쉽게 얻을 수 없다고 하지 않았나요?"

"……."

"지금, 다들 윤환 씨 빵 먹는 모습 보고 미소 짓고 있는데요?"

그러고 보니 여자들 표정이.

차가희가 큼 하고, 고개를 돌린다.

프로젝터 화면에 인기차트 오프닝 화면이 펼쳐지고 있었다.

*　　　*　　　*

윤환과 송지수가 무대 위에서 큐카드를 들고 서 있다.

심호흡하는지, 송지수의 작은 어깨가 들썩거린다.

우황청심환을 먹었어도 떨리는 모양이다.

하지만 녹화 현장의 누구도 초보 MC 두 사람을 배려할 여유는 없었다. 무선 인터컴을 목에 두른 FD는 소리를 빽빽 지르며 뛰어다니고 엔지니어 스태프들은 장비 체크에 여념이 없었으니까.

그건 시청자라고 다르지 않다.

그러니까 두 사람은 무대에 선 순간부터 프로여야만 한다.

―지수 씨, 저 힘들어서 배우 일 못 하겠어요!

―그만두겠다고요? 그럼 뭐 먹고 살 건데요?

걱정했는데, 송지수의 표정이 싹 바뀌었다.

윤환을 보며 능청스럽게 눈썹을 꿈틀거리는 모습에 나도 모르게 입꼬리를 올렸다.

―인기차트에서 새 MC를 구한대요. 그거 지원해 보려고요.

—에이, 인기차트 MC는 아무나 하는 건 줄 알아요? 환이 씨가 뭘 할 줄 아는데요? 춤? 노래?

—다 할 줄 아는데요?

윤환이 어깨를 으쓱 올리고 태연하게 얘기하자, 송지수가 팔을 툭 부딪치면서 생글 웃는다.

—시험해 볼까요?

—얼마든지요.

새 MC 신고식 무대가 이어졌다.

두 사람은 가벼운 춤과 노래를 선보였다. 열심히 준비한 만큼 송지수는 실수 없이 잘해냈다. 윤환도 많이 연습했는지 실수 없이 무대를 마치고, 이마에 송골송골 맺힌 땀방울을 닦으며 다시 마이크를 손에 쥐었다.

그러더니 송지수를 보고 놀란 표정을 한 채 묻는다.

—그런데 지수 씨, 여긴 어떻게 오셨어요?

—저도 오늘부터 새 MC가 됐거든요!

—예에?

—길게 얘기할 시간 없어요! 어서 빨리 인사드리고 출연자 소개를 해야 하거든요!"

헐레벌떡 큐카드를 드는 두 사람.

—안녕하세요, 오늘부터 인기차트 새 MC가 된 배우 윤환…….

—그리고 송지수입니다!

—지수 씨, 오늘 스페셜 무대가 있다면서요?

—저희요?

—우린 했잖아요.

—아하, 그럼 〈비비7〉?

—맞습니다! 오늘은 일본 콘서트를 성공적으로 마친 〈비비7〉의 컴백 무대가 준비돼 있습니다.

—그 전에 봄처럼 화사한 노래를 들고 온 〈O.O.O〉의 무대부터 만나보실까요?

첫 무대가 이어지는 사이, 직원들은 꾹 다물고 있던 입을 터뜨렸다.

“와, 윤 배우님 대박!

“노래 너무 잘 부르신다! 배우가 아니라 가수라고 해도 믿겠는데요?”

“연습 진짜 열심히 하셨겠어요!”

칭찬 일색이 어색했는지 윤환은 얼굴에 부채질을 해댔다.

그 모습을 보는데, 고 이사가 넌지시 묻는다.

“최 대표가 보기에는 어때?”

모두가 나를 쳐다본다.

하지만 나는 잠깐 윤환을 보다가 옆으로 시선을 돌려서 송지수를 바라봤다.

“글쎄요, 전 지수밖에 못 봐서.”

정말이다.

“지수만 눈에 들어오더라고요.”

송지수가 배시시 웃는다.

*　　*　　*

ㄴ지금 인기차트 보는 사람? 장산의 여인의 윤 비서하고 송지수인가? 걔 나오고 있는데 둘이 은근 케미 돋음!

ㄴ대박!! 요즘 급 관심 가는 배우였는데!!

ㄴ늦잠 자고 지금 일어났는데, 정신 번쩍 든다!

ㄴ근데 송지수라는 애 처음 보는데? 쟤가 왜 MC인지 설명해 주실 분?

ㄴ듣보가 MC면 딱이지. 연줄, 인맥 뭐 그런 거? 으, 환멸!

ㄴ어휴, 어이없다 진짜! 자기가 모르면 듣보래 ㅋㅋㅋ

ㄴ엥? 바이바이 CF 나올 때부터 송지수 반응 있었는데?? 그리고 릴리시크로 곧 활동할 예정이고.

ㄴ노 공감!

윤환은 프로젝터 화면과 실시간 반응을 번갈아 살폈다.

'다행이네. 아주 안 좋은 반응은 없네.'

반면 댓글 반응이 갈리는 송지수가 조금 걱정이지만, 다행히 그녀는 릴리시크 멤버들과 사이좋게 화면에 집중하고 있다.

'저기는 넷이구나.'

그런 생각을 할 때 프로젝터 화면에는 인형 옷을 앞에 둔 그와 송지수가 나오고 있었다.

—지수 씨, 이거 꼭 해야 합니까?

—해야 해요. 명령이에요.

—지수 씨는 제 대표님이 아니라고요!

—누가 제 명령이래요? 작가님 명령이라고요!

—…그럼 해야죠.

잠시 뒤에 둘은 완벽하게 분장을 하고 화면에 나타났다.

오즈의 마법사에 나오는 도로시와 겁쟁이 사자가 무대에 짠!

녹화 때에는 능청스럽게 촬영했지만 지금 두 사람은 얼굴이 빨갛게 달아올라 있었다.

그런 걸 아는지 모르는지, 퓨처엔터 사람들은 박수까지 쳐가며 좋아하고 있다.

특히, 최고남 대표.

핸드폰을 꺼내 들고 사진 찍기에 여념 없다.

"차 팀장, 우리 지수 너무 잘 어울리는데? 저 옷 하나 구해 올 수 있어?"

"저걸 어디서 입히시게요?"

"뮤직비디오 촬영할 때 입힐까?"

"유유한테 혼날걸요?"

그 말에 들떠 있던 최고남의 기세가 한풀 꺾인다.

"그럼, 설 피디한테 매주 분장하자고 할까? 이번에는 뭐 하자고 하지? 백설 공주 어때?"

"매주 저렇게 분장하면 피부 뒤집어질걸요?"

"그건 차 팀장 얘기고. 지수가 몇 살인데."

"피부는, 20대부터 관리해야 합니다."

"그건 또 그래."

차가희가 이를 악물고 대꾸하자 금세 수긍한 최고남이 다시 핸드폰을 들고 화면 속 도로시를 찍는 데 집중한다.

분장의 힘이었을까.

윤환과 송지수는 오프닝 때보다 훨씬 편안한 진행을 이어갔다.

'저쯤에서 정신 줄을 놓았지.'

그래도 이 정도일 줄은 몰랐는데.

윤환은 미쳐 날뛰는 제 모습에 손발이 오그라들 것 같았다.

'내가, 포효도 했었어?'

심지어 킹콩처럼 가슴을 두드리기까지.

흑역사다! 저건 흑역사가 분명하다!

도로시라고 다르지 않았다. 분장 뒤에 숨은 송지수는 텐션이 200프로 올라와 있었다.

저런 표정들이 어디에 숨어 있었나 싶을 정도로 밝고 활기차게 가수들을 소개한다.

그러다 보니 두 사람은 제대로 화면을 보지 못하고 주변 사람들만 분위기와 노래에 취해 흥을 즐기고 있었다.

그래도 역시 봄이라서일까.

그런 왁자지껄한 모습이 따뜻해 보인다.

'넷이 아니구나.'

송지수의 곁에는 저렇게 많은 사람들이 있구나.

그런 생각이 들 때였다.

"환이 씨."

윤환의 곁에서 유병재가 빵을 내밀었다. 웬만해서는 먹을 것을 안 나눠준다고 하지 않았나…….

"이거 먹고, 환이 씨는 앞으로 환이 씨가 할 수 있는 거 마음껏 하세요. 귀찮은 건 우리가 해줄 거니까."

"아, 고맙습니다."

왠지 기분이 좋아서 빵을 한 움큼 베어 문다.

'민트 크림이네.'

좋아하는 빵이었다.

유병재는, 아니, 퓨처엔터 사람들은 참 좋은 사람들 같다.

제3장

—

성공 가능성 500퍼센트

한주의 새로운 시작, 월요일, 오전 시간 포털사이트 실시간검색어에 윤환의 이름이 올라왔다.

포털사이트 연예면에 윤환의 기사가 올라온 직후였다.

[인기차트에 출근하는 배우 윤환]

[배우 윤환, 성공적인 MC 신고식!]

[정말 장산의 여인 윤 비서라고? 진지함 뒤에 이렇게 사랑스러운 면이!]

반면 송지수에 대한 기사는 드물었다.

퓨처엔터에서 보도 및 홍보 자료를 일절 내지 않았기 때문이다.

윤환의 기사에 언급되거나, 일부 매체가 인기차트 관련 기사를 송고한 게 전부였다.

하지만 커뮤니티를 중심으로 인기차트 새 여자 MC에 대한 글들은 꾸준히 퍼졌고, 오후가 되자…….

“왔다! 지수 이름 올라왔다!!”

대구에서 빵집을 운영하는 송병용 씨.

아침부터 눈을 부릅뜨고 보던 실시간검색어 10위에 딸의 이름이 올라오자 그는 컴퓨터 앞에서 펄쩍 뛰었다.

“와 그라는데?”

“사장님, 왜 그래요?”

빵을 고르던 손님들이 놀라서 쳐다본다.

“우리 얼라가 실시간검색어 올라왔다 아입니까.”

”그기 뭔데예?“

“인터넷, 인터넷!”

“거기에 지수가 올라왔다고?”

“그렇다 안 카나!”

얼굴이 활짝 편 송병용 씨의 모습에 손님들이 반기며 물었다.

손님 중에는 그의 딸을 아는 단골들도 있었다.

“어디 나왔는데요?”

“인기차트! 아이돌 나와서 노래하는 방송! 지수가 거기 MC다!”

“참말로예?”

“그럼 인자 우리 동네에서 연예인 나오는 건갑네? 지수가 그리 예뻤나?”

“아지매도 참. 지수 글마가 얼굴이 주먹만 해서 인기 좀 있었다 아입니까?”

“맞나?”

"맞제, 그럼!"

딸자식 자랑하는 송병용 씨의 목소리가 하늘을 찌를 것 같았다.

"사장님, 축하합니다!"

"기분이다! 오늘 빵 공짜다!"

기뻐하는 그때, 위생모를 쓴 여자가 나타나 송병용 씨의 귀를 잡아당겼다. 송지수의 엄마였다.

"니 미쳤나?"

남편을 타박하고, 송지수 엄마는 손님들에게 빵 몇 개씩을 서비스로 챙겨주고 핸드폰을 살폈다.

[어머님, 최고남입니다! 이번 주부터 지수 나온 인기차트 방송하니까 꼭 보세요!]

그동안 퓨처엔터 대표가 꼬박꼬박 문자를 보내왔는데, 오늘 아침에도 문자가 하나 도착했다.

[어머님, 이제 아이들 최종 평가에 들어갑니다. 평가를 마치고 녹음과 뮤직비디오 촬영에 들어가고, 본격적인 데뷔 프로세서에 들어갑니다.]

문자를 보면서 송지수 엄마는 속삭였다.

"참말, 데뷔하는갑네."

그렇게 구박하고 반대했는데, 이상한 기분이었다.

* * *

「N탑 엔터테인먼트 청담동 사옥」

여느 때와 다름없이 N탑 건물 앞에는 팬들이 모여 서성거렸다.

죽치고 있다 보면 좋아하는 가수를 볼 기회가 생기기도 하고 팬들끼리 친목도 다질 수 있어서 지루할 틈이 없었다.

그리고 누구보다 N탑 소식을 빨리 접할 수 있다는 장점이 있었다.

그래서 오래된 팬들은 차 넘버만 봐도 누가 타고 있는지, 또 N탑 내부에서 무슨 일이 벌어지고 있는지 대충 짐작을 할 수가 있었다.

간단한 예로, 드물게 지상 주차장에 차가 빽빽해질 때가 있다. 그런데 연성만 대표가 등장한다?

이러면 누군가 데뷔 직전이라는 얘기다.

최종 체크를 하기 위해서 연 대표가 발걸음했다는 얘기니까.

오늘처럼.

"N탑 무슨 일 있나?"

평소에 못 보던 차들이 지상 주차장으로 들어간다.

방금 전에 들어간 차에서는 선글라스를 쓴 남자가 내렸다. 목덜미의 문신을 보자마자 팬들은 바로 알아봤다.

"안무가 유키지!"

유유와 여러 번 작업한 안무가의 등장에 팬들 눈에 불이 켜졌다.

"백 본이다!"

이번에는 그랜저 차량을 알아본 팬이 큰 소리로 외쳤다.

잠시 뒤, 인상을 잔뜩 찌푸린 백대식 본부장이 내려서 성큼성큼 건물로 들어갔다.

"아카데미 간 백 본까지 왔으면 빼박이네! 최종 평가 들어가는 거네!"

"맞네, 맞아! 오늘 데뷔조 나오는 거네!"

예상이 적중한 걸까. 홍보 이사 차량까지 들어왔다.

이제 팬들은 흥분해서 N탑 연습생들 이름을 나열했다.

하지만 워낙 N탑이 똥볼을 자주 차기 때문에 확정이 날 때까지는 추측일 뿐이었다.

팬들의 설왕설래가 이어질 때 이번에는 밴이 도착했다.

"웬디즈다!"

여태와 달리 날카로운 환호가 터지고, 평상복 차림의 웬디즈 멤버들이 매니저와 함께 건물 안으로 들어갔다.

어김없이, 팬들의 추측이 이어졌다.

"데뷔조 아니고, 데뷔네!"

"데뷔 확정 오백 퍼센트다!"

"근데 누구지?"

N탑에는 선배 가수가 데뷔조 최종 평가에 참여하는 전통이 있었다.

"오복성 아니야?"

더 커진 웅성거림.

작년쯤 데뷔할 거라는 소문이 났던 다섯 명의 연습생들.

팀명까지 유출됐는데, 결국 데뷔가 미뤄졌다. 심지어 그중 베스트 멤버가 N탑을 떠나기까지 했다.

"이춘성, 차은혁, 콴, 박서준!"

네 명의 이름이 나오자 팬들이 들떴다.

하지만 안타까움도 묻어난다.

"아, 하준 오빠도 있었으면 대박인데."

"하준 오빠가 짱이지. 근데 어디로 사라진 거야?"

"N탑 아카데미 학원에서 본 애들 있다는데?"

"착시 현상이냐? 오빠가 아카데미에 왜 있어?"

"그러게."

팬들이 한숨 쉴 때, 또다시 차가 들어왔다. 이번에는 외제 차와 카니발 차량이 동시에 들어왔다.

"저 차, 유유 차 아니야?"

한눈에 차를 알아본 팬들의 웅성거림이 커졌다.

따로 개인 레이블을 차려서 나간 이후로 유유는 N탑에 발길한 적이 없었다.

차 문이 열리자, 비명이 터져 나올 준비가 시작됐다. 그런데 차에서 먼저 내린 발은 운동화가 아닌 구두.

팬들은 의아했다. 유유가 저런 구두를? 그 패션 끝판왕이?

마침내 차에서 내린 사람을 보고 팬들은 당황했다. 깔끔한 옷차림의 남자는 유유가 아니었다. 하지만 팬들도 잘 아는 이름.

"최고남 대표다!"

잠깐 머뭇거렸던 환호성이 그 이름을 듣는 순간 터져 나왔다.

도대체 누가 데뷔하길래 집 나간 전설의 매니저까지 온 것일까.

그때, 한 팬이 속삭인다.

"그럼, 혹시 매미도 볼 수 있는 걸까?"

"매미가 뭐야?"

"있어. 최고남 대표님 껌딱지!"

"껌딱지?"

"응! 유튜버 은별나라라고……."

이어 최고남이 외제 차 뒷문을 열어준다. 그리고 작은 발이 툭 내렸다.

"매미다!"

외침을 들었는지 은별이가 최고남의 발에 찰싹 달라붙는다.

최고남이 한숨 쉬며 어깨를 축 내린다.

"최고남 대표에 매미까지 왔으면 대체 누가 데뷔하는 거야?"

이제는 궁금증이 해일처럼 퍼져 나갈 때, 카니발에서 네 명의 여자애들이 줄지어 내렸다.

누구냐, 어디 애들이냐, 연습생이냐, 설마 쟤들이 데뷔?

아우성처럼 쏟아진 의견들 끝에 정답이 나왔다.

"릴리시크!"

그 이름이 악 하는 외침처럼 튀어나왔다. 순간 최고남이 멈춰 섰다.

그러더니 미소를 씨익.

.

.

.

"홍보 이사님에 AR팀까지 다 올라왔는데요? 웬디즈 애들까지 오고. 우리 아직 N탑 소속인 겁니까?"

유병재가 덩치를 끌고 대기실로 들어오면서 허허 웃는다.

N탑에 왔으니 어느 정도는 각오했지만.

"쥐도 새도 모르게 하려고 했는데, 역시 무리였네."

"여기서 트레이닝을 받을 때부터 예상한 일이잖습니까."

유병재가 씨익 웃고 나서 다시 입을 열었다.

“근데, 연 대표님은 역시 안 오시네요.”

“안 오면 다행이지.”

“저는 대표님이 연 대표님 기다리시는 줄 알았는데요.”

“선무당이 사람 잡는다더라.”

유병재가 피식거린다.

“잠깐 AR팀하고 얘기하고 왔는데, 다들 우려하는 것 같아요. 연습 기간이 너무 짧다고. 1년은 채워야 하지 않나고.”

“갓슈는 3개월도 안 돼서 여섯소년들에 합류했어.”

실력보다 외모만 보고 합류시킨 케이스였다.

“그거야 유유라는 버팀목이 있었으니까요.”

지금까지 지켜본 바, 릴리시크 멤버들 개개인의 능력은 출중하다.

그리고 확실한 것 하나는 비주얼이다.

박은혜는 센터로 자리 잡을 것 같고, 소연우는 새침해서 초반 인기를 많이 끌 것 같다.

권아라는 보이시한 면이 있어서 매력이 있고, 송지수는 평범한 듯하면서 어쩐지 끌리는 게 있다. 허당미도 있어서 눈길이 간다.

물론 콘셉트도 그런 방향으로 잡았고.

문제는 넷의 재능이 다듬어지지 않았고, 뭉칠 시간도 부족하다는 건데…….

“그래도 한 곡 정도는 어떻게든 해낼 수 있을 만한 시간이었어.”

데뷔곡은 어차피 싱글앨범이다.

딱 한 곡만, 무대에서 완벽한 모습을 보여주면 된다.

유유와 처음 얘기했을 때도 그 점을 고려했다.

지금까지 수많은 아이돌그룹을 내 손으로 만들면서 확신한 것은, 완성도를 위해서 시간을 투자해 봐야 결과는 대중이 만들어준다는 사실이다.

물론 양념은 쳐야겠지만.

어쨌든 아이돌을 제작해서 세상에 내보이는 것은 회사로서는 리스크가 있지만, 개인으로서는 꽤 재밌는 일이다.

내 손으로 만드는 거니까.

흥분했는지 가슴이 조금 빠근하다.

"다들 긴장 풀고!"

김나영 팀장이 준비를 마친 릴리시크 멤버들을 다독인다.

심호흡하는 멤버들 사이로 소연우가 손을 번쩍 들었다.

"저기, 대표님!"

나?

다가갔더니 눈을 부릅뜬 소연우가 내 손을 덥석 잡으며 외쳤다.

"기 좀 나눠주세요!"

엥?

"오오! 충전된다!"

당황할 틈도 없이 내 기를 빼앗아 가는 소연우의 모습에 권아라가 고개를 절레절레 흔든다.

"어휴, 바보."

그러면서 권아라가 내 손목에 손을 올린다.

황당해서 두 녀석을 보는데 송지수가 눈을 깜빡거린다.

아이고.

"너도 해."

말이 떨어지기 무섭게 송지수가 내 팔뚝에 손을 얹었다.

이쯤 되면 박은혜를 향해 눈짓하지 않을 수가 없었다.

결국 박은혜까지 슬쩍 손을 얹었다.

기가 빠지는 것도 같은데, 어라? 진짜 다리가 무거워진다.

뭔가가 매달린 것 같은… 은별이구나.

아무튼 기를 골고루 나눠주고 아이들과 손을 모았다.

"대표님, 해주실 말 있으세요?"

뭐가 있겠어.

"릴리시크 파이팅!"

멤버들이 기합을 넣고 나가는데, 옆을 보다가 흠칫 놀랐다. 차가희와 김승권이 내 팔을 향해 손을 뻗고 있었다.

나는 눈을 부릅뜨고 바람을 힘껏 빨아들였다.

"스읍!"

* * *

준비된 무대가 이어졌다.

춤선이 잘 보이는 곡, 보컬이 돋보이는 곡, 두 가지가 믹스된 곡으로 진행됐다.

나 역시 평가자의 입장에서 그동안 아이들을 가르친 N탑 트레이너들의 평가와 유유의 피드백을 기초 삼아 아이들을 평가했다.

유유는 박은혜의 노래를 처음 들었을 때 음색 깡패네, 라고 혼잣말을 한 적이 있다. 그 결과, 박은혜는 자연스럽게 팀의 메인보컬로 자리 잡았다.

소연우도 하이 톤 보이스를 가지고 있지만 발성이 가볍고 아직 기초가 부족하다. 하지만 발레를 오랫동안 해서 춤선이 특히 예쁘다. 표정도 풍부하고 밝아서 무대에서 자연스럽게 눈에 띈다.

반면 권아라는 음색이 고른 편인데, 중저음대의 힘 있는 보이스가 매력적이다.

권아라가 랩을 하면 급커브를 하듯 분위기가 확 바뀐다.

그리고 송지수.

다른 셋에 비해 보이스에 뚜렷한 특색은 없지만 자기 장단점을 잘 알고 있어서 팀의 밸런스를 받쳐준다.

연습생 경력 어디 안 버리고 잘 가지고 있어서 춤은 넷 중에서 제일 낫고.

하지만 아무리 각자의 재능이 있어도 넷이 하나가 되지 않으면 풍선 속 가시나 다름없다.

'후우.'

지켜보는 사이 내 손에 땀이 맺혔다.

무대가 끝날 때면 아이들의 숨소리 대신, 내 옆에 앉은 홍보 이사가 고칠 점이나 문제점을 종이에 끼적거리는 소리가 들렸다.

젊은 애들이야 핸드폰 메모장을 활용하지만 그는 아직 디지털보다는 아날로그에 익숙한 사람이다.

[확실히 무대에 서니까 애들이 달라 보이네요.]

내 바로 뒤 빈자리에 앉은 저승이가 속삭인다.

[제가 보기에는 되게 잘하는 것 같은데, 미다스의 손이 보시기에는 어때요?]

그런데 그 질문에 답할 틈도 없이 홍보 이사가 노트를 덮으며 물었다.

"아직 최고남 죽지 않았네."

"소림이 보시고 나서도 그런 말씀이세요?"

나는 피식 웃으며 의자에 편하게 기댈 수 있었다.

S급 운명을 가진 아이들, 거기다 유유가 프로듀싱까지 했다.

[그래도 망하면요?]

은퇴해야지.

뭐, 저승길 가기 전까지는 못 할 것 같지만.

* * *

"그 얘기 사실이에요? 릴리시크 멤버들이 우리 회사 오디션에서 떨어진 애들이라는 거."

홍보2팀 박수경 팀장이 눈을 동그랗게 뜨고 물었다.

그러자 매니지먼트 사업부 1팀장이 커피가 흔들리지 않게 어깨만 살짝 으쓱거린다.

"우연은 아닐 테고, 눈여겨 놓으셨다가 나가서 잡으신 거겠네요?"

"우리 최 대표님은, 계획이 있으시거든."

매니지먼트 사업부 1팀장이 능글맞게 웃는다.

요즘들어 최고남 얘기만 나오면 질척거린다.

진짜 퓨처엔터 가고 싶은 건가. 뺀질이긴 해도 일은 잘하니 퓨처엔터에서도 두 팔 벌려 환영할지 모른다.

하지만 1팀장까지 퓨처엔터로 넘어가면 연성만 대표의 심기가 상당히 불편해질 거다.

박 팀장이 문득 연 대표를 떠올릴 때, 찬물 끼얹는 목소리가 들렸다.

"일부러 오디션에서 탈락시킨 거 아니야? 나중에 주우려고!"

누구인지 안 봐도 뻔하다.

백대식이 언제 왔는지 곱지 않은 시선으로 두 사람을 향해 레이저를 쏘고 있었다.

"아, 본부장님… 아, 원장님이시지. 깜빡했다."

1팀장이 못난 머리를 두드리고 다시 활짝 웃으면서 말했다.

"원장님, 와서 커피 한잔 드세요."

백대식 얼굴색이 태양열에 바싹 익은 사막의 모래처럼 진해진다.

1팀장이 내민 커피를 휙 낚아채고, 한 모금 마시더니 퉁명하게 말문을 열었다.

"애들이 반년 배운 거치고는 잘하더라. 확실히 우리 회사 시스템이 체계적이란 말이야."

"아카데미요?"

백대식의 눈에서 스파크가 튄다.

1팀장은 말 한마디 꺼냈다가 본전도 못 찾고 시선을 피했다.

백대식이 말했다.

"물론, 아카데미도 체계적이지. 애들 연기도 많이 늘었고 말이야."

퓨처엔터가 N탑의 시스템에 편승해서 애들을 가르친 것은 사실이다.

돈도 시간도 절약할 수 있는 최선의 방법이었을 테고. 거기다 유유의 프로듀싱까지.

N탑의 진골 출신임을 자처하는 백대식 입장에서는 얄미운 게 당연했다.

“트레이닝 N탑에서 해줘, 유유가 프로듀싱까지 해줘. 솔직히 이 정도면 거의 ODM 수준 아니야? N탑에서 만들고 퓨처엔터 이름 붙여서 내보내는 거니까.”

한마디로 공장에서 만들어준 상품에 상표만 바꿔 붙여서 파는 거 아니냐는 거다.

“근데, 유유 곡이 무조건 성공하는 것도 아니고, 결국 곡 초이스한 건 최 대표님이잖아요? 최 대표님 인맥이면 N탑 말고도 다른 회사 알아볼 수도 있었을 테고. 그리고 우리가 다 해주는 것도 아니잖아요?”

1팀장이 할 말을 뱉고 서둘러 커피 잔에 얼굴을 묻는다.

심기가 불편해진 백대식이 들소처럼 콧바람을 내쉴 때, 박 팀장이 다른 의견을 꺼냈다.

“저는 조금 생각이 달라요. 그럼 다음 앨범은요? 또 우리랑 하든가, 아니면 다른 팀과 작업을 하든가, 그것도 아니면 자체 시스템으로 돌려야 할 텐데 팀 컬러가 흐려질 위험이 있잖아요.”

“아니지, 팀 색깔이야 비주얼디렉팅 과정에서 조정하면 되는 거고.”

“그래도 팀 컬러는 기본적으로 곡에서 나오는 거잖아요.”

백대식이 암, 그렇고 말고를 중얼거리면서 고개를 끄덕거린다.

“색 좀 바뀌면 어때? 데뷔곡이 일렉트로닉 스타일이었으면 그거 베이스로 가면 되는 거고, 그걸 꼭 같은 작곡가나 안무가가 이어줄 필요는 없는 거야. 우리도 매번 다양한 작곡가들 초대해서 송캠하잖아?”

허를 찔린 박 팀장이 입술을 머뭇거린다.

백대식이 급하게 끼어들었다.

“그건 우리가 시스템이 있기 때문이지! 그 시스템이 하루 이틀 만에 나온 거야? 나하고 최 대표가 십수 년을 노력해서 만든…….”

기세 좋게 얘기하던 백대식이 머뭇거린다.

왠지 뒷말이 막 궁금해져서 두 사람이 물기 어린 눈으로 쳐다보자, 눈살을 찌푸린 백대식이 갑자기 주머니에서 핸드폰을 꺼내 들었다.

“어, 왜?”

의문의 전화를 받으며 밖으로 허둥지둥 나간다.

그 모습을 보면서 박 팀장이 눈을 찡긋하고 속삭인다.

“하, 비위 맞추기 힘드네요.”

“잘했어.”

“돌아오면 또 우리 팀부터 쥐 잡듯이 잡을 텐데. 에휴… 직장 생활이라는 게 참.”

한숨을 푹 내쉬는 두 사람.

“아무리 배가 아파도 그렇지, 시스템 가지고 근자감을 표출할 건 뭐람. 포인트는 그게 아닌데.”

“그러게. 최 대표님이 우리 말고 인맥이 없는 것도 아니고.”

1팀장은 다 마신 커피 잔을 내려놓고 사무실 내부를 훑어봤다.

벽마다 N탑 아티스트의 화보 액자가 걸려 있었다.

저들의 공통점은 최고남의 손을 거쳤다는 것이다.

“그럼 이제… 뮤직비디오인가.”

시기와 질투를 부르는 남자가 또다시 기적을 만들려고 한다.

*　　　　*　　　　*

"아, 짜증 나! 개씹아싸가 인차 MC라는 게 말이 됨? 완전 비리야, 비리!"

대기실에서 오3 멤버들의 불만이 터져 나왔다.

"와, 송지수 존버하더니 기어이 상타 치네."

"방송하는 거 봤어? 나 완전 놀랐잖아. 어리바리 송지수 아닌 줄?"

"표정 존나 밝아졌던데?"

멤버들은 희희낙락거리며 자리에 없는 송지수의 이름을 쉴 새 없이 꺼냈다.

"근데… 우리 송지수 걔 왜 따시켰던 거지?"

"몰라, 뭔 상관이야."

"그렇지? 뭔 상관이야."

어깨를 으쓱하고 다시.

"아무튼! 난 이거 공론화해야 한다고 본다!"

"근데 걔네 회사 대표 또라이라며? 악플 하나 달아도 신고라는데, 건들다가 역공 들어오면 어쩌려고?"

"그래 봤자 매니저 아니야! 걔네 회사에 한류가 있어 아이돌이 있어? 국내용, 국내용! 제임스가 SNS에 글 하나 올린 게 더 파급력 있을걸?"

"야, 입조심하라니까!"

율이 입술을 잘근 씹었다.

"미안해요, 언니. 아무도 없길래."

눈치를 보며 사과한 빨강 머리 멤버가 다시 율의 팔에 찰싹 붙었다.

"언니, 라방 할 때 송지수 얘기 슬쩍 흘려 버릴까요? 덕들이 알아서 퍼다 나르게 하면 되지!"

멤버들도 박수 치고 고개를 끄덕이며 동의한다.

"그럴까? 우리 이번에 U라이브 라방 할 때, 그때 말실수한 척 지를까?"

"근데, 그러다 실장님한테 혼나지 않을까? 우리 대표님하고 거기 대표랑 아는 사이라며? 그래서 이것도 준비한 거잖아?"

다른 멤버가 가리킨 것은 홍보용으로 제작한 소량의 오3 싱글 앨범이었다.

포토 카드와 두툼한 화보 책자까지 껴 있는 레어템인데, 회사에서 인기차트 MC에게 선물할 거라고 준비한 것이었다.

"언니, 이거 진짜 지수한테 줄 거야?"

리더 율이 미간을 찌푸린다.

그러더니 갑자기 앨범을 들고 일어나서 대기실 쓰레기통에 집어 던지고 자리에 앉았다.

돌발 행동에 놀란 멤버들은 화를 삭히는 율의 모습과 쓰레기통을 번갈아 봤다.

'저래도 되는 거야?'

'저건 좀 아닌 것 같은데.'

'개오버하네.'

'뭐 알아서 하겠지. 리던데.'

'아주 막 나가네, 그냥.'

'어떻게 재는 변하질 않냐. 이 팀 오래 못 있겠다.'

멤버들이 각자 몸을 사릴 때 율은 팔짱을 낀 채 팔뚝만 긁적거렸다. 그러다가 자기가 생각해도 아닌 듯했는지 일어나서 쓰레기통으로 다가간다.

'왜 저래?'

'딱 보니 쫄았네.'

'개오버하더니만.'

율의 행동을 지켜보는 멤버들.

그런데 율은 앨범을 꺼내지는 않고 핸드폰을 들었다. 그러고는 찰칵, 찰칵!

"언니, 뭐 하려고?"

급기야 궁금해서 멤버들이 물어보자, 다시 돌아와 대기실 소파에 풀썩 앉은 율이 미소를 짓고 말했다.

"재밌는 게 생각났어."

"뭔데?"

그래서 멤버들을 모아놓고 소곤소곤 계획을 얘기했다.

멤버들의 동공에 지진이 일어났다.

'미친 거 아니야?!'

'뭐 믿고 저래? 진짜 제임스 믿고 저라나?'

'대박. 개또라이네.'

아무리 생각해도 이건 사탄도 고개를 내저을 일이었다.

서로의 눈치를 보던 멤버들이 조심스럽게 얘기를 꺼냈다.

"언니, 그래도 그건 좀 그렇지 않나?"

"논란 커지면 어떻게 해?"

"벌써 보냈어."

율은 아랑곳하지 않고 자신의 계획을 실행에 옮겨 버렸다.

헉, 놀란 멤버들을 보며 율이 다시 말했다.

"쫄지 마. 금방 내릴 거야."

"……."

"걱정 말라니까? 정 문제 생기면 제임스한테 도와달라고 하면 되니까. 어차피, 얘네 회사 국내용이잖아. 안 그래?"

* * *

"잘생겼군."

룸 미러에 비친 내 모습에 잠깐 긍정적인 평을 했다. 역시 젊음이 좋다니까.

—대표님, 지금 어디세요?

차에서 내려 맑은 하늘을 우러러보는데 권박하에게 연락이 왔다.

"공항인데. 무슨 일 있어?"

—지금, 커뮤 모니터링 중인데 좀 문제 될 일이 발생한 것 같아서요.

"뭔데?"

잠깐 어깨와 목 틈에 핸드폰을 붙이고 차에서 꽃을 꺼냈다.

비싼 거라서 그런지 예쁘긴 하네.

—오3 멤버 사생팬이 SNS에 사진 하나 올렸거든요.

"무슨 사진?"

핸드폰을 다시 제대로 들고 꽃과 함께 공항으로 향하며 물었다.

—쓰레기통에 오3 앨범이 버려져 있는 사진이고요, 앨범에 적힌 손 글씨에 '인기차트 MC가 된 걸 축하해요, 송지수 님!'이라고 적혀 있어요.

"뭐?"

잠깐 걸음을 멈췄다.

그렇다는 말은…….

—예, 지수가 선물받은 앨범을 버린 것처럼 됐어요. 그래서 지금 커뮤에서 말 도는 중이고요. 댓글이…….

안 봐도 뻔하지.

—어떻게 할까요?

"나영 씨는 알고 있어?"

—지금 N탑에 가 계셔서 통화가 안 됩니다.

"그럼 지금 택시 타고 나영 씨한테 가. 그리고 황 기자한테 연락해서 바로 입장 발표 하라고 해."

일단 통화를 끊었다.

졸지에 카운터펀치 한 대 맞은 기분이다.

아무튼 당장은 일이 벌어졌으니 중요한 건 빨리 논란을 잠재우는 것이다. 왜 이런 일이 벌어졌는지는 그다음에 따져도 된다.

[누가 그랬을까요?]

저승이가 다시 내 걸음을 좇아오며 물었다.

"글쎄, 안티팬일 수도 있고, 지수를 싫어하는 사람일 수도 있고, 아니면 나한테 원인이 있거나."

경우의 수는 많다.

하지만 지금 당장 그 일은 우선순위가 아니었다.

나는 뉴욕 직항 비행기가 도착하는 게이트 앞으로 부지런히 향했다. 그곳에는 이미 수많은 팬들과 기자들이 기다리고 있었다.

길게 펼쳐진 플래카드가 눈에 들어온다.

[WELECOME TO KOREA 'Four Warriors!']

[KOREA LOVES YOU, 'Four Warriors!']

[We missed You!]

2000년대 초반 혜성처럼 등장한 미국의 팝밴드 Four Warriors.

데럴, 펫시, 클린턴, 로돌포 네 멤버가 모인 밴드는 처음에는 보잘것없는 흔한 밴드였다.

하지만 보컬인 데럴이 911테러 사건으로 사망하면서 한국의 배우이자 천재 아티스트로 평가받은 이시현이 합류하며 상황이 바뀌었다. 발표한 앨범 '코니아일랜드'로 빌보드 타이틀을 거머쥐면서 전 세계적으로 유명해진 것이다.

얼마전 웬디즈가 리메이크한 'Shining Time'의 원곡자도 바로 이들.

오늘은 그 밴드 멤버들이 내한하는 날이었다.

물론 이들은 나와 아주 진한 인연을 가지고 있다.

[흐흐.]

명부를 손에 든 저승이가 실성한 사람처럼 웃는다.

[이거이거, 아저씨의 보기 드문 흑역사네요.]

인정하긴 싫지만.

그래, 아주 잊고 싶은 기억이지.

*　　　　*　　　　*

"이야, 팬들 오지게 많이 왔네."

기자들은 바글바글 모인 팬들을 보며 혀를 내둘렀다.

그들은 포 워리어즈의 노래를 부르며 축제를 즐기고 있었다.

웬디즈의 리메이크로 다시 주목을 받고 있는 'Shining Time'의 노랫말이 울려 퍼진다.

지금 나는 행복해요.

너무 행복해서 미칠 것 같아요.

왁자지껄한 클럽에서 처음 보는 밴드의 노래를 듣고 있어요.

하긴 여기는 온통 처음 보는 사람들이죠.

항상 쓰던 위스키가 오늘은 너무 달콤하네요.

나는 왜 이제야 이런 즐거움을 안 거죠?

예 알아요.

아침이 오면 이 행복에서 깬다는 것을.

하지만 밤은 또 오잖아요?

그래서 나는 즐길 거예요.

이제 걱정 같은 건 하지 않을래요.

이 순간만은 온전히, 내게 선물할 거예요.

축제 현장을 촬영하는 기자들의 카메라에서 플래시가 멈추질 않는다.

대포 카메라를 든 팬들도 사다리를 타고 셔터를 누르기 바빴다.

"장관이네, 장관."

"역시, 한 시대를 상징하는 스타의 존재감은 대단해."

"그러게 말이야. 콘서트하러 온 것도 아니고 그냥 초청인데도 이 난리니."

"N탑의 초청이니까, 콜라보를 기대해 봐도 좋지 않을까?"

"글쎄, 활동 안 한 지 오래돼서. 손이 굳어서 악기 연주나 하겠어?"

기자들은 얘기를 주고받으면서도 카메라에서 눈을 떼지 않았다.

그때였다.

"어?"

기자 하나가 카메라 뷰파인더에서 눈을 떼고 방금 본 사람을 확인했다.

"저 사람… 최고남 대표 아니야?"

제4장

—

최고남 해외 표류기

"뭐?"

"퓨처엔터 최고남?"

"최 대표가 여긴 왜?"

예상 밖 인물의 등장으로 기자들이 웅성거릴 때였다.

갑자기 공항이 떠들썩할 정도로 팬들의 환호성이 터졌다.

마침내 포 워리어즈 멤버들이 게이트에서 빠져나왔기 때문이다.

경호원들의 호위를 받으며 준비된 포토 존으로 향하는 그들.

그런데 갑자기 밴드의 홍일점인 펫시가 걸음을 멈췄다.

오랜 비행시간으로 수척해 보이던 얼굴이 갑자기 환해진다.

그녀가 바라보는 곳에는 꽃을 들고 있는 최고남이 서 있었다.

둘이 무슨 관계이길래, 펫시가 뜀박질하듯 다가가 그를 와락 끌어안는다.

기자들의 카메라가 불을 뿜는다.

*　　　　*　　　　*

윤환의 눈앞에 당황스러운 풍경이 펼쳐져 있었다.

스타일링 회의 때문에 사무실에 들렀는데, 퓨처엔터 분위기가 폭탄 맞은 상황처럼 정신없었기 때문이다.

"저희는 앨범을 받은 적이 없어요. 상식적으로 진짜 버릴 거면 티 나게 대기실 쓰레기통에 버릴 리가 없잖아요?"

"정확한 건 경찰에 수사 의뢰할 예정입니다. 예, 예."

"우리도 오3 사생팬에게 어디서 찍은 사진인지 문의한 상태입니다. 고소요? 아직 논의하는 단계는 아닙니다."

직원들은 열기를 뿜으며 통화에 전념하고 있었다.

특히 스카프를 목에 두른 김나영 팀장의 기세가 장난 아니다.

"마 기자님, 자꾸 그러실 거예요? 그럼, 기사 내! 나중에 아니면? 감당할 수 있겠어요? 감당할 수 있으면 내요!"

핸드폰을 꽉 쥔 손이 세차게 내려온다.

잠깐 직원들이 그녀를 쳐다봤지만, 언제 그랬냐는 듯이 각자의 전투를 이어간다.

"어? 환이 씨 왔어요?"

퓨처엔터 스타일팀 차가희 팀장이 윤환을 보고 손을 흔든다.

"무슨 일이에요?"

"아, 환이 씨는 아직 모르는구나. 인터넷에 인기차트 검색해 보세요."

그 말대로 했더니, 말도 안 되는 기사가 주르르 펼쳐졌다.

그때, 김나영 팀장이 윤환을 불렀다.

"환이 씨, 혹시 오3한테 앨범 선물 받은 적 있어요?"

"아니요. 받은 적 없습니다. 지수 씨도 받은 적 없고요. 대기실에서 계속 같이 있었으니까, 확실해요."

"알겠어요, 고마워요!"

그녀가 고개를 끄덕이고 뒤돌아선다. 윤환이 다시 입을 열었다.

"저, 제가 증언할까요?"

기자를 만나서 해명하든, 기자회견을 하든.

윤환은 잘못된 스캔들을 막기 위해 뭐든 할 수 있을 것 같았다.

그런데 김나영 팀장과 차가희 팀장은 서로를 마주 보고 피식 웃기만 한다.

"걱정하지 말아요. 이런 일은 회사가 해결할 거니까."

윤환은 전 소속사에서 아티스트의 스캔들을 어떻게 대처하는지를 본 적이 있었다.

사건의 정도에는 차이가 있겠지만, 그때 회사는 사실 여부를 확인하겠다고 스캔들 당사자를 들볶았었다.

결국 스캔들이 사실이 아닌 것이 밝혀지면서 회사와 가수의 관계가 완전히 어긋나 버렸던 일이 새삼 떠오른다.

'퓨처엔터는 다르네.'

하긴, 직원들만 봐도 다들 예사롭지가 않으니까.

그러고 보니 최고남 대표는 어디 있는 걸까.

스타일링을 위해 위층 사무실로 올라온 윤환은 고개를 두리번거렸다.

"누구 찾아요?"

"아, 대표님 어디 계신가 해서요."

윤환은 이동식 행거를 끌고 오는 차 팀장을 보며 속삭였다.

영차 하고, 신음과 함께 행거를 멈춰 세운 그녀가 손을 탁탁 치고 웃으며 말했다.

"대표님은 지금, 진상들 만나러 갔어요."

"진상이요?"

* * *

"거 자꾸 밀지 좀 맙시다! 당신만 사진 찍어?"

"아, 거기 앞에 카메라 가리잖아요!"

공항을 빠져나오는 길이 험난하다. 기자들과 포 워리어즈 팬들이 달라붙어서 난장판이었다. 골수팬들 아니랄까 봐 육탄전을 불사한다.

졸지에 나도 경호원들의 호위를 받아야 했다.

처음에는 당당하게 발을 내밀었지만, 사람이 몰리고부터는 반쯤은 경호원들에게 끌려가다시피 하며 공항을 빠져나와야 했다.

"대표님! 대표님!"

이 목소리는…….

귀에 익은 목소리가 기자들 틈바구니에서 들린다.

황 기자도 공항에 나와 있는 건가 싶어 보는데, 얼굴은 보이지 않았다. 그 대신 누군가 치켜든 마른 손이 남자 기자들 뒤통수

사이에서 아른거리는 게 보인다.

저기 파묻혀 있나 보네.

하지만 인터뷰할 상황도 아니고, 나는 지금 경호원들에게 거의 들리다시피 한 상태로 끌려가고 있거든?

"최 대표님, 포 워리어즈와는 어떤 관계세요? 예? 대답 좀 해주세요!"

"오늘 만나는 이유가 뭔가요?"

"포 워리어즈와 N탑의 콜라보 가능성이 있나요?"

"퓨처엔터가 N탑과 합병한다는 소문 사실인가요?"

아무튼 실랑이 끝에 만신창이가 돼서 차에 탈 수 있었다.

포 워리어즈 멤버들은 나보다는 몰골이 양호했다.

내 쪽에 붙은 기자들과 달리 저쪽 기자들은 세계적인 스타가 다칠까 봐 질서를 지킨 모양이다.

"후후, 완전 엉망이네."

펫시가 생글생글 웃으면서 말했다. 그 옆에서는 밀짚모자 같은 모자를 쓴 클린턴과 볼이 포동포동한 로돌포가 게임기를 손에 들고 씨익 웃고 있었다.

'오랜만이네… 이 진상들.'

내 악덕 매니저 인생에서 가장 짜증 났던 기억이 스물스물 올라온다.

때는 그러니까, 여섯소년들 정규앨범 수록곡 중 일부가 유출되면서 표절 논란이 일어났고, 그걸 해결하기 위해 내가 직접 뉴욕에 갔던…….

「재작년 여름, 뉴욕」

뉴욕에 도착한 나는 호텔에 짐 가방만 던져두고 곧바로 유니버설 스튜디오를 찾아갔다.

약속을 잡고 오긴 했지만 어딘지 불안했기 때문이다.

아니나 다를까, 예상은 적중했다.

카우보이모자를 쓰고 나타난 외국인은 비즈니스 복장이 전혀 아니었다.

어디 여행이라도 갔다 왔는지 야자수 그림이 프린팅된 셔츠에 파인애플이 백 개는 그려져 있을 것 같은 통 반바지를 입고 나타났다. 심지어 슬리퍼를 찍찍 끌고서.

누군 뉴욕까지 한달음에 달려와서 짐도 못 풀었건만.

짜증이 확 올라왔다.

그래도 우리 쪽에서 문제를 일으켰으니 방법이 있나. 문제를 해결하려면 고개를 숙일 수밖에.

"한국에서 온 최고남입니다."

명함을 정중하게 건넸다. 붉은빛 털이 가득한 손이 명함을 받는다.

뚫어지게 살피더니 남자가 빙긋 웃는다.

"난 짐. 짐이라고 불러요."

걱정과 달리 호쾌하게 손을 내민다. 그래서 악수를 했는데 힘을 잔뜩 준다.

뭐야? 갑자기?

바로 놓을까 하다 계속 잡고 있길래 나도 오기가 생겨 힘을 줬다.

우리 둘의 시선은 타오르는 심지처럼 불타올랐다.

손을 놓았을 때 나는 마른침을 삼켰고, 짐은 관자놀이에 땀방울이 맺혀 있었다.

후, 하고 숨을 고르더니 그는 바로 본론에 들어갔다.

"포 워리어즈의 곡을 샘플링하겠다고요?"

"메일에서 얘기한 그대로입니다."

"흠, 실은 이미 제보가 들어온 게 있어요. 한국의 유명 엔터테인먼트 회사에서 우리 곡을 무단으로 뜯어고쳤다고."

젠장.

아까의 악수는 그런 의미였나.

"죄송합니다. 저희의 실수였습니다. 표절곡인지도 모르고 계약을 덜컥 해버렸습니다."

사전 판매 물량이 공장에서 출고된 상태라서 손해가 이만저만이 아니었다. 방법은 포 워리어즈에게 샘플링을 허가받은 것으로 포장하는 게 유일한 수였다.

하지만 이 모든 것을 미주알고주알 얘기할 필요는 없다.

약점은 최대한 감춰야 하는 법이니까.

저쪽이 우리 사정을 알면 '아, 그래요?' 하고 이해해 주겠는가. 나라면 눈을 반짝거리면서 뺏어 먹을 거부터 고민할 거다.

"그러니까, 찾아온 목적은 사전에 샘플링 합의를 한 걸로 포장하자 이거일 테고."

짐이 턱을 긁적이면서 미소 짓는다.

역시, 쉽게 볼 상대가 아니다. 포 워리어즈와 초창기부터 함께 했다고 하니까 매니저 경력만 20년이 넘는 사람이다.

한 사람이 성숙한 성인이 되기까지의 시간을 매니저로 살았으니 척하면 척이겠지.

“솔직하게 얘기하면, 그렇습니다. 그래서 그 문제를 해결하려고 결례를 무릅쓰고 찾아왔고요.”

“돈으로 무마하려는 건가요?”

“돈은 지금도 많지 않나요?”

월드 투어를 하던 그룹인데.

지금도 해마다 저작권료로 거둬들이는 수익이 수백억은 되지 않을까?

물론 돈 몇 푼도 소중히 여기는 게 부자라지만, 나는 뉴욕까지 오는 비행기 안에서의 13시간을 포 워리어즈 대해서 알아봤다.

자유로운 그룹이며, 돈에 얽매이는 사람들이 아니었다.

첫 정식 앨범으로 빌보드 1위에 올랐을 때도 수익 대부분을 911 희생자 지원 센터에 기부했고, 기부는 지금까지 이어지고 있었다.

물론 그렇게 하고도 돈이 차고 넘치겠지만, 팬들에게 목격된 멤버들 일상은 소박했다.

공원 벤치에서 햄버거를 먹는 모습이나, 편의점 맥주를 마시거나, 싸구려 셔츠에 핫소스를 묻히고 다니는 모습을 인터넷에서 쉽게 찾아볼 수 있었다.

그래서, 나는 돈 대신 N탑과의 관계를 제안했다.

N탑이라는 대한민국 톱 매니지먼트의 시스템 안에서 KPOP과 포 워리어즈의 곡이 만남으로써 발생할 파급력에 관해 설명했다.

단순하게 들여다봐도 포 워리어즈에게는 무척 매력적인 제안일 것이다.

사실 일이 이렇게 돼서 그렇지, 우리와 협업하고 싶어 하는 가수들은 널리고 널렸다.

지금 당장 빌보드차트에서 핫한 가수들도 우리가 제안하면 협업을 받아들일 거라고 자신할 수 있다.

그런데, 이렇게까지 내가 침 튀겨가며 설명한 제안서를 이 외국인은 심드렁하게 쳐다만 보고 있다.

하아.

내가 한국만 돌아가면 그 표절 작곡가 놈을 두 번 다시 업계에 발 들이지 못하게 작살을 낼 거다, 하고 다짐할 때였다.

"짐!"

외국인 여자가 금발을 휘날리며 나타났다. 그녀를 본 짐이 화들짝 놀라며 그녀의 이름을 외쳤다.

"케, 케이시!"

아, 저 여자가 케이시구나.

포 워리어즈 관련 글에서 포 워리어즈를 발굴한 에이전트에 관한 글을 본 것이 기억난다.

그 시절보다는 나이를 먹었겠지만, 사진과 크게 다르지 않은 외모였다.

"아직도 포 워리어즈하고는 연락이 안 되는 거야?"

"아, 그게."

"내가 걔들 잡아 오라는 게 일주일이 넘은 것 같은데?"

여자의 눈빛과 목소리가 비수 같다. 그 앞에서 짐은 몰래 아이스크림 먹다가 걸린 소년처럼 비실거린다.

"데려올 생각은 있는 거야?"

"그, 그럼! 이 사람이 데려올 거야!"

짐이 손을 척 하고 내밀었다. 내 쪽으로 펼쳐진 손을 보면서 나는 잠깐 고민하다가 옆을 돌아봤다. 아무도 없네? 뒤를 돌아봤는데도 없다.

그래서, 슬쩍 옆으로 한 발짝 물러났더니 손이 날 따라온다.

나?

짐이 갑자기 손가락을 딱! 하고 튕긴다. 그러더니 나를 끌어안았다.

당황해서 발버둥 치는데, 짐의 다급한 목소리가 귓가에 들렸다.

"포 워리어즈 멤버들을 잡아 오면 샘플링을 허락하지!"

"잡아 오다니요?"

"펫시, 클린턴, 로돌포! 그 세 놈!"

원수의 이름처럼 멤버들의 이름을 부르짖는 짐의 모습에서 나는 이번 뉴욕행이 굉장히 험난할 거라는 생각을 어렴풋이 해버렸다.

.

.

.

"병재야, 황당하지 않냐? 나보고 멤버들을 잡아 오래. 이 새끼들이 연락이 안 된다고."

—형님은 하실 수 있습니다.

"너 말이 기계적이다? 밥 먹냐?"

—형님은 하실 수 있습니다.

"끊어."

나는 전화를 끊고 나서 뒷머리만 북북 긁적였다.

이렇게 된 거, 우선순위를 정해야 했다.

셋 중 누굴 먼저 잡을지 말이다.

다행히 짐은 셋이 자주 가는 장소의 목록을 적어줬다.

그 정도면 직원들 보내면 되는 거 아닌가?

따져볼까 하다가 관뒀다. 차라리 잘됐다는 생각도 살짝 했고.

셋만 잡아서 짐 앞에 대령하면 되는 거니까.

이 황당한 일에 유니버설 스튜디오에서 계약서까지 써줬다.

[…샘플링을 허가한다. 단, 세 사람을 기일 내에 스튜디오에 데려와야 한다…….]

나는 계약서를 떠올리면서 핸드폰을 다시 꺼냈다.

비행기 예약을 해야 한다.

제일 잡기 쉬울 것 같은 클린턴이 어제 라스베이거스를 활보하는 목격담이 SNS에 올라와 있었다.

라스베이거스라니.

작년, 여섯소년들의 월드 투어 때 수많은 현지 팬들의 환호성을 들으며 라스베이거스 매케런 공항에 입국했던 기억이 떠오른다.

나는 한숨 쉬고 나서 인터넷 검색을 했다.

[뉴욕에서 라스베이거스까지 걸리는 시간은?]

젠장, 6시간이다.

"근데… 에어컨을 너무 세게 틀었나."

창 너머로 보이는 작열하는 태양과 달리 호텔방은 냉기가 느껴진다.

나는 풀리지 않은 짐 가방을 바라봤다.

하아.

*　　*　　*

6시간 전의 나는 그래도 사람이었다.

하지만 지금은 시차에 적응 못 한 실패자나 다름없는 몰골이다.

천근만근 무거워진 몸을 이끌고 라스베이거스 땅을 밟았다.

터미널을 빠져나오니 공항에 있는 카지노 기계가 나를 반긴다.

개인적으로 포 워리어즈 멤버들과 친분은 없지만, 마치 오랫동안 알고 지낸 느낌이다. 분노가 치밀거든.

짐이 내 손에 멤버들의 전화번호가 적힌 메모지를 쥐여주며 말했었다.

'받을 리 없겠지만, 애들 전화번호야.'

그래. 받지 않더라.

한 번 더 전화해 볼까 싶어 핸드폰을 꺼냈는데, 마침 국제전화가 들어왔다. 유병재였다.

―진짜 라스베이거스에 가셨어요?

"농담인 줄 알았냐?"

―헐.

"일단 클린턴이 자주 간다는 게임장에 들러보고, 그다음은 라스베이거스에서 열리는 KPOP 콘서트에 잠깐 들를 예정이야. 모니터링도 할 겸."

―고생하세요.

"그 말 하려고 전화한 거야?"

―아, 깜빡할 뻔했다. 다른 게 아니고 소림이랑 병원 다녀왔는

데요…….

구겨진 메모지는 쓰레기통에 버리고.

나는 핸드폰을 귀에 붙인 채로 짐을 끌고 공항을 빠져나왔다.

택시를 잡아 시내로 들어왔지만 낮이라서 크게 감흥은 없었다.

라스베이거스는 밤이 되면 네온사인의 바다가 된다.

'저도 언젠가 라스베이거스 가보고 싶어요.'

문득, 데뷔를 앞둔 웬디즈 멤버가 했던 말이 떠올랐다.

오래전 영화를 보면서 라스베이거스에 한 번쯤은 가보고 싶었다나.

그 영화 제목이 뭐였더라.

"One day, in Las Vegas."

목적지에 도착할 때쯤에 떠오른 영화 제목을 나도 모르게 속삭였더니, 운전하던 택시 기사가 친구처럼 말을 붙인다.

"그 영화 참 재밌었는데. 그죠?"

"예."

얼떨결에 대답했다. 택시 기사가 넌지시 물었다.

"손님의 오늘 라스베이거스에서의 하루가 20년쯤 후에는 어떤 기억으로 남아 있을 것 같나요?"

글쎄.

20년 뒤의 내가 오늘을 기억하고 얘기할 일이 있을까.

아니면 도박해서 패가망신하지 말라는 택시 기사의 배려 섞인 말인지도 모르겠다.

그래서 택시비와 팁을 후하게 건네고 목적지에서 내렸다.

택시 기사가 기분이 업된 목소리로 소리친다.

"God bless us!"

신의 가호가 정말 있으려나.

아무튼, 꼭 클린턴을 잡고 만다.

포기를 모르는 남자 최고남 아닌가.

주먹을 있는 힘껏 쥐어봤지만 썰렁한 바람만 불어온다.

왠지 누군가 보고 있는 시선까지 느껴져서 뻘쭘함을 얼른 감추고 클린턴을 찾아 나섰다.

호텔 지하에 자리 잡은 게임장은 입구에서부터 휘황찬란했다.

바닥에 깔린 체크무늬 카펫은 왠지 아늑한 느낌을 준다.

금발, 흑발, 대머리 할 것 없이 뒤엉킨 사람들이 게임을 즐기는 바로 옆에는 스낵바와 식당도 있어서 식사도 할 수 있었다.

출출했지만, 일단 핸드폰에 클린턴의 사진을 띄워놓고 게임기 주변을 서성였다.

블랙잭, 바카라, 룰렛 코너를 차례로 돌면서 사람들을 훑어봤다.

눈이 시큼할 정도로 부릅뜨고 돌아다녔지만 클린턴은 보이지 않았다.

백사장의 모래알은 반짝이기라도 하지.

"그렇게 쉽게 찾을 수 있을 리가 없지."

체념하고 다음 장소로 넘어가려고 게임장을 빠져나왔다.

"밥이나 먹고 갈까."

마침 배에서 꼬르륵 소리가 난다.

그래서 급하게 발을 돌리는데, 한 남자와 어깨를 부딪쳤다. 그가 쓰고 있던 챙 모자가 바닥에 떨어졌다.

"미안합니다."

나는 허리를 숙여 챙 모자를 주워서 그에게 건넸다.

그가 사람 좋은 웃음을 지으며 모자를 받으려고 했다.

하지만 나는 모자를 건네지 않았다. 아니, 건넬 수가 없었다.

"클린턴? 포 워리어즈 클린턴?"

"오, 당신 눈썰미가 있네. 사인? 아니면 사진?"

팬으로 착각했는지 내게 부드러운 미소를 보인다.

"짐이 보내서 왔습니다."

"갓뎀!"

화들짝 놀란 클린턴이 눈앞에서 도망친다.

이쯤 되니 오기가 생겨서라도 잡아서 물어봐야겠다. 도대체 왜 저렇게 도망치는지.

팔다리 가볍게 풀고 쫓아갔더니, 뒤돌아보던 클린턴이 경기를 일으키며 죽어라고 뛴다. 그래 봐야 넌 거북이고 나는 토끼… 인 줄 알았는데 거리 가득한 인파에 뒤섞여서 놓치고 말았다.

—놓치셨다고요?

"그래, 총이라도 있으면 쏴버리고 싶다."

—물총이라도 사세요.

"정 팀장, 나 염장 지르려고 전화한 거야?"

—아, 웬디즈 곡 리스트 뽑은 거 메일로 보냈습니다!

"확인해 볼게. 그리고 소림이 무릎 말이야… 좀 더 지켜보자."

미국에 있어도 처리해야 할 일이 한두 가지가 아니다.

특히나 데뷔를 코앞에 둔 걸 그룹은 손댈 곳투성이고.

그래서 핸드폰을 붙들고 걷다 보니 어느새 공연장에 도착했다.

야자수 즐비한 길에 줄지어 서 있는 팬들이 보인다.

KPOP 열기는 해가 지나도 식을 줄 모른다.

줄 서서 기다려 봤자 표도 없으니 출연자 매니저 중에 아는 친구에게 전화를 걸어보려고 또 핸드폰을 들 때였다.

허수아비처럼 길쭉한 놈이 여자들과 사진을 찍고 있네?

그리고 아까 들었던 목소리가 똑같이 들린다.

"사인? 아니면 사진?"

"나도 사인 하나 부탁합니다."

"갓뎀!"

이번에는 여유 부릴 틈 없이 뒤쫓았다.

결국 얼마 못 가 클린턴이 제풀에 지쳐서 바닥에 드러눕는다.

"하아, 하아!"

올챙이배를 들썩거리는 클린턴이 하얗게 질린 얼굴로 말했다.

"짐, 이 자식! 하다 하다 이젠 육상선수를 고용하다니!"

"또 뛰면 또 잡으러 갈 거니까, 얌전히 있어요. 물 사 올 테니까."

바로 옆 편의점에서 물을 사 왔더니 후들거리는 다리로 걸어서 도망치고 있는 클린턴을 볼 수 있었다.

그래서 아까보다 조금 더 걸어서 곁에 갔더니 또다시 벌렁 드러눕는다.

"아니, 왜 그렇게 도망가는 겁니까?"

"더 놀아야 해. 아직… 덜 놀았다고! 게임도 하고! 술도 먹고! 데이트도 해야 해!"

머리가 지끈거린다.

"짐이 잡아 오랍니다. 중요한 일정이 있다고."

"오케이, 그럼 콘서트만 보고 가자고."

어, 안 돼.

"로돌포도 잡으러 가야 합니다. 시간이 없어요."

"날다람쥐 잡는 거 내가 도와줄 테니까, 콘서트는 보고 가자고."

고개를 저었더니 클린턴이 열변을 토한다.

"갓템! 오늘 디다(D.DA) 출연한다고! 네가 KPOP을 알아? 여섯 명의 소녀들을 아냐고! 레몬처럼 시큼하고 프레즐처럼 스윗한! 유니버설 같은 돌머리 놈들은 절대 만들 수 없는 판타지라고!"

결국 디다 팬이라는 얘기잖아.

나는 한숨 쉬고 말했다.

"디다랑 전화 통화시켜 주면 따라갈 겁니까?"

드러누워 하늘만 보던 클린턴이 선글라스를 벗고 날 쳐다본다. 동그래진 눈동자에 한숨 쉬는 내 모습이 비친다.

*　　*　　*

"로돌포는 날다람쥐 같은 놈이라서 잡기가 힘들어."

디다와 통화도 하고 SNS 친구까지 맺은 클린턴은 절대적인 내 편으로 돌아섰다.

클린턴이 유추한 로돌포가 갈 만한 유력한 장소는 시카고에서 열리는 서브컬처 페스티벌!

"여기가 확실합니까?"

"전 세계 오타쿠가 다 모이는 축제라고! 날다람쥐가 빠진다? 있을 수 없는 일이지."

뭐 그렇다니까.
고개를 끄덕이는데, 클린턴이 눈을 반짝거리며 입을 열었다.
"근데 말이야, 당신 꽤 유능한 매니저라며?"
"누가 그래요?"
"아까 디다 매니저가 그러던데?"
"예, 맞습니다."
클린턴의 눈이 잠깐 가늘어진 것 같았다.
몇 초 정도 흐르고 그가 다시 물었다.
"그럼 당신도 걸 그룹을 데리고 있어?"
"데리고도 있고, 만들고도 있고요."
"오 마이 갓! 만들고 있다고? 누군데? 보여줘!"
나는 핸드폰을 꺼내서 곧 데뷔할 웬디즈 멤버들의 프로필사진을 보여줬다.
클린턴의 표현대로라면 레몬처럼 시큼하고, 프레즐처럼 스윗한 예비 걸 그룹.
이번에 곡 선정도 끝나면 올여름 안에 데뷔할 수 있을 거다.
"이렇게 귀여우면서도 각자의 개성이 뚜렷한 소녀들을 하나로 모으다니… 한국은 진짜 위대한 나라야."
돈이 되니까.
"오! 난 이 친구가 제일 마음에 들어!"
힐끗 쳐다봤더니, 클린턴이 보고 있는 핸드폰 속 사진은 '윤소림'이라는 멤버였다.
"어떤 점이 마음에 드는데요?"
"음, 뭐랄까. 고급스러워. 동양의 미와 서양의 미가 공존하는 듯한 느낌이랄까?"

하긴 그 애 얼굴이 선이 또렷하지.

배우로 데뷔해도 괜찮을 만큼.

"그럼 이 친구들도 미국에 오는 건가?"

클린턴은 사진을 실컷 보고 핸드폰을 돌려주며 질문했다.

"언젠가는."

희망 섞인 말이다.

그리고 가능성이 섞인 말이기도 했다.

예전부터 업계에서는 KPOP이 미국 시장의 메인스트림에 편입하는 것에 회의적이었다.

미국인들이 보기에 보이 그룹이나 걸 그룹은 이성적인 느낌보다는 소년 소녀의 느낌이 강하기 때문이다.

하지만 여섯소년들의 인기로 그것도 옛말이 됐다.

이제 해외 팬들은 언어와 인종을 뛰어넘어 여섯소년들에게 열광하고 있었다.

그 결과 백만 장 앨범 판매 시대가 다시 돌아왔고, 월드 투어로 N탑의 주가는 훨훨 날고 있다.

그래서 웬디즈도 충분히 가능성이 있다고 생각한다.

물론, 웬디즈가 아닌 다른 걸 그룹도.

.

.

.

서브컬처 페스티벌 현장은 입구부터 사람들로 북새통이었다.

라스베이거스의 난이도가 백사장의 모래알이었다면, 여기는 사막에서 바늘 찾기 레벨이다.

클린턴과 나는 포토 존, 전시 공간, 게임플레이존을 차례로 돌았다.

눈을 부릅뜨고 돌아다녔지만 로돌포가 보이질 않는다.

대체 어디 숨어 있는 거야?

결국 지친 클린턴이 숨을 몰아쉬며 중얼거린다.

"이런 느낌인 건가. 걸 그룹을 만든다는 건?"

뚱딴지같은 소리인데, 왠지 모르게 이해가 갔다.

"그렇죠. 사막에서 바늘 찾듯이 한 명 한 명의 원석을 찾아서 완성하는 겁니다."

그것이 바로 KPOP이라고, 인마.

그리고 찾으면 끝나는 줄 알아?

데리고 와서 가르치는 데 수년이야. 윤소림이라는 친구는 무려 6년이나 연습생으로 있었다고!

"근데 왜 날다람쥐는 못 찾는 거야?! 유능한 매니저 맞아?"

클린턴이 갑자기 소리를 버럭 지르는 걸 보니 너무 걸어서 실성한 모양이다.

"그러는 당신이야말로 로돌포 잡을 수 있다고 큰소리쳤잖습니까!"

"애초부터 날다람쥐를 잡는 것은 불가능한 일이었어! 그놈은 날다람쥐과 중에서도 슈퍼울트라 변종이라고!"

"지금에 와서 그런 말을 하면 어떻게 하자는 겁니까? 당신이 여기 있을 거라고, 원헌드레드 퍼센트라고 해서 왔는데!"

"여기에 날다람쥐가 있을 줄 알았다고!"

"날다람쥐 소리 좀 그만해요!"

"로돌포! 로돌포! 로돌포! 됐냐?"

클린턴이 열받아서 문제의 그 이름을 세 번 외칠 때였다.

이상한 시선이 느껴진 우리는 동시에 고개를 옆으로 돌렸다. 그곳에는 펑퍼짐한 몸의 외국인이 피자 한 조각을 손에 든 채로 선글라스를 반쯤 추켜올리고 우리를 쳐다보고 있었다.

나는 핸드폰을 들어서 사진을 확인했다.

"로돌포 맞네."

중얼거리는 사이 클린턴이 도망치는 로돌포를 쫓고 있었다.

디다랑 전화 통화시켜 주길 잘한 것 같다.

그런데 둘이 나란히 뛰는 것 같더니 갑자기 양쪽으로 찢어진다.

그럼 그렇지.

분노 게이지가 치솟는 그때, 옆에서 물총을 든 소년이 보였다.

나는 지갑에서 100불짜리를 꺼냈다.

"물총 나한테 팔래?"

소년이 씩 웃는다.

비싸게 주고 산 물총을 손에 쥐었다. 나는 펌프질을 천천히 하면서 다짐했다.

"저 두 놈… 오늘 죽여 버린다."

분노의 질주가 시작됐다.

* * *

아마 사람들 눈에는 물총을 들고 페스티벌 현장을 누비는 내 모습이 미친놈처럼 보일 것이다.

그래, 실제로 나는 지금 눈에 뵈는 게 없다.

클린턴과 로돌포는 제법 머리를 굴려서 양쪽으로 찢어졌는지 모르겠지만, 지구는 둥글고 페스티벌 현장도 둥글다는 것을 미처 깨닫지 못한 듯하다.

그걸 아는 나는 처음부터 한 놈만 쫓았고.

"또 왜 나부터 쫓아오는 거야?!"

그렇게 질겁하던 클린턴은 한참을 달리다가 맞은편에서 달려오는 로돌포를 다시 마주치고 또다시 질겁했다.

"넌 왜 거기서 튀어나와?"

"헉! 헉! 더는 못 뛰겠어!"

이제 내가 할 일은 물총 펌프질을 하는 것뿐이다.

뉴욕의 여름, 태양빛이 내리쬐는 하늘 아래서 잠시 동네 꼬맹이 시절로 돌아가서 신나게 물총을 쐈다.

"저, 저 미친 자식!"

"클린턴, 쟤 누구야?"

"한국에서 온 미친놈이야, 미친놈! 항복! 항복!"

두 사람이 물에 빠진 생쥐처럼 흠뻑 젖고서야 나는 물총을 내려놓았다.

클린턴이 나를 철천지원수 보듯 노려본다.

"잔인한 자식!"

"누군지 모르겠지만 잔인한 건 인정!"

나는 귀를 후비고 말했다.

"이제 펫시를 잡으러 갈 시간입니다."

그 이름을 꺼내기 무섭게 로돌포가 살집 두둑한 볼을 감싸고 절규했다.

"나 지난번에 펫시 집 DVD 플레이어 고장 냈어! 펫시한테 죽을 거야!"

"그거 너였냐? 이 날다람쥐 자식! 너 때문에 내가 혼났잖아!"

서로 멱살을 잡을 만큼 무서운 여자인 모양이다.

나도 그런 여자를 본 적이 있지. 강주희라고.

"둘 다 바로 안 일어나면……."

물총을 슥 들자 클린턴이 한숨을 쉬고 일어났다. 젖은 머리를 쓸어 올리며 속삭인다.

"그래, 이제 일하러 가야지."

아무 일도 없었다는 듯 쿨하게 미소 지으며 다가오길래 잠깐 방심했더니, 오자마자 내 물총을 낚아채 갔다.

"이건 생각 못 했겠지?"

"쏴버려!"

로돌포의 외침과 동시에 클린턴이 물총을 쏜다.

물총에서는 물줄기가 몇 번 쏟아지다가 이내 바람 빠지는 소리만 흘러나왔다.

나는 씨익 웃고 나서 말했다.

"물 다 떨어졌는데."

"으아!"

장난은 이쯤 하면 됐다.

"로돌포, 회사에서 당신들을 찾고 있습니다. 중요한 일정이 있다면서요."

이어서 나에 대해서도 설명했다.

한국에서 왔고, 샘플링이 어쩌고… 클린턴에게 했던 얘기를 되풀이하는 동안 로돌포가 날 빤히 쳐다본다. 짙은 선글라스 렌즈에 부딪친 태양 빛이 유난히 반짝였다.

"펫시는 뉴욕에 있어."

"그걸 어떻게 알아요?"

클린턴과 나는 동시에 물었다.

"아까 통화했거든."

잠깐 할 말을 놓쳤지만, 정신을 차리고 물었다.

"다시 전화해서 짐이 찾는다고 얘기해요. 그리고 우리는 바로 유니버설로 돌아가면……."

로돌포가 고개를 가로젓는다.

"그건 안 돼."

"왜요?"

"전화가 고장 났거든. 물이 들어가서."

클린턴이 기회를 잡은 늑대처럼 내게 이를 드러낸다.

무시하고 하늘을 바라봤다. 또 비행기를 타야 할 것 같으니까.

젠장.

우리는 공항으로 이동해서 뉴욕행 비행기에 몸을 실었다.

떨어져 앉고 싶었지만, 좌석이 없어서 이코노미석에 셋이 나란히 앉아야 했다.

"근데, 당신이 한국에서 왔다는 말을 어떻게 믿지?"

"진짜야, 진짜! 이 자식 디다랑도 친하고, 제 손으로 KPOP 걸그룹도 만들고 있어!"

클린턴이 호들갑을 떨며 설명했다.

걸 그룹 얘기에 로돌포의 선글라스 렌즈가 또다시 반짝거렸다.
나는 클린턴에게 보여줬던 사진을 다시 꺼냈다.
"얘 이름이 뭐라고?"
"윤소림이요."
"얘가 6년이나 준비했다는 거야?"
그래, 교복 입은 소녀가 어느새 어른이 됐다.
로돌프가 핸드폰 화면을 뚫어지게 바라보다가 불쑥 입을 열었다.
"소중하겠네."
그런가. 거기까지 생각해 본 적은 없지만.. 하긴.
회사에게 아티스트 한 명 한 명은 소중한 자산일 수밖에 없다. 6년이라는 시간을 가르치고 투자했는데 데뷔가 좌절되면 손해 아닌가.
"내가 얘 1호 팬이다."
"웃기지마, 로돌포. 1호 팬은 나다."
"클린턴, 나한테 돈 빌려간 거 왜 안 갚아?"
"치사한 자식!"
또 시작이군.
새삼 짐이라는 남자가 대단하게 느껴진다. 20년이 넘도록 포워리어즈를 케어했다니. 돈도 좋지만… 그래, 돈이 최고지.
근데 윤소림도 나중에 이렇게 뺀질거릴까?
"자는 거야?"
"쟤 지금 우리 모른 척하는 거 같은데?"
어차피 비행기 안.
두 사람이 도망칠 곳 따위는 없으니 뉴욕에 도착할 때까지 눈을 붙였다.

*　　　　*　　　　*

뉴욕에 도착해서 펫시가 출몰한 곳을 몇 군데 돌아봤지만 별다른 소득이 없었다.

해가 지기 전, 우리는 마지막으로 한 곳을 더 들렀다.

쿵쿵쿵! 쾅쾅쾅!

스피커가 터질 듯한 소리가 흘러나오는 파티장 입구에서 경호원들이 초대장을 확인한다.

물론 우리는 빈손이었지만 포 워리어즈는 초대장 따위는 필요 없는 월드 스타가 아닌가.

더구나 이곳 파티 호스트는 클린턴이 잘 아는 사람이라고 했다.

"내가 누군지 알아?"

클린턴이 가슴을 내밀고 묻길래 화답했다.

"포 워리어즈."

"내가 누구라고?"

"포 워리어즈!"

"그래, 내가 베이스의 신 클린턴이다!"

클린턴은 기세등등하게 경호원들에게 다가갔다.

그리고 몇 마디 주고받더니, 조용히 우리 옆으로 돌아와서는 로돌포의 두꺼운 목에 팔을 두르고 외쳤다.

"로돌포! 네가 가라!"

"응, 안 가."

"겁쟁이 자식!"

나는 한숨을 길게 내쉬고 짐에게 전화를 걸었다.

스피커폰으로 돌렸더니 짐의 잔소리가 쏟아졌다.

"짐, 소용없습니다. 당신 가수들은 지금 귀를 막고 있으니까."

—젠장! 바로 그쪽에 전화해 둘게, 내 이름을 대고 들어가면 될 거야!

잠시 뒤, 우리는 당당하게 경호원들을 지나쳤다.

입구에서부터 팝 스타들의 뮤직비디오에서나 볼 수 있을 법한 풍경이 펼쳐졌다.

수영장, 젊은 남녀, 술, 음악 같은.

클린턴과 로돌포가 수영복을 입은 여자들 쪽으로 자연스럽게 이동한다.

나는 둘을 내버려 두고 파티장 내부를 한 바퀴 둘러봤다.

하지만 어디에서도 펫시는 보이질 않았다.

결국 지쳐서 아무 데나 엉덩이를 붙였더니, 클린턴과 로돌포가 내 옆의 소파에 풀썩 앉으며 등을 기대고 소리쳤다.

"헤이, 릴리! 이 친구한테도 맥주 좀 가져다줘!"

잠시 뒤 미소가 시원한 여자가 다가와 차가운 병맥주를 내밀었다.

"She is always so chic."

멀어지는 그녀의 뒷모습을 보며 클린턴이 속삭였다.

노을이 수영장 위로 흘러내리고 있었다.

"두 분은 이제 회사로 돌아가요. 전 내일 다시 펫시를 찾아볼 테니까."

"오늘 재밌었지? 물총도 쏘고 말이야."

그러고 보면 클린턴과 로돌프 덕분에 심심할 새가 없었다.

미운 정도 정이라고, 티격태격하는 모습도 이젠 익숙해진 것 같고.

"왜 일을 안 하려고 하죠? 포 워리어즈를 기다리는 팬들도 많은데. 콘서트 개런티도 아직 상당할 테고."

궁금해서 물었다. 클린턴이 어깨를 으쓱한다.

"꼭 일을 해야 하는 법은 없잖아?"

"당신들은 스타잖아요?"

투어 한 번만 돌아도 돈을 자루로 쓸어 담는 스타.

전 세계 어디를 가도 열광해 주는 팬이 있는 스타.

"우린 모두 지구에 잠깐 머무는 것뿐이야. 그러니까 나는 실컷 놀다가 이 지구를 떠날 거야."

클린턴이 씩 웃으며 맥주병을 부딪쳤다.

나는 물방울 맺힌 맥주병을 잠깐 쳐다보다가 피식 웃고 말았다.

"샘플링 건은 짐한테 얘기해서 처리해 줄게. 펫시야… 어디 있겠지 뭐."

"그래 주면 고맙고요."

그럭저럭 일이 잘 풀린 것 같아서 한시름 놓았다.

노을이나 좀 더 감상하면서 맥주를 마시려는데, 로돌포가 낄낄거리며 게임을 하고 있었다. 물 들어가서 고장 났다던 핸드폰으로.

'뭐, 상관없겠지.'

체념하는 그때, 로돌포가 선글라스를 추켜올리더니 검지를 쭉 내밀었다.

"마빈이다!"

"뭐어? 마빈이라고?"

클린턴이 조건반사처럼 고개를 돌렸다.

그게 누구더라.

나는 핸드폰을 켜서 그 이름을 검색했다. 맥주를 홀짝거리면서.

그사이 클린턴과 로돌포가 마빈이라는 남자에게 달려갔고, 검색 결과가 핸드폰 화면에 떴다.

[나우위키 — 마빈 : 포 워리워즈의 첫 뮤직비디오 연출 감독]

[클린턴, 마빈은 돈에 미쳐서 뮤직비디오에 영혼이 없다]

[마빈, 포 워리어즈는 이 세상에서 없어져야 할 밴드!(보컬만 빼고)]

[마빈과 클린턴 한밤중의 설전! 싸움 원인은 음악적 이견 때문!]

[클린턴, 마빈 보면 물에 처박아 버리겠다! 마빈, 해볼 테면 해봐라!]

검색 결과가 왠지 이상해서 눈을 크게 뜨고 읽다가 고개를 들었더니, 클린턴과 로돌포가 마빈을 들어서 수영장에 집어 던지고 있었다.

풍덩!

소리에 이어서 두 사람이 내 쪽으로 다시 달려온다. 마빈의 일행인 듯한 건장한 남자들이 쫓아오고 있었다.

"도망쳐!"

안 그래도 도망치고 있다.

"크아하하! 쌤통이다! 로돌포, 사진 찍었지?"

"벌써 SNS에 올렸지! 호호호!"

"건방진 자식! 또 까불어봐라!"

누가 포 워리어즈를 시대의 반항아라고 불렀던가. 자유로운 영혼이라는 표현도 틀렸다.

포 워리어즈는, 최소한 이 두 사람은 제정신이 아니다.

그러니까 마빈이라는 사람이 잘못한 거다. 왜 잠자는 사자, 아니, 꺽다리와 날다람쥐를 건드려서.

남자들을 제대로 따돌리고서야 우리는 뛰는 것을 멈췄다.

맥주를 마시고 뛰어서인지 방광이 묵직했다.

아니나 다를까, 클린턴과 로돌포는 이미 길섶에서 아무렇게나 볼일을 해결 중이었다. 에라, 모르겠다. 나도 옆에 끼었다.

"너 한국 가지 말고 우리랑 일할래?"

"동양에서 온 용사여, 포 워리어즈와 함께할 수 있는 영광을 주지."

"사양하겠습니다."

"푸하하… 왓 더 퍽!"

낄낄거리며 웃던 클린턴이 눈을 대뜸 키우더니 욕을 쏟아냈다. 기울어진 시선이 내 쪽을 향해 있었다. 정확히는…….

로돌포의 경악에 찬 속삭임이 들린다.

"진짜 용사였어!"

아무튼 펫시 찾는 것은 그만두고, 호텔로 돌아가야 할 것 같았다.

그런데 클린턴과 로돌포가 귀를 쫑긋 세운다.

"파도 소리다!"

그러고 보니 근처에 코니아일랜드 해변이 있었다.

조금 걷자 밤의 백사장이 보인다. 클린턴과 로돌포가 신발을 벗어버리고 백사장을 마구 밟았다. 맥주 한 병 때문일까.

아니면 저 둘에게 물들어 버린 건가.

나도 신발을 벗어 던지고 백사장을 뛰었다. 모래에 발이 푹푹 들어간다.

클린턴이 어디서 폭죽을 사 왔다. 로돌포가 오두방정을 떨며 맥주를 들고 왔다.

그렇게 우리는 밤을 즐겼고, 아침이 다시 찾아왔을 때는…….

끼루룩!

내 머리맡에 갈매기가 앉아 있었다.

"클린……."

다행히 두 사람은 바로 옆에서 퍼질러 자고 있었다.

나는 파도와 안개를 멍하니 바라봤다.

그런데 발소리와 함께 안개 속에서 흐릿한 사람의 형체가 나타났다.

마치 저승사자 같은 실루엣이었다.

이윽고 안개가 걷히고 흑인 여성이 보였다. 한눈에 누군지 알 수 있었다.

"어떻게 여길……."

알고 찾아왔는지 궁금했는데, 그녀가 해변을 찬찬히 둘러보며 속삭였다.

"로돌포가 어젯밤에 SNS에 사진 올렸거든. 엄청 많이."

그녀가 보여준 사진에는 밤사이 내 모습도 담겨 있었다.

최악이었다.

*　　　　*　　　　*

「다시 현재」

포 워리어즈가 묵을 호텔로 이동하는 중에 나는 먼저 차에서 내렸다.

아무래도 회사로 돌아가서 오3 문제를 해결해야 할 것 같았다.

"헤이, 미스터 최!"

부르는 소리에 뒤돌았더니, 클린턴과 로돌포가 씩 웃으며 날 쳐다본다.

"제대로 즐기고 있는 거야?"

"당장 지구를 떠나도 될 정도로?"

"푸하하!"

멤버들의 웃음소리가 회사로 돌아올 때까지 귀에 아른거렸다.

나는 퓨처엔터테인먼트의 유리문을 활짝 열고 외쳤다.

"누구야? 우리 지수를 건드린 게!"

제5장 — 곧 데뷔

‘야야, 아까 걔 송지수지? 대박! 나 완전 몰라볼 뻔했잖아?’
‘윤곽 한 것 같지 않아? 얼굴 싹 바뀌었던데.’
‘윤곽만 했겠어? 지방흡입도 한 것 같던데?’
‘근데 우리 피하는 거 봤지?’
‘이름 불러볼 걸 그랬다. 개깜놀했을 텐데, 크크크!’
‘야야, 쟤 아까 지수랑 같이 있던 애 아니야?’
귀에 거슬리는 소리와 짜증 나는 웃음소리 때문이었을 거다.
거기다 하필 지나가던 중에 귀에 들렸을 뿐이고.
‘쓰레기통인 줄.’
‘이 미친 게!’
‘언니, 사람들 있어요.’
발작하던 여자는 그제야 주위를 둘러봤고, 권아라는 한 발짝 더 다가가서 말했다.

'우리 대표님이 그러는데, 나쁜 짓을 하면 벌을 받는대요. 그걸 업보라고 하고.'

그날, 붉은 입술을 깨물고 아무 말 못 하는 여자의 모습은 조금 통쾌했는데… 그런데 이런 일이 터질 줄이야.

한숨을 쉰 권아라는 고개를 들고 옆을 돌아봤다.

연습실 거울에 박은혜와 소연우에게 위로받고 있는 송지수의 모습이 비친다.

"지수야, 다 잘될 거니까 걱정 마."

"맞아요, 언니! 언니는 오3 앨범 받은 적 없잖아요? 정의는 이기는 법이라고요!"

권아라도 머뭇거리다가 입술을 뗐다.

"언니, 미안해요. 내가 괜히 시비 걸어서."

"어? 아, 아니야! 실은… 나도 걔들한테 하고 싶은 말 되게 많았거든. 근데… 용기가 없었는데… 나 그래서 너한테 너무 고마웠어. 고마워, 아라야."

송지수는 진심을 담아 얘기했다.

너희들이 있어서 고맙고, 너희들이 있어서 힘이 난다고.

얘기하다 보니 너 나 할 것 없이 서로 눈시울도 붉어졌는데, 때마침 연습실 문이 열리고 최고남이 들어왔다.

"다들 여기 모여서 걱정하고 있었던 거야?

그는 미소 짓고 나서 다시 말했다.

"때로, 예고 없이 폭우가 쏟아질 때가 있어. 그래도 걱정 마. 내가 너희들 우산이 돼줄 테니까."

"대표님……."
송지수의 눈가에 그렁그렁하던 눈물이 결국 흘러내렸다.
최고남이 피식 웃는다.
"너희들은 지구 떠나려면 아직 멀었다."
.
.
.
쓰레기통에 버려진 걸 그룹 한정판 앨범.
"그런데 여기에 송지수 이름이 적혀 있다는 거고."
김나영 팀장이 고개를 끄덕인다.
"이거 올린 오3 사생팬하고는 연락해 봤어?"
"DM(다이렉트 메시지) 보내기는 했는데 깜깜무소식입니다."
"그런데 지금은 사진이 내려갔고, 오3 율은 이런 글을 SNS에 올렸다 이거지?"
이슈가 터지고, 오3의 공식 SNS에 짧은 글이 올라왔다.
[속상하지만 우린 괜찮아!]
그리고 웍스디 멤버 제임스를 비롯한 가수들이 '좋아요'를 누르면서 인터넷에 글이 퍼지고 있는 상황.
"알아낸 건 있어?"
"일단 사진 정보를 보니까, 사생팬이 찍은 건 아니에요. 사생팬이 쓰는 핸드폰 기종하고 달랐거든요."
사진 파일의 정보를 보면 촬영한 핸드폰 기종이나 어디서 찍었는지 GPS 정보를 알 수 있다.
지울 수는 있지만 대개 거기까지는 생각 못 하는 편이고.

"그러니까, 다른 사람이 촬영을 하고 사생팬에게 넘겼다고 유추할 수 있겠네."

"예, 맞습니다. 그리고 사생팬 행적을 보니까, 이전에도 이런 식으로 올라온 사진이 몇 개 있더라고요. 아육대 현장에서 찍힌 오3 사진이라든가, 오3가 도로에서 다친 강아지를 구조한 사진 같은 거요."

"관계자가 아니면 촬영하기 어려운 사진이라는 거고."

"일단 사진 정보상 핸드폰 기종이 오3 멤버들 핸드폰이랑 같은 건 확인했습니다."

그 정도쯤은 우연의 일치일 수도 있다.

같은 핸드폰 기종을 쓰는 사람들이 어디 한둘인가.

"한마디로 심증은 있는데, 물증이 없네."

한 가지 확실한 것은, 우리를 엿 먹이려고 작정했다는 거다.

"일단, 오3 사생팬은 허위사실유포로 고소해. 결과야 어떻게 나오든 압박은 되겠지. 그리고 퓨처엔터 SNS에 오3를 응원하는 글을 좀 올려봐. 이번 일로 오3가 오히려 피해를 입게 돼서 안타깝다는 식으로."

"오3 팬들 눈에는 자칫 조롱하는 것처럼 비칠 수도 있을 텐데요?"

"괜찮아. 나한테는 비장의 무기가 있으니까."

김나영 팀장이 궁금한지 눈꼬리를 올리고 쳐다본다.

그래서 어깨를 으쓱했다. 비장의 무기를 미리 알려주면 안 되니까.

"알겠습니다. 그렇게 할게요. 이거 기획한 사람은 열 좀 받겠는데요?"

그게 목적이다.

김나영 팀장이 나가고, 아까부터 부뚜막의 고양이처럼 앉아 있는 유병재가 날 쳐다본다.

"왜?"

"JL엔터에서 연락 왔는데, 일 크게 벌이지 말고 그냥 좋게 넘어가자고 합니다."

오3 소속사.

대표는 N탑 출신의 매니저.

지난번에 송지수를 데려오는 데 도움을 받았다.

"무슨 소리야. 선물을 받았으면 더 좋은 걸로 돌려줘야지."

더군다나 아직 제대로 데뷔도 하지 못한 우리 애들을 때렸는데 가만히 있으면 진짜 가마니지.

한때는 한식구였어도 이번에는 그냥 못 넘긴다.

내 업보 해결이 달렸으니까.

그리고 어차피 결과는 정해져 있는 법이거든.

우리는 앨범을 받은 적도 버린 적도 없으니까, 이럴 때는 불도저처럼 밀고 나가는 거다.

"그렇게 얘기하실 줄 알고, 알아서 하겠다고 했습니다."

그럼 일단 정리는 됐고.

"이 일은 이렇게 처리하고, 릴리시크 뮤직비디오 촬영 준비에 차질 없게 해. 이건 이거고, 스케줄은 스케줄이잖아?"

"예!"

힘차게 대답한 유병재가 엉덩이를 느릿느릿 띄우면서 묻는다.

"근데, 비장의 무기가 뭐예요?"

아, 그거.

"김나영 팀장이 올린 글에 유유가 '좋아요'를 누르는 거지. 대중은 스타를 따라가게 돼 있잖아?"

"유유가 좋아요를 누르겠어요? 소림이 일이면 모를까."

"우리 사이에 이 정도 가지고."

바로 전화를 꺼냈다.

"유유야! 좋아요 한 번만 눌러줘라! 쿨하게!"

어라. 음영 지역에 있나?

끊어졌길래 다시 통화 버튼을 눌렀다. 신호는 계속 가고, 유병재는 고개를 절레절레 흔든다.

받아라, 좀!

*　　　*　　　*

@안녕하세요, 퓨처엔터입니다. 송지수 양은 현재 벌어지는 이슈와 전혀 관계가 없음을 다시 한번 알려 드립니다. 오히려 이번 일로 〈O.O.O〉에게 피해가 우려되는 상황입니다.

이에 퓨처엔터는 바로 경찰에 수사를 의뢰하였으며, 〈O.O.O〉 팬 여러분들의 의구심을 해결할 수 있도록 최선을 다할 것입니다.

그러니 팬 여러분들은 잠시 비난을 멈추시고 수사 결과를 지켜봐 주시면 감사하겠습니다.

앞으로도 퓨처엔터는 〈O.O.O〉에 피해가 가지 않도록 대응할 것이며 오3의 활동을 적극 응원 한다는 점을 알려 드립니다.

감사합니다.

—오빠오빠! 퓨처엔터 SNS 봤어?

"어. 지금 보고 있어."

—유유가 좋아요 눌렀더라? 기가 막혀!

"뭘 그런 걸 신경 쓰고 그래. 나도 네 글에 좋아요 눌렀잖아."

—유유 때문에 팬들이 달라붙어서 좋아요 누르잖아! 그것 때문에 개짜증 나 죽겠어! 네티즌들도 개꿀불견! 오전만 해도 우리 편이던 인간들이 지금은 입장 발표의 정석이네 어쩌네 하면서 퍼다 나르고 있잖아!

"신경 꺼버려. 별것도 아닌 애들이잖아. 내 팬들도 네 글에 좋아요 누르고 있고."

—유유 팬들 화력이 얼마나 센데!

제임스는 눈살을 찌푸렸다.

"내 팬들은 별로라는 거야?"

—그게 아니고… 아, 오빠, 우리 대표님 말이야! 나한테 뭐라는 줄 알아? 나랑 관련 있는 일이냐고 묻길래 아니라고 했더니, 만약 진짜 나랑 관련됐으면 못 지켜준다는 거야! 그게 말이 돼? 내 편은 못 들어줄망정, 못 지켜준다니!

"이따 전화하자, 나 바빠."

—오빠오빠!

"왜 또?"

—그 퓨처엔터 대표라는 사람 있잖아? 그 사람이 그렇게 대단한 사람이야? 매니저가 그러는데, 건드려서 좋을 것 없는 사람이

라더라? 참나.

"대단해 봤자, 매니저가 거기서 거기지. 끊어, 나 일콘 때문에 관계자들하고 미팅 들어가야 해."

—아, 부럽다. 난 언제 일본에서 콘서트하냐.

부러워하는 율의 목소리를 뒤로하고 제임스는 전화를 끊었다.

"슬슬 끝내야겠네."

스타에게 헤어짐은 만남처럼 쉬운 것이다.

그리고 일본 콘서트가 시작되면 연애도 쉽지 않을 터.

생각난 김에 율의 전화번호를 지우고, 회의실로 들어갔더니 직원들이 태블릿으로 뭔가를 보고 있었다.

"일본 관계자들은요?"

"회의 시간 좀 늦춰달라고 하더라고. 이것 때문에."

"그게 뭔데요?"

"〈포 워리어즈〉 내한 인터뷰. 유튜브로 생중계하고 있거든. 일본 애들이 포 워리어즈가 자기들 나라 안 오고 한국에 와서 속을 좀 끓이고 있나 봐."

제임스는 낄낄거리며 웃는 직원의 모습을 보다가 문득 궁금해져서 물었다.

"저기, 퓨처엔터 대표라는 사람 말이에요. 그 사람이 그렇게 대단해요?"

뭐 대단할 수는 있다고 생각한다.

미다스의 손인지 뭔지 기사도 나고 그랬으니까. 근데 율의 소속사 대표가 못 지켜준다는 말을 할 정도로 대단한 사람인가?

그런 궁금증이었다.

그런데 직원이 태블릿을 돌리며 물었다.

"이 사람 말이야?"

"어? 저 사람이 왜 저기에 있어요?"

직원이 어깨를 으쓱한다.

"그러게?"

*　　　*　　　*

—황 기자야, 나 너한테 참 실망이다.

"또 왜요?"

핸드폰을 귀에 딱 붙이고 기자회견장에 도착한 황숙희 기자.

—최고남이랑 국내에서 제일 가까운 기자가 우리 황 기자 아니었나? 그런데 어떻게 최고남이 포 워리어즈랑 친분이 있는 것도 몰랐어?

"그게 저한테 얘기했었는데, 제가 깜빡한 거라니까요."

—거짓말.

"진짠데?"

—그럼 포 워리어즈랑 최고남은 어떻게 서로 아는 거야? 그걸 물어보려고 했는데, 전화를 안 받네.

"안 그래도 포 워리어즈 기자회견 끝나면 퓨처엔터에 들르려고요!"

—그래그래, 안 되면 부딪쳐야지. 가서 어떻게 친해진 건지, 포 워리어즈가 한국에서 뭘 하려는 건지, N탑이랑 뭐 협업을 하는 건지, 그런 거 뽑아 와야지 특종기자 아니겠어?

특종 보너스나 제대로 챙겨주고 그런 얘길 하든가.

대충 '네, 네'를 되풀이하고 있을 때, 포 워리어즈가 기자회견장에 도착했는지 기자들이 웅성거린다.

"부장! 지금……."

포 워리어즈가 도착했다고 얘기하려는데, 왜 최고남이 저기서 함께 들어오는 걸까.

"퓨처엔터 대표잖아?"

"최고남 대표가 여긴 또 왜 온 거야?"

기자들의 의문이 쏟아질 때, 황 기자는 재빨리 최고남에게 문자를 적기 시작했다.

"첫 번째 질문은 저한테 기회를… 아니야, 너무 딱딱하잖아. 귀엽게 보내자."

다시 문자를 지우고.

[사랑하는 퓨처엔터 최고남 대표니임!! 첫 번째 질문은 저한테 기회를 주세요~ 약속해 줘~]

서둘러 문자를 보내고 최고남을 찾는데, 단상에 포 워리어즈는 올라왔는데 최고남은 보이지 않았다.

그때 누군가 그녀의 어깨를 톡톡 두드렸다.

"아휴, 깜짝이야!"

최고남이었다. 그가 방금 전 황 기자가 보낸 문자를 보면서 눈살을 찌푸린다.

"이런 물결 표시 같은 거 하지 마. 느끼해."

"어떻게 된 거예요? "

"그냥 기자회견 구경하려고 왔지."

“오늘 기자회견 주제가 뭔데요?”

“지금 그거 들으려고 온 거 아니야?”

“치사하게 진짜 이럴 거예요? 미리 좀 귀띔해 줘요.”

“기브 앤 테이크 몰라? 주는 것 없이 어떻게 받을 생각만 해?”

“뭐 줄까요? 뭐 사줄까? 맛있는 거?”

꼬드기는데, 조금 더 꼬드기면 넘어올 것도 같은데, 최고남이 턱을 내밀고 단상을 가리켰다.

“박 팀장이다.”

단상에 N탑 홍보2팀 박수경 팀장이 등장했다.

단발머리를 흔들며 올라온 그녀를 알아본 기자들이 벌써부터 대형 이벤트를 예상하고 흥분하기 시작했다. 황 기자도 예외는 아니었다.

최고남이라는 금광은 좀 있다 캐고.

사회자의 진행으로 기자회견이 시작됐다.

“지금부터 포 워리어즈 내한 기념 기자회견을 시작하겠습니다.”

* * *

“안녕하세요, N탑 엔터테인먼트 홍보팀장 박수경입니다.”

박수경 팀장이 마이크를 잡았다. 기자들을 바라보는 그녀의 눈에 힘이 들어갔다.

“포 워리어즈가 내한한 이유에 대해서 궁금해하실 분들이 많으실 것 같습니다. 오늘 그 이유에 대해서 말씀드리려고 합니다. 포 워리어즈는… N탑 엔터테인먼트 소속 아티스트인 유유와 함께 북미 콘서트를 진행할 계획입니다."

북미 콘서트라는 빅이슈.

단톡방 사건 이후로 유유는 예정돼 있던 단독콘서트를 제외한 외부 활동을 일절 하지 않았다. 그런 그가 컴백과 동시에 기자들에게 폭탄을 던졌다.

눈앞에서 폭탄이 펑 하고 터졌으니, 기자들의 표정이 시시각각 바뀐다.

노트북을 두드리는 손들이 빨라졌다.

발 빠른 기자는 바로 편집부에 연락해서 속보를 전하기도 했다.

황 기자도 그중 하나다.

"예, 예! 포 워리어즈와 유유의 북미 콘서트요! 예!"

소란 속에서 박 팀장은 콘서트 계획에 대해서 차분하게 얘기를 이어갔다.

어떤 식으로 콘서트가 열리는지, 날짜는 언제인지, N탑이 어떻게 준비를 하고 있는지, 팬들에게 어떤 이벤트를 보여줄지.

그리고 이 순간에 맞춰 주인공인 유유가 기자회견장에 나타났다.

금발로 바뀌어 잠깐 몰라볼 뻔했을 정도로 확 변한 모습이었다.

카메라 플래시가 일제히 터지는 바람에 장내가 소란스러워졌다. 빛의 연무를 뚫고 단상에 올라온 유유는 포 워리어즈 멤버들과 잠깐 포옹을 한 뒤에 앉았다.

기자들의 질문 시간이 돌아왔다.

"그럼 유유와 포 워리어즈의 음원도 발매한다는 건가요? 포 워리어즈가 도착하고 바로 이어 세계적인 뮤직비디오 감독인 마빈도 인천공항에 도착했습니다. 혹시 관련이 있는 건가요?"
"마빈은 북미 콘서트 무대 연출 준비를 위해서……."
박 팀장이 얘기를 꺼내는데, 갑자기 클린턴이 마이크를 들었다.
귀담아들은 통역이 얘기를 대신 전했다.
"유유, 당신이 프로듀싱 한 걸 그룹이 누구죠?"
"릴리시크입니다. 소속은… 퓨처엔터."
유유가 좀처럼 보기 힘든 미소와 함께 속삭인 그 이름에 기자들이 웅성거린다.
클린턴이 마이크를 다시 잡았다.
"다들 들으셨나요? 마빈은 사실 릴리시크의 뮤직비디오를 촬영하기 위해 한국에 왔습니다."
그건 다른 의미로 놀라운 얘기였다.
유유가 프로듀싱 하고, 세계적인 감독이 뮤직비디오를 연출하는 걸 그룹.
서프라이즈? 어메이징?
단어 하나로 표현할 수 없는 대박 이슈가 지금 막 터진 것이다.
그리고 바로 옆에 서 있는 최고남을 바라보는 황 기자.
멍하니 있던 그녀가 눈을 크게 한 번 깜빡이더니 재빨리 카메라를 들어 최고남을 찍기 시작했고…….
어느새 그 주위는 기자들의 카메라 플래시가 안개처럼 자욱하게 깔렸다.

*　　　*　　　*

기자회견이 끝나고 포 워리어즈는 유유의 녹음실로 이동했다.

나도 차를 타고 이동했다.

거치대에 둔 핸드폰에 문자와 전화가 계속 들어와서 신호에 정차할 때마다 핸드폰을 확인했다. 아니나 다를까, 인터넷 역시 난리다. 어디부터 체크해야 할지 분간이 안 될 정도로 포털사이트 메인이 계속 바뀌고 있었다.

유유, 포 워리어즈, 북미 콘서트, 마빈 플랫, 그리고 릴리시크까지.

기사의 문구 문구마다 연예부 기자들의 흥분이 고스란히 전해진다.

[퓨처엔터 대표 최고남! 이번에는 세계적인 뮤직비디오 감독 마빈 플랫과 손잡다!]

내 사진이 걸린 기사도 그새 올라왔다.

클린턴의 쇼맨십으로 기자회견장에서 갑자기 주목을 받는 바람에 준비도 없이 찍힌 사진이었다.

카메라 플래시 때문에 얼굴이 꼭 귀신 같네.

뭐, 저승이 얼굴만 하겠냐만은.

녹음실에 도착했을 때는 일찌감치 자리 잡은 포 워리어즈 멤버들과 유유가 릴리시크의 데뷔곡을 듣고 있었다. 내가 들어갔을 때는 프리코러스 한 소절만 들을 수 있었다.

소리가 잠시 사라지고…….

적막 속에서 클린턴이 어울리지 않게 진지한 얼굴로 날 쳐다본다.

"보컬은 파워풀하고, 랩은 파도처럼 넘실거려."

"맞아. 스웨그 쩔지."

로돌포도 고개를 주억거린다.

펫시 역시 괜찮게 들었는지 날 향한 시선이 또렷했다.

"곡 진행이 조금 난해하기는 한데, 컨셉과 구성이 흥미롭네. 훅 치는 리듬도 좋고. 무엇보다 KPOP 특유의 반복되는 후크가 계속 귀에서 맴돌고."

쉽게 좀 얘기하자. 그러니까 종합하자면.

"좋다는 거죠?"

"대박! 대박!"

클린턴이 어설픈 한국말과 함께 흥분으로 빳빳해진 내 목을 끌어안았다.

"아까 기자회견에서 내 덕에 릴리시크 홍보 제대로 했지?"

"예. 덕분에."

맞는 얘기였다. 꽤 그럴싸한 연출이었으니까.

다만 내가 주인공으로 나설 자리는 아니었는데.

"봤냐, 로돌포? 내가 이렇게 자비로운 사람이다."

"난 벌써 릴리시크 얘기 SNS에 올렸거든?"

"이 날다람쥐가! 내가 키운 걸 그룹에 숟가락 올리지 마!"

"둘 다 그만!"

펫시가 미간을 찌푸린다. 그녀는 뭐랄까. 포 워리어즈의 누나 같은 이미지다.

뉴욕에서도 다들 그녀 앞에서는 꼼짝 못 했었다.

클린턴이 살살 게걸음으로 내 옆으로 다가와 물었다.

"근데, 마빈 그 자식한테 뭘 해줬길래 뮤직비디오를 촬영해 준대? 그 자식, 북미 콘서트 무대 연출만 살짝 돕는 데도 N탑에서 백만 불을 받아 간다던데 말이야."
"그러게. 어떻게 했어?"
"그게……."
나는 관자놀이를 긁적이면서 클린턴과 로돌포의 시선을 피했다.
그럴수록 두 사람은 얼굴을 더 가까이 들이밀었고, 그 얼굴이 유병재로 변하면서 얼마 전 일이 떠올랐다.

.

.

.

"진짜 마빈한테 메일 보내셨어요? 개런티 장난 아닐 텐데요."
"안 되면 어쩔 수 없는 거고."
찔러보는 데 돈 드는 것도 아니고.
안 되더라도 기사는 슬쩍 흘려볼 수 있는 것 아닌가. 이슈는 이렇게 생성되는 거다.
냉정하게 봤을 때 현재 릴리시크는 한계가 명확하다. 팬덤은 당연히 없고, 선배 가수의 후광도 기대하기 어렵다.
그나마 유유가 프로듀싱을 맡았지만 그 효과가 어디까지 반영될지도 미지수다.
그렇다고 데뷔곡에 무작정 돈을 쏟아붓는 것도 미련한 짓이다.
곡 하나로 행사를 돌리는 것도 한계가 있는데, 대박이 나지 않는 한 광고 역시 기대하기 어렵다. 물론 할 수 있는 데까지는 다 하겠지만 투자금을 온전히 회수하는 것은 무리다.
아무튼, 그래서 새로운 이슈 하나라도 더 만들고 싶었던 차에 유유의 북미 콘서트 무대 연출을 마빈이 맡는다는 얘기를 유유 매니저에게 주워들었다.

"아, 마침 메일 왔네."

핸드폰을 매만지다가 마빈한테 메일이 도착해서 바로 열었다.

과자를 먹고 있던 유병재가 인중을 길쭉하게 내밀고 옆에 붙었다.

"뭐라고 적힌 거예요?"

"이게 그러니까……."

.

.

.

그날의 기억에서 돌아온 나는 클린턴과 로돌포를 보며 마른 침을 꿀꺽 삼켰다.

"실은, N탑에서 마빈이랑 계약했다길래 메일 주소 알아내서 보내봤죠. 일종의 떠보기랄까."

"그래서?"

그게, 그러니까.

"유유가 프로듀싱 한 릴리시크라는 KPOP 소녀들의 뮤직비디오를 촬영해 볼 생각이 없냐고 찔러봤더니 답 메일이 왔더라고요."

"그랬더니?"

"그쪽에서 조건을 걸데?"

"뭐라고?"

"촬영해 준다면… 던지게 해줄 거냐고."

뭉뚱그려 얘기하고 기침을 콜록거렸다. 재채기도 에취, 에취!

"누굴 던져?"

"릴리시크를 던진다는 거야?"

나는 희번덕거리는 눈동자들을 피해 고개를 돌렸다.

다음 순간, 클린턴과 로돌포의 눈썹이 벼락 맞은 것처럼 치솟더니 사이좋게 내 멱살을 부여잡았다.

"우리냐?"

"이 자식, 우릴 팔아먹었어!"

팔았다니.

"일종의 거래였죠."

"배신자!"

"우리가 순순히 물에 빠질 것 같아?"

"코니아일랜드 해변에서 광란의 하룻밤을 보낸 동지들끼리 이러는 거 아닙니다."

뭐, 말하면서도 씨알도 안 먹힐 거라는 걸 예상했다.

아무튼 포 워리어즈는 앞으로 4박 5일 동안 유유와 북미 콘서트 투어 논의를 할 것이다. 웬디즈도 콘서트에 게스트로 서는 만큼 N탑에는 중요한 일정이다.

바라건대 양쪽 모두에게 이득이 되는 시간이었으면 좋겠다.

그리고 퓨처엔터는 마빈의 스케줄에 맞춰서 릴리시크의 뮤직비디오를 촬영한다.

방금 전 녹음실에 울려 퍼진 노래를 말이다.

"왠지, 기분이 좋네요."

나는 미소 지었고, 두 사람은 으르렁거렸다.

*　　　　*　　　　*

릴리시크 뮤직비디오 촬영장은 세 곳을 선정했다.

서울 시내 스튜디오, 500살 마녀 대저택, 장산의 여인 세트장.

화음의 민대용 대표와 장산의 여인 제작사의 협조를 받아서 수월하게 사용 허가를 받을 수 있었다.

다행히 500살 마녀는 아직 세트장이 남아 있었고, 장산의 여인은 아직도 넷플렉스에서 시청 순위 상위권에 있는 만큼 세트장을 부수지 않고 유지하고 있었다.

마침내 촬영 당일, 나는 일찌감치 스튜디오 촬영장에 도착했다.

먼저 도착한 감독 쪽 스태프들이 촬영 준비를 하는 것을 지켜보는데, 날 알아보지 못한 스튜디오 관계자들이 흥분한 얼굴로 주변을 서성거렸다.

"이 엄청난 곡의 뮤직비디오가 우리 스튜디오에서 촬영하는 거라고! 대단하지 않냐?"

"맞아요! 대한민국 톱 아이돌 유유가 프로듀싱 하고, 윤소림의 소속사에서 선보이는 첫 걸 그룹, 그리고 유명 뮤직비디오 감독까지!"

"그래, 오늘 눈 부릅뜨고 봐야 해. 마빈이라니! 마빈 플랫이 우리 스튜디오에 오다니!"

그래. 대단한 일이다. 그걸 내가 해냈고.

"근데, 마빈이면 얼마를 줬을까요?"

"야야, 말도 마. 일본 에이벡스 소속사에서 뮤직비디오 촬영해 주면 20억 준다고 했는데도 바쁘다고 깠대."

"헐!"

"그 말인즉슨, 최소 20억이라는 거지!"

"퓨처엔터 대표 미친 거 아니에요? 데뷔곡 뮤직비디오로 무슨 그런 돈을 써?"

그런 돈 없다.

그냥 이건 바보 셋의 싸움으로 얻어걸린, 일종의 행운일 뿐이다.

"미쳤지, 암, 미쳤지!"

"근데 이러다 망하면 어떻게 해요?"

"망하겠냐?"

그 얘기는 하지 말자.

"20억을 어떻게 뽑아내냐가 문제죠!"

"그건 그래. 내가 봤을 때도 이건 돈지랄인데, 그래도 이런 빅 이벤트를 성사시켰다는 것은, 진짜 제대로 돌지 않으면 못 하는 짓이다. 아니, 안 하지!"

"실장님, 일본 애들 댓글 번역한 거 보세요. 도대체 릴리시크가 누구냐, 또 한국 걸 그룹? 마빈한테 실망이다, 퓨처엔터 대표는 뭐 하는 사람인데 포 워리어즈와도 친분이 있는 거냐, 퓨처엔터 대표 사진 포토샵 아님?"

"퓨처엔터 대표가 실물이 그렇게 잘생겼다더라."

"그렇죠? 기사 보니까 훈남이더라고요. 나이도 젊고."

살면서 그런 얘기 많이 들었다.

"좋았어, 결정했어!"

"뭘요?"

"내가 오늘 퓨처엔터 대표랑 전화번호 교환한다!"

왠지 뜨끔해서 얼른 촬영 콘티를 다시 들여다봤다.

제목 〈new thing〉

작사 유유, 릴리시크

작곡 유유

편곡 유유

유유 녀석, 타이틀 제목도 잘 지었지.

참신하고 새로운 것, 특정 템포가 없고 멜로디에도 구애받지 않는 자유롭고 즉흥적인 춤이라는 사전적 의미가 있는 곡 제목을 보고 있으니까 긴장감이 스멀스멀 올라온다.

이 곡은 내 인생에서도 유유의 인생에서도 없었던 곡이니까.

릴리시크라는 존재? 당연히 없었다.

과연 성공할 수 있을까.

"마빈이다!"

"릴리시크도 왔어요!"

스튜디오 직원들의 목소리에 나는 고개를 다시 들었다.

클린턴과 로돌포가 합심해서 수영장에 처박았던 외국인이 퓨처엔터 식구들과 함께 강렬한 인상을 풍기며 스튜디오에 나타났다.

"대표님!"

가볍게 손 흔드는 내 모습에 스튜디오 실장이 화들짝 놀랄 때, 옆에 있던 여직원은 또다시 출입구를 보고 놀라서 입을 벌렸다.

"포, 포 워리어즈다!"

저 양반들은 왜 온 거야?

궁금했는데, 다가온 펫시가 윙크를 찡긋하고 속삭였다.

"손이 근질거려서!"

그 말은… 포 워리어즈가 세션을 해주겠다는 건가? 그것도 현장에서?

"유유다!"

당황할 틈도 없이 이번에는 금발 머리가 들어왔다. 이제 스튜디오 직원은 거의 숨이 넘어갈 것 같았다.

유유가 다가와 날 슥 쳐다보고 말했다.

"펫시가 하고 싶다고 해서 편곡 살짝 했어요. 마빈도 맘대로 하라고 했고."

그러더니 내 옆에 나란히 서서 속삭인다.

"내가 프로듀싱 하고, 마빈이 뮤직비디오를 연출하고, 포 워리어즈가 백업하고… 그리고 형이 만든 걸 그룹. 이건 뭐."

게임 끝이지.

차트 1위 못 시키면, 나는 미다스의 손 수식어 떼고 바로 저승가야 할 것 같다.

안 그러냐, 저승아?

*　　　　*　　　　*

여름이 오려면 아직 멀었는데.

촬영이 진행되면서 모두가 땀범벅이 됐다.

이것은 일종의 싸움.

누가 더 최선을 다하나를 두고 감독과 릴리시크가 경쟁을 펼치고 있었다.

마빈과 촬영 스태프들은 좋은 한 컷을 찍으려고 집중했고, 릴리시크는 촬영이 시작되면 춤을 추고 컷 소리에 멈추는 것을 반복했다. 그때마다 스태프들이 달라붙어 메이크업을 고치고 부채질을 했다.

숨이 멎을 것 같은 팽팽한 긴장감이 흐르는 그 현장에서 최고남은 릴리시크에게서 눈을 떼지 않고 있었다.

[흠.]

저승이는 릴리시크와 최고남을 보면서 느낄 수 있었다.

시소가 기울고 있음을.

어쩌면 그리 멀지 않은 시기에 최고남의 여행은 끝이 날지도 모르겠다. 또 어쩌면 그걸 알고 있어서 최고남이 릴리시크 데뷔를 서두르는지도 모른다.

그런 생각을 할 때, 망자가 고개를 돌렸다.

시선은 스튜디오 출입구 쪽으로 향했다.

그곳에 한 무리의 사람들이 소리 없이 들어오고 있었다. 선두에 선 이를 본 저승이는 눈살을 찌푸렸다.

[연성만. 무술(戊戌)년 무오(戊午)월 경오(庚午)일]

32개 계열사를 거느린 N탑이라는 음악제국을 세우고, 수많은 스타를 양성했으며, 그가 만든 울타리 안에서 최고남이라는 존재가 완성됐다.

최고남이 독립하면서 둘 사이가 어긋나긴 했지만, 시간이 꽤 흘러서 결국 화해하게 된다.

그런데 이번에는 그 시기가 앞당겨질 모양이었다.

연성만 대표는 묵직한 걸음으로 다가왔다. 최고남이 입가에 떠오른 희미한 미소를 감추고 물었다.

"오셨어요?"

"뻐꾸기가 남의 둥지에 새끼를 깠다는 소리가 있어서."

"빼꾸기가… 그 둥지가 그리웠나 봅니다."

"망할 자식."

최고남이 결국 미소 짓는다.

시소의 삐걱 소리가 더 커진 줄도 모르고.

*　　　*　　　*

"릴리시크, 릴리시크, 릴리시크……."

율은 입술을 잘근잘근 씹으며 핸드폰에 집중했다.

인터넷 기사, 댓글, 연예 커뮤니티 게시물, SNS 할 것 없이 온통 릴리시크에 대해 얘기했다.

그중에서 특히 시선을 사로잡는 것은 퓨처엔터테인먼트 대표에 대한 얘기.

지아사랑** 1분 전 [좋아요 94 싫어요 3]

포 워리어즈에 마빈이라니… 이쯤 되면 퓨처엔터 대표의 정체가 외계인인지 의심해 봐야 할 때다.

답글 5

얻어걸린** 10분 전 [좋아요 282 싫어요 68]

유유 북미 콘서트 성사시킨 것도 퓨처엔터 대표 작품이라던데, 내가 윤소림 떡상 할 때 알아봤다.

답글 32

유유** 1시간 전 [좋아요 165 싫어요 308]
되게 나대네.
답글 닫기
ㄴ경찰서에서 봬요~
ㄴ너는 왜 나대냐?
ㄴ방구석 찌질이 같으니라고.

'뭐야, 국내용이 아니었어?'
문득, 얼마 전 대표님이 했던 말이 머리에 스쳤다.
만약 쓰레기통 사건이 너와 관련됐으면 못 지켜준다는 말, 퓨처엔터 대표는 건드려서 좋을 것 없는 사람이라고 했던 매니저의 말도 떠오른다.
꿀꺽.
율은 마른침을 삼키고 솜털이 바싹 솟은 팔을 쓸어내렸다.
'에이, 별일 있겠어?'
퓨처엔터에서 사진을 올린 오3 사생팬을 고소한다고 공지한 이후로 다른 소식은 들려오지 않았다.
시간이 지나면서 네티즌들도 해프닝 정도로 여기는 것 같았다.
물론 일부 팬들이 계속 그때 그 사진을 끌어 올리면서 릴리시크를 비난하고 있지만, 딱히 논란으로까지 번지지는 않고 있었다.
"율아, 메이크업해야지!"
"어? 어!"
"왜 이렇게 놀라?"
스타일리스트가 웃으면서 쳐다본다.

"언니, 나 화장실 좀."

"빨리 다녀와."

대기실을 나서면서 멤버들을 돌아봤다.

메이크업을 받는 멤버, 바닥에서 잠자는 멤버, 핸드폰을 만지작거리고 있는 멤버들이 눈에 들어왔지만 어딘지 모르게 낯설다. 갑자기 혼자만 붕 뜬 느낌이었다.

"얘는 왜 전화 안 받는 거야!"

제임스가 전화를 받지 않는다. 아무래도 오늘 찾아가 봐야 할 것 같았다.

입술을 너무 씹어서 비린 맛이 느껴진다.

불안함을 감추려면 주문이 필요했다.

"후… 괜찮아. 괜찮을 거야. 다 끝난 일이야."

.

.

.

"끝날 때까지는 끝난 게 아니지."

황 기자와 함께 한강 주차장에서 죽치고 있던 기억이 엊그제 같은데, 그 짓을 또 하고 있다.

"그러니까, 내 말이! 데뷔하면 끝인가?"

"도대체 웍스디 회사에서 뭐라고 했길래 그래?"

"제임스가 일본에서 콘서트한다고 소속사에서 기사 좀 내달래요. 근데, 그쪽 실장이 개싸가지네? 나중에 웍스디 기사 많이 줄 테니까 신경 좀 써달라나 뭐라나. 우리가 거지도 아니고. 윗물이 그러니까 웍스디 애들이 싸가지가 없지! 보고 배운 게 그런 거니까!"

황 기자가 분개한다.

"그 자식 연애 안 하나? 일본 콘서트 기사 뜰 때 스캔들 기사 확 던져 버렸으면 좋겠건만."

잔칫집에 똥을 던지는 미친년이 되겠다고 선언하고, 황 기자가 눈을 부릅뜨고 날 쳐다본다.

"아무튼, 이제 릴리시크 얘기 좀 해봐요. 뮤직비디오도 좀 보여주고!"

"아직 편집 안 끝났어. 마빈이 뉴욕 가서 마무리하고 보내준다고 했고."

"아, 현기증 나!"

이마를 짚은 황 기자.

"그럼 아무튼, 퓨처엔터는 이제부터 릴리시크 데뷔까지 쉼 없이 몰아칠 것 아니에요?"

"당연하지. 김나영 팀장이 실력 발휘할 거야."

"그걸 우리랑 하자고요! 멤버들 캐스팅 비하인드 스토리, 전 멤버 최초 인터뷰, 쇼케이스 현장 밀착취재! 다!"

"오케이. 쇼케이스 현장 밀착취재만 빼고."

쿨하게 대답했더니, 되레 놀란 황 기자 눈이 동그래졌다.

"진짜요?"

"대신에 제2의 웬디즈니 뭐니 그런 얘기 쓰지 말고. 기사 올리기 전에 김나영 팀장 거쳐야 하고. 그게 우리 조건."

"당근당근! 데뷔일은요? 전에 말한 대로 6월?"

"물 들어오는데 굳이 기다릴 필요 있어?"

"암, 내일이라도 노 저어야지. 아니, 지금 당장!"

"그럼 딜?"

"딜… 아니고, 왜 쇼케이스 현장 밀착취재는 빼요?"

"그건 은별나라에서 벌써 찜했어."

"으, 유튜버!"

황 기자가 말 울음소리 같은 포효를 지르더니 제 가슴을 쓸어내린다.

"아, 아무튼 심장 떨린다. 두근두근거리고."

"떨려? 나도 떨려."

피식 웃었더니, 황 기자가 눈을 가늘게 접으며 날 그윽하게 쳐다본다.

"이러면 안 돼요. 갑자기 그렇게 훅 들어오면."

"죽을래?"

"왜 말을 못 해요? 나 좋다! 우리 데이트하자! 왜 말을 못 해?"

황 기자는 무서운 농담을 하고 깔깔거렸다.

웃느라고 주름진 애굣살이 통통한 굴 같았다.

"우리 데이트는 다음 생으로 예약하고, 아무튼 그렇게 하는 걸로 정리하고, 카메라 빨리 들어."

"카메라는 왜?"

"저기 택시 오잖아."

"일단 들어."

고개를 갸웃하던 황 기자가 차창을 살짝 내리고 카메라를 들었다.

잠시 뒤 모범택시가 오피스텔 건물 앞에 멈춰 섰다.

모자를 눌러쓴 여자가 차에서 내리기 무섭게 오피스텔로 뛰어 들어간다.

포털사이트 메인에 걸리기 딱 좋은 뒷모습이었다.

카메라를 내린 황 기자의 코 평수가 벌렁거린다.

"대박! 열라 짱! 대표님 알러뷰!"

"됐거든?"

*　　　*　　　*

[단독] 〈웍스디〉 리더 제임스와 〈O.O.O〉 멤버 율, 핑크빛 열애 중…….

[오3 소속사 JL엔터, 묵묵부답]

[제임스, 열애 중 아니고 친한 사이!]

[두 사람의 SNS에 가득했던 흔적들, 팬들은 이미 알고 있었다]

[단독] 오3 팬이 입을 열었다. 쓰레기통 사진은 오3 율이 직접 촬영해서 보내줬다. 둘이 나눈 문자까지 공개.

ㄴ열애설 터져서 사생팬 빡돌았네!

ㄴ내 이럴 줄 알았다! 지들이 쓰레기통에 버리고 주작한 거네!

ㄴ역시 중립 지키길 잘했다.

ㄴ중립 같은 소리 하네. 덮어놓고 송지수 까더니 이제 와서 중립?

ㄴㅋㅋㅋ 송지수 화제 되니까 뭐든 엮어서 이슈 돼보려다가 개망했네.

"대박……."

윤환은 기사를 읽으면서 감탄사를 흘렸다.

열애설에 사생팬의 폭로까지.

그 바람에 여론이 완전히 뒤집혔다.

오3 팬들도 쉴드 치지 못할 정도로 네티즌들의 비난이 쏟아지고 있었다.

사실 아이돌 연애는 흔한 일.

10, 20대 남녀가 사귀고 헤어지는 것이 당연하듯이 말이다.

그래서 기자들도 어느 정도 배려해 주면서 관리하는 편이었다.

일종의 양식장 같은 건데, 내버려 뒀다가 해당 커플의 급이 오르거나, 아니면 다른 이슈를 잠재울 때 네티즌들 먹기 좋게 손질해서 내미는 거라는, 그런 얘기를 전 소속사에서 주워들은 윤환은 이 기사가 퓨처엔터와 관련이 있을지도 모른다는 생각을 어렴풋이 했다.

만약 사실이라면 퓨처엔터는 무서운 회사지만, 그만큼 소속 아티스트에게는 듬직한 것도 사실.

댓글을 마저 읽는데, 대표실의 유리문이 열리고 최고남이 들어왔다.

그동안 릴리시크 일로 바쁘게 돌아다녔는지 얼굴을 보기 힘들었는데, 오랜만에 본 그는 환하게 웃으며 윤환을 반겼다.

"잘 지냈어요?"

"예."

"내가 더 챙겼어야 했는데, 요즘 소홀했던 것 같아서 미안하네요."

"아니에요. 병재 매니저님이 잘 챙겨주세요. 아, 몇 시에 출발해요?"

마침내, 오늘 릴리시크를 세상에 공개하는 첫 쇼케이스가 열린다.

그래서 윤환이 사회를 맡기로 했다. 송지수와 어느 정도 친해지기도 해서 먼저 제안을 했다.

"직원들은 이제 출발할 거고, 우리는 얘기 끝나고 바로 출발하면 돼요."

"예!"

윤환은 그가 무슨 얘기를 할지 궁금해서 긴장하고 눈에 힘을 주었다. 심장이 묘하게 두근거린다. 왠지 저 입에서 좋은 얘기가 나올 것 같아서.

"지켜보니까, 윤환 씨가 생각보다 끼도 많고 재능도 보이더라고요. 예전에 아이돌도 준비했었다면서요?"

"잠깐이요."

"그래서 말인데, 환이 씨… 진짜 스타 한번 되어볼래요?"

"스타요?"

윤환이 눈을 동그랗게 뜨고 묻자, 미소 지은 최고남이 턱을 긁적이며 그를 바라본다.

"뭘 그렇게 놀라요. 농담이고요, 이왕 티비에 얼굴 비친 거 한번 제대로 놀아보자는 얘기예요."

그건 또 무슨 얘기.

"노래 좀 하죠?"

"조금… 합니다."

"그럼 잘됐네."

최고남이 핸드폰을 꺼냈다. 번호를 꾹꾹 누르면서 그가 속삭여 말했다.

"MNC 피디님이요."

이어 상대방이 전화를 받았는지 눈빛이 변했다.

"피디님, 1등 선물 주실 때 됐습니다."

1등? 그게 대체 뭘까.

궁금해서 쳐다보는 윤환의 시선에 최고남이 빙긋 웃는다.

.

.

.

「청담동, 릴리시크 쇼케이스 현장」

기자들이 속속 도착하는 가운데, 대기실에서는 최종 점검이 한창이었다.

실수하지 않기 위해서 다들 긴장을 늦추지 않았다.

무대의상과 헤어 메이크업으로 풀세팅을 마친 릴리시크 멤버들은 심호흡을 하면서 긴장을 달랬다. 하지만 이상하게, 다들 말이 없었다. 불을 꺼버리면 눈빛들만 두둥 떠 있을 것 같다.

그런 멤버들의 긴장을 풀어주는 것은 직원들의 몫이었다.

"뭐야? 연우 너 지금 긴장하는 거야? 완전 실망."

"아니거든! 오빠야말로 긴장했죠? 화장실 좀 그만 왔다 갔다 해요!"

"나 김승권, 긴장이라는 걸 모르는 사람이야. 수능 볼 때도 하도 긴장을 안 해서, 나 점심시간에 조퇴하려고 했다니까. 모의고사 치러 온 줄 알고."

"거짓말! 누구 앞에서는 맨날 긴장하면서."

"누, 누구?"

"말해요? 아라야, 말할까?"

권아라는 대답 대신 권박하를 쳐다봤다.

그리고 권박하는 다시 김승권을 쳐다보고, 김승권은 다시 소연우를, 아니, 박은혜를 쳐다봤다.

박은혜의 눈시울이 붉었기 때문에.

"왜 그래? 야야, 울지 마!"

차가희가 놀라서 달라붙었다. 눈물 흘리면 메이크업 다시 해야 한다고 절규하면서.

"아침부터… 계속 할아버지 생각이 나서."

그러자 송지수가 박은혜의 어깨를 감싸 안았다.

"할아버지 되게 기뻐하겠다."

"응."

윤환은 그 모습을 바라보면서 미소 지었다. 엄마가 이 광경을 봤으면 참 좋아했을 텐데.

[엄마, 퓨처엔터 식구들은 정말 좋은 사람들이에요. 그리고 대표님은…….]

그래서 문자를 적고 있는데, 최고남이 대기실에 들어왔다. 은별이와 함께.

"다들 준비… 뭐야? 울었어? 김승권! 가서 얼음 팩 가져와!"

"예예!"

"차 팀장, 뭐 했냐?"

"아, 왜 저한테 그래요!"

"죄송합니다!"

"죄송하면… 지금부터 딱 1분만 더 울어."

화를 내던 최고남이 박은혜에게 다가와서는 머리를 쓰다듬으며 웃는다.

[…참 따듯한 분이고요.]

그래서 윤환은 확신했다.

릴리시크는 오늘 쇼케이스를 성공적으로 마칠 것이고, 훨훨 날아갈 것이라고.

*　　　*　　　*

「쇼케이스 다음 날 (뮤직비디오 공개 후 10시간 경과)」

평소보다 출근을 서둘렀다. 하지만 나만 일찍 온 것은 아니었다.

"대표님, 조회수 보셨어요?"

김나영 팀장이 생글생글 웃으며 물었다.

"말하지 마. 내 사무실에서 몰래 볼 거야."

"승권 씨는?"

"저도 컴퓨터로 볼 겁니다. 말씀하지 마세요!"

사무실 문이 열리자 어젯밤의 자축 흔적이 우리를 반겼다.

중국집 식기, 피자 박스, 빈 캔들이 쓰레기통 옆에 즐비했다.

지나쳐서, 바로 내 사무실로 들어가기 무섭게 마우스를 잡았다.

딸칵딸칵.

마우스를 천천히 눌러서 유튜브 사이트에 들어갔다.

릴리시크, 엔터.

"조회수가… 조회수가……."

그리고 아주 잠시, 가슴이 크게 들썩였다.

나는 짧게 안도의 숨을 쉬었고, 사무실 밖에서는 김승권의 목소리가 울려 퍼졌다.

"됐어!"

릴리시크 — 〈new thing〉 (Official MV)

조회수 10,182,706회

제6장

즐거움은 끝이 없다

릴리시크 멤버들이 머물고 있는 숙소의 아침은 늘 부산하다.

고등학생 멤버인 권아라와 소연우가 학교에 가야 하기 때문에 앞다퉈 화장실을 쓰고, 그러는 사이 먼저 일어난 언니들이 아이들 교복 셔츠를 다려주거나 샌드위치 같은 간단한 아침을 준비하기도 한다.

그런데 오늘은 평소와 조금 달랐다.

다들 바쁘게 움직이고는 있는데 소리 하나 없이 허전하다.

함께 살고 있는 스타일팀 배서희가 하품을 하며 방에서 나오다가 이상한 낌새를 눈치챘다.

"나 어제 숙소 안 오고 절에 왔나? 템플스테이 하러 왔는 줄 알았네."

무거운 팔을 휘적거리며 부엌에 들어간 배서희는 냉장고 앞에서 '샌드위치, 우유, 샌드위치, 우유'를 무한 반복 해서 속삭이는 박은혜를 지나쳐 냉장고 문을 열었다.

"여기 샌드위치, 우유."

척 건네주자 박은혜의 눈썹이 활짝 올라간다.

"아, 고마워요, 언니."

"뭐냐, 너희들? TV도 안 켜고, 노랫소리도 안 들리고."

배서희는 냉수 한 컵으로 오장육부를 깨우면서 거실을 둘러봤다. 송지수는 소파에 멍하니 앉아 있고, 고딩들은 기계처럼 칫솔질만 열심히 파고 있었다.

"뮤직비디오 조회수 얼마나 나왔을지 안 궁금해? 내가 볼까?"

배서희가 핸드폰 화면을 톡 치려는데, 고딩들이 화장실에서 뛰쳐나왔다. 발 모양의 물 자국이 바닥에 찰싹찰싹 새겨진다.

바로 앞에 오더니, 먹이 주길 기다리는 강아지처럼 배서희를 쳐다본다.

배서희는 고딩들 뒤에 있는 박은혜에게 핸드폰을 건넸다.

"리더가 봐야지. 샌드위치하고 우유는 내려놓고."

"아."

굳었던 손이 들고 있던 것을 내려놓고 전화를 쥐었다.

숨이 가빠지는지 목과 가슴이 들썩인다.

과연 조회수가 얼마나 나왔을까.

박은혜는 핸드폰 화면을 힘겹게 켰다. 아이들은 옆에서 눈을 크게 뜨고 있었고, 송지수는 입을 동그랗게 모으고 있었다.

멤버들을 차례로 보고 나서 배서희를 본 박은혜가 입을 열었다.

"언니, 잠겨 있는데요."

"하아……."

멤버들은 짧은 순간 천국과 지옥을 오간 것 같은 표정이 됐다.

잠금이 풀린 핸드폰을 다시 받은 박은혜가 유튜브 어플로 들어갔다.

오만 가지 생각이 다 떠오른다.

이혼한 부모님에게서 버려지듯 할아버지에게 맡겨진 기억부터.

손녀를 위해서 할아버지는 폐지를 줍고, 노년의 몸으로 다시 일을 하셨다.

그래서 박은혜는 일찍 철이 들어야 했다.

빨리 어른이 돼 성공해서 할아버지와 행복하게 살고 싶었다.

하지만 할아버지가 치매에 걸리면서 모든 것은 엉망이 됐다.

병간호를 위해서 연습 시간을 줄여야 했고, 돈을 벌기 위해서 일을 해야 했으며, 설상가상 조급한 마음에 무리하다가 성대결절까지 왔다.

마치 이자처럼, 삶에 나쁜 일들만 쌓여갔다.

그리고 할아버지가 멀리 떠나시던 날.

'박은혜?'

'…누구세요?'

그날의 대표님의 모습은 선명하게 기억에 남아버렸다. 죽을 때까지 잊을 수 없게 됐다.

퓨처엔터에 와서는 매일이 행복했다.

솔직히 처음에는 아이들에게 자격지심도 있었다.

항상 밝은 소연우, 매사에 자신감 있는 권아라, 잔소리하는 엄마가 있는 송지수.

행복한 가정에서 남부러울 것 없이 자란 멤버들과 알게 모르게 갭이 있었다.

그런 어느 날 대표님이 말했다.

'나는 박은혜가 박은혜라서 좋다.'

그 말을 듣고 용기가 생겼다. 무엇보다 퓨처엔터는 몸 관리 매일 시켜주고, 좋은 것 매일 먹여주고, 그러다 보니 자신이 연습생이 아닌 애완 돼지로 들어온 게 아닌가 착각이 들 정도였다.

그런 어느 날 갑자기 '유유가 프로듀싱 할 거야'라고 해서 다들 기겁했는데, 또 갑자기 '마빈이라고 알아?'라고 하길래 인터넷 검색을 해보고 실신할 뻔했는데, 촬영장에 포 워리어즈가 오는 것을 보고는 머리가 하얗게 됐다.

더 이상은 통제할 수 없는 세상으로 끌려 나가는 기분이었다.

그럴 때 어김없이 대표님은 말했다.

'은혜야, 쟤들도 다 똑같은 사람이야. 유유도 코 후빌 때 있고, 포 워리어즈는 악기 연주 빼고는 대책 없어. 너 마빈이 물에 빠져서 허우적대는 거 봤으면 웃겨 죽었을걸? 완전 비에 젖은 생쥐꼴이었는데. 흐흐, 아무튼 후딱 촬영 끝내고 맛있는 거 먹으러 가자. 별거 아니잖아?'

대표님의 말이 왜 그렇게 웃기던지.

그래서 이젠 무슨 일이 생겨도 별거 아니네 하고 넘어갈 수 있을 것 같았다.

"그래, 별거 아니야."

주문을 속삭이며, 박은혜의 엄지손가락에 힘이 실렸다.

뮤직비디오 조회수가…….

"…아."
"…대박."
"…헐."
송지수의 목에서 꿀꺽 소리가 크게 들리는 바람에 다들 핸드폰에서 눈을 뗐다. 그리고 누가 먼저랄 것 없이 비명을 지르고 말았다.
"꺄아!!"
그다음 순간, 멤버들은 놀라서 박은혜를 붙잡기 위해 손을 뻗었다.
"어, 언니!"
"은혜야!"
박은혜가 실신해서 뒤로 넘어가고 있었다.

*　*　*

「브라질」

"빌어먹을, 노트북을 바꾸든가 해야지. 아니, 어떻게 된 게 출장 때마다 고장 나?"
S전자 직원 영훈 씨는 오늘도 한숨을 푹 내쉬며, 지도 어플을 켜고 전자제품 매장을 찾아 나섰다.
지난번에는 모스크바 출장 중에 고장이 나더니, 이번에는 브라질.
가뜩이나 치안도 좋지 않은 동네라서 등줄기에 식은땀이 줄

줄 흐른다.

긴장 속에서 노트북을 품에 꼭 안았더니 어깨에 쥐가 날 것 같을 때.

"아, 찾았다."

간신히 전자제품 매장을 찾은 영훈 씨가 매장에 발을 들였을 때였다.

에어컨 바람과 함께 신나는 노랫소리가 그를 반겼다.

뭔가 익숙한 노래, 한국인의 DNA에 내제된 흥을 끌어내는 리듬, 이건…….

"KPOP?"

하긴, KPOP이 전 세계로 뻗어나간 건 비단 어제오늘 일이 아니었다.

"그런데 이 노래, 내가 어디서 들어봤나?"

처음 듣는 것 같은데, 자꾸만 리듬에 허리를 맡겨야 할 것 같은 이 기분은 뭐란 말인가.

그때, 영훈 씨의 눈에 매장 안의 TV 진열대가 보였다.

여러 대의 TV가 진열된 그곳에는 브라질 소년 소녀들이 넋을 놓고 화면에 빠져 있었다.

그런 그에게 직원이 다가와서 포르투갈어로 말을 걸어왔다.

대충 뭐 필요해서 왔냐는 것 같아서 노트북 어댑터를 사러 왔다고 하려다가, 영훈 씨는 저도 모르게 TV 화면을 가리키며 물었다.

"저기 나오는 걸 그룹 누구예요?"

아차, 이 사람이 한국어를 알아들을 수가 없지.

고개를 휘젓고 통역 어플이라도 켜려고 했다. 그런데.

"아저씨, 한국 사람?"

여자가 흥분해서 외쳤다. 이번에는 영훈 씨가 흥분해서 물었다.

"한국말 할 줄 알아요?"

"나 한국어 공부해요! 유유 팬이에요! KPOP 짱! 한국 남자 잘 생겨……."

"큼, 근데, 한국말 진짜 잘하신다."

"아, 저 걸 그룹은 릴리시크!"

"릴리시크? 릴리시크가 누구예요?"

"유유가 프로듀싱 한 걸 그룹이에요!"

"아, 그래요? 저 친구들 언제 데뷔했는데요?"

"월요일에 쇼케이스 했어요, 뮤직비디오도 그날 올라왔어요. 조회수 지금 천만 넘었어요!"

한국 사람이 브라질 사람에게 걸 그룹에 대해서 묻는 희한한 상황이었지만 둘 다 이상함을 느끼지 못하고 있었다.

"근데 조회수가 벌써 천만이라고요?"

"유유 팬들 릴리시크 대표한테 은혜 갚은 두꺼비 캠페인 중이에요! 그리고 릴리시크 소속사 선배들 푸시도 있어서 장난 아니에요! 윤소림, 은별이, 성지훈……."

"성지훈? 오, 그 회사에서 나온 걸 그룹이구나! 대박이네. 그럼 디다랑 릴리시크 둘 중에 누가 더 브라질에서 인기예요?"

"디다는 그냥 디다, 릴리시크는 핫!"

아무튼 KPOP 팬을 자처한 직원이 창고에서 새 노트북 어댑터를 찾으러 간 사이, 영훈 씨는 전화번호를 뒤적였고 곧 홍보전

략실 동기의 목소리가 이어졌다.

"송 팀장, 이번에 브라질에 출시하는 핸드폰 광고모델 고심하고 있다고 했지?"

—뜬금없이 그건 왜? 아, 너 상파울루로 출장 갔다며?

브라질이 1인당 GDP는 한국보다 낮을지 몰라도 인구나 경제 규모에서는 S전자가 무시할 수 없는 시장이다.

"그거 KPOP 가수 중에서 고르고 있다고 했지? 걸 그룹이야?"

—이번 SS20 모델은 2030 여성 소비자를 타깃으로 나왔잖아. 카메라와 영상에 특화됐고, 디자인도 유려하고. 그래서 디다가 지금…….

"디다고 나발이고, 릴리시크라고 아냐?"

—어? 알긴 아는데, 걔들 엊그제 데뷔한 핏덩이야.

"인마, 네가 지금 여기 안 있어서 그래! 여기는 말이야……."

영훈 씨는 다시 한번 TV 진열대 앞에 모인 브라질 청소년들을 보며 속삭였다.

"열풍이야."

*　　*　　*

'아, 진짜 신경 쓰이네.'

김재하 피디는 아까부터 편집실에 와서 꼬장을 부리고 있는 방 국장 때문에 심기가 불편했다.

저 양반이 머리빗 손에 쥐고 벗겨진 머리를 통통 두드리는 통에 비듬도 날아오는 것 같고 말이야.

하지만 불만을 비쳤다가는 회사 생활이 힘들어질 것 같아서 구시렁거림도 삼키고 있는데.

"김 피디야."

"예?"

"혹시 말이야. 내 핸드폰이 울렸었냐?"

"안 울렸는데요."

"최고남이 전화하지 않았었나?"

"온 적 없는데요."

"그렇단 말이지……."

턱을 긁적이던 방 국장이 번개 맞은 듯 눈을 번쩍거렸다.

"최고남 이 자식!"

또 저런다.

얼마 전에는 방 국장 방에 다트판이 설치됐다. 칸마다 최고남을 어떻게 찢어 죽일지에 대한 방법을 붙여놓은 다트판이다. 하루에도 수십 번 화살을 날리더니만, 그것도 질렸는지 오늘은 만만한 김재하 피디를 괴롭히는 중이다.

'젠장, 내가 더러워서 TVX 간다! 이거만 편집 끝내고 사표 낸다!'

다짐, 또 다짐할 때였다.

방 국장이 갑자기 놀라서 벌떡 앉더니 핸드폰을 귀에 딱 붙였다.

"예, 사장님!"

—방 국장, 어디예요?

"아, 저 지금 시사하고 있습니다!"

—열심이네.

"감사합니다!"

—근데, 내가 듣기로는 퓨처엔터 최고남 대표가 방 국장 말은 그냥 철석같이 듣는다고 들었는데.

"당연하죠. 제 말이라고 하면 껌뻑 죽습니다!"

—그래요? 근데 왜 방 국장은 가만히 있는 겁니까?

"그게 무슨……."

—내가 오늘 방통위에 들렀다가 타 방송국 임원들을 만났는데, TVX 노용길 본부장은 지금 릴리시크 잡으려고 나 피디를 동원한다는 얘기가 있고…….

"나, 나 피디요?"

—그리고 SBC는 손주영 본부장이 직접 나서서 릴리시크 리얼리티프로그램을 만든다고 하질 않나, MNC는 벌써 복면가요왕에 퓨처엔터 소속 가수들 출연이 성사됐다는 얘기가 있더라고요. 그런데, 말만 하면 퓨처엔터 대표가 껌뻑 죽는다는 방 국장님은 뭐 하시는 거예요?

"저는 지금……."

김 피디는 순간 귀를 의심했다. 어딘가에서 심장이 두근거리는 소리가 난다. 심장병이 생겼나? 그럼 관두면 안 되는데. 버티다가 쓰러지면 산재 처리 해야지.

그런 오만 가지 생각이 잠깐 사이에 스쳤지만, 곧 그 소리가 어디서 들리는지 알아챘다. 방 국장이었다.

방 국장이 마른침을 꿀꺽 삼키고 다시 입을 열었다.

"저는 지금… 퓨처엔터와 함께 대형 프로젝트를 준비하고 있습니다."

뻥이다.

저건 뻥입니다, 사장님! 하고 외치고 싶었지만, 역시 순탄한 회사 생활을 위해서 김 피디는 입을 꾹 다물었다.

방 국장이 긴장을 감추기 위해서 입꼬리까지 끌어 올린다.

문제는 올라간 입꼬리가 버티질 못하고 덜덜 떨린다는 것이었다.

—오호, 그런 프로젝트가 있었어요?

"당연하죠! 릴리시크만 데려오면 뭘 하겠습니까? 저희는 릴리시크뿐 아니라 윤소림까지!"

—허! 윤소림도요?

"더 나아가, 퓨처엔터 식구들 모두가 등장하는… 그러니까 최고남 대표를 메인으로 세워서……."

—그런 게 있었어요? 근데 예능국에서는 그런 얘기가 없던데요? 아, 아직 논의 중이어서 그런 건가? 프로그램 제목이 뭡니까? 생각해 둔 게 있어요?

이제는 사장님까지 흥분했다.

저 양반, 대체 어쩌려고 저러는 건가 싶은데, 방 국장은 이미 돌이킬 수 없는 강을 건너고 있었다.

"프로그램 제목은! '퓨처엔터, 즐거움은 끝이 없다'입니다!"

전화를 끊은 방 국장은 실성한 사람처럼 실실 웃으며 편집실을 나갔다. 김 피디는 서둘러 핸드폰을 들고 최고남에게 문자를 보냈다.

[야, 지금 비상 사태…….]

·

·

·

[무슨 문자예요?]

저승이가 하얀 얼굴을 들이밀었다. 가끔 이렇게 훅 치고 들어오면 나도 훅 쳐버리고 싶거든?

"김 피디 문자."

[왜요?]

"방송국에서 한번 보자고."

[근데 왜 그렇게 찜찜한 표정이세요?]

찜찜할 수밖에.

문자에 사랑한다는 말이 붙어 있다. 거기다 이모티콘까지.

"이 양반은 이모티콘 같은 거 잘 안 쓰거든."

그런데 이렇게 하트 이모티콘까지 붙여가면서 저돌적으로?

마치 누가 김 피디의 핸드폰을 빼앗아서 문자를 보낸 것 같달까.

설마, 그 누군가가 방 국장은 아니겠지?

아무튼 KIS도 한번 들를 생각이지만 예능국으로 바로 직행할 거다.

윤소림 차기작 어떻게 할 거냐는 방 국장의 성화 때문에 당분간은 드라마국 쪽에 얼씬도 하지 않을 생각이니까.

[근데, 복면가요왕에 릴리시크가 아니고, 왜 윤환이에요?]

오늘 MNC에 온 것은 지난번 아육대 계주에서 1등 한 상을 챙기기 위해서였다.

보통은 뛰느라 고생했다고 음악방송 출연 및 예능 출연에서 조금 도움을 주는 정도지만, 사실 계주에서 1등을 하지 않았어도 캐스팅에 무리는 없었을 거다.

윤환이야 지금 얼굴을 알리고 있고, 릴리시크는 각 방송국에서 앞다퉈 출연 요청이 들어오는 상황이니까.

그럼 윤환을 왜 복면가요왕에 내보내냐. 그건.

[그건?]

그러니까.

*　　*　　*

"최서준이 떠올라서."

[에?]

최서준은 항상 연기에 미쳐 있었다. 데뷔작을 끝내고 성에 차는 게 없어서 고민하더니 어느 날 내 눈치를 보면서 독립영화를 찍고 싶다고 했었다.

개성 있는 작품, 독립영화 좋지.

하지만 제작자들의 시선에서는 다르다.

돈을 쓰는 사람들은 냉정할 수밖에 없다.

좋은 영화에 출연한 배우? 그들 눈에는 그냥 독립영화나 찍는 급이 되는 거다. 설혹 망하기라도 하면? 공든 탑이 와르르 무너지는 건 순식간이다.

열정에 공감하는 건 가족이나 해당하는 거다.

물론 그걸 잘못된 선택이라고 할 수는 없다. 그것이 배우니까.

"그래서 내가 최서준한테 뭐라고 그랬냐고?"

눈을 크게 뜬 저승이가 콧바람을 들썩거린다.

"헛소리할 거면 다시 대학로로 돌아가라고 했지."

그래서 찍은 영화가 〈검의 노래〉. 이후로 몸값 급등.

만약 그때 독립영화를 찍었다면 어떻게 됐을까.

지금의 최서준은 그런 선택들이 쌓여서 만들어졌다.

그런데 윤환은 한창 주목받을 때 영화가 아닌 인기차트를 선택했다. 본인이 원해서 말이다.

"스타 되는 거? 배우는 작품 몇 개 돌면서 몸값 뻥튀기하면 돼. 가수는 물량 싸움이고. 좋은 곡, 좋은 뮤직비디오에 홍보로 밀어붙이면 열에 여덟은 얼굴이 알려지니까."

알아들었는지 모르겠지만, 저승이가 고개를 끄덕인다.

"그러면 방송가에서도 쓸 수밖에 없어. 하지만 그것도 재능이 어느 정도 받쳐줘야 하거든. 안 그랬다가는 내내 CF만 찍거나 행사만 돌다가 사라지는 일회용이 되는 거고."

특히 아이돌처럼 소비가 잦은 연예인의 경우에는 자칫 너무 익숙해져서 흥미가 가라앉을 수 있다.

[그럼 윤환은 어떻게 할 거예요? 작품? 예능? 행사?]

"일단 띄워놓고……."

다 시켜봐야지.

"아무리 생각해도, 나는 진짜 이 일이 재밌어."

내가 만든 스타에 열광하는 팬들을 볼 때면 짜릿하다.

퓨처엔터가 성장할수록, 소속 아티스트가 늘어날수록 내일은 더 재밌어진다. 뭐랄까, 레벨 업을 하고 아이템을 손에 쥔 기분이랄까.

실없이 웃는 것은 별로지만 지금은 새어 나오는 웃음을 막을 수가 없다.

릴리시크가 잘되고 있어서 기분이 좋기도 하고.

[그 얼굴로 대기실 들어가실 건 아니죠?]

"내가 어때서?"

되물었더니, 저승이의 몸이 흐릿해지며. 가려져 있던 복도 거울에 내 모습이 비쳤다.

나라 팔아먹은 간신도 저렇게는 안 웃을 것 같다.

입을 좌우로 벌려서 웃음기를 지우고 뮤직캠프 대기실로 향했다.

지난주 데뷔 무대를 인기차트에서 선보인 이후에 케이블 엠카, 음악뱅크를 거쳤다.

아육대 혜택으로 사전녹화 무대도 넉넉히 배정받았다.

카메라 워킹도 기대하라니 한번 기대해 볼 생각인데, 대기실 문 틈새로 소연우의 목소리가 새어 나온다.

릴리시크 멤버들이 직원들 앞에서 수다 중이었다.

"으어어… 이러면서, 조회수 보자마자 은혜 언니 잠깐 기절. 그때, 아라가 전광석화처럼 움직여서 사삭!"

"아니야. 지수 언니가 더 빨랐어."

"맞다맞다, 지수 언니가 딱 붙잡더니 은혜야! 은혜야! 은혜야! 은혜야! 이름 계속 불렀잖아."

"네 번 아니고… 세 번."

"아쉽다. 그거 찍었으면 대박이었을 텐데."

누가 미디어팀 아니랄까 봐 권박하는 아쉬움이 뚝뚝 묻어나는 눈빛으로 박은혜를 바라봤다. 마치 한 번 더 기절하기를 바라는 것 같다.

"흠, 그럼 아이돌 최초인가? 조회수 보자마자 실신한 건 말이야."

유병재가 팔짱 끼고 진지하게 얘기하자, 박은혜가 빨갛게 익은 얼굴을 들고 작은 손으로 부채질하며 속삭인다.

"팀장님, 최초 안 하면 안 될까요?"

"아, 이건 놓치기 아쉬운데?"

"팀장님."

"뭐, 너희한테 최초가 많으니까 하나 정도는 버려도 되겠지."

그게 뭐라고 박은혜가 안도한다.

따로 언급하지 않아도 릴리시크는 데뷔 과정의 모든 것이 최초였다.

최근에 '데뷔 뮤직비디오 최단시간 천만 뷰 달성'이라는 타이틀이 추가됐다.

물론 릴리시크 혼자만의 힘이 아니었다.

유유와 포 워리어즈가 SNS에 힘을 보탰고, 윤소림을 비롯해서 강주희, 성지훈, 윤환까지 퓨처엔터 식구들도 홍보에 나섰다.

그 밖에도 작사가 류수정과 나지나도 응원 대열에 합류했다.

은별나라 스튜디오에서는 멤버들 매력 심층 분석까지 하면서 조회수가 폭발했고.

이제 인터넷에서는 릴리시크 목격담이나 썰들을 쉽게 찾아볼 수 있다.

거품인지 아닌지는 좀 더 두고 봐야겠지만, 일단 스타트는 기분 좋게 끊었다.

"아, 언제 오셨어요?"

요즘에 저승이와 함께 연습한 게 효과가 제법 있는지, 뒤늦게 유병재가 날 발견했다.

이름하여 존재감 지우기.

반빙의 상태에서 생기를 조절하는 건데, 꽤 쓸모가 있다.

방 국장을 피할 비장의 무기라고나 할까.

"다들 준비 끝났지?"

"예."

마침, 대기실 문을 열고 음악뱅크 FD가 들어왔다. 목에 건 인터컴을 덜렁거리면서 바싹 마른 소리로 외친다.

"릴리시크 준비되셨죠?"

멤버들이 벌떡 일어났다. 나도 무대 앞까지만 같이 가려고 따라나섰다.

"아직도 무대 앞두면 긴장되지?"

"예."

"언니, 기절하면 안 돼요!"

박은혜가 한숨 쉬고 소연우의 어깨를 쓰다듬는다.

"우리 연우, 이제 그만."

그리고 찰싹.

웃음소리가 발걸음처럼 경쾌하다.

그런데 그때 단말마의 비명 소리가 들렸다.

"아!"

"아, 미안해요, 그러게 멍때리고 서 있으면 어떻게 해요?"

FD가 성의 없이 사과하고 제 갈 길을 가버리자 부딪쳤던 율이 어깨를 붙든 채로 입술을 꾹 다물고 바닥을 쳐다본다.

부딪친 충격으로 떨어진 액세서리가 우리 앞까지 굴러와 있었다.

미묘한 분위기 속에서 송지수가 액세서리를 주웠다.

그러더니 당황스러워하는 율에게 다가가서 액세서리를 내밀었다.

머뭇거리다가 건네받은 율이 송지수와 우리를 번갈아 쳐다봤다.

둘 사이에 말이 필요할까.

송지수는 이내 고개를 돌렸다. 사뿐히 들썩이는 머리카락이 당당해 보인다.

"언니, 빨리 와요!"

"지수야, 가자!"

멤버들이 송지수를 목 놓아 부른다. 송지수가 환한 얼굴로 달려온다.

* * *

"자… 과연, 심사 위원 여러분들은 그림자 비서님의 노래를 어떻게 들으셨을까요? 손봉석 씨, 어떻게 들으셨나요?"

MC가 심사 위원석을 가리켰다.

연예인 패널들이 마이크를 손에 쥐는 동안 그림자 비서는 가면 뒤에서 숨을 크게 고루 내쉬었다.

땀이 셔츠 사이로 흘러내린다. 끈적임이 느껴졌지만, 기분은 더할 나위 없이 좋았다.

방청객들의 시선, 박수갈채, 무대의 두근거림이 온몸을 사로잡았다.

언제 또 이런 경험을 할까. 지금 이 순간이 너무 소중했다.

"그림자 비서님이 마이크를 잡고 입술을 딱 떼는 순간, 저는 심연의 바닷속을 헤엄치는 기분이었어요. 온몸이 푹 가라앉는 느낌이었다고 할까요?"

"심연이요? 그만큼 편안했다는 소리일까요? 옆에 계신 빛소대

설빈 씨는 어떻게 들으셨나요?"

MC가 이번에는 핑크색 머리의 아이돌 패널에게 질문했다.

"빛나는, 소녀들이, 대한민국에, 나타났다! 빛이여, 솟아나라! 설빈입니다!"

"뭐야, 그게."

볼 한쪽에 심술이 투둑 나온 연예인 패널의 핀잔에 방청석에 웃음이 퍼졌지만, 설빈은 아랑곳 않고 씩씩하게 말했다.

"저는요, 그림자 비서님의 무대 위에 빛 한 줄기가 쏟아지는 것을 봤습니다. 저 멀리 우주 저편, 안드로메다에서 온 빛이었어요!"

"뭐야, 그게."

"정말이에요!"

"자, 설빈 씨의 말이 맞는지는 저희가 나중에 비디오판독을 해 보겠고요, 나지나 작사가님! 어떻게 들으셨습니까? 지금 계속 고개를 두리번거리시던데요?"

"여기… 허언증 경연 대회인가요? 무슨 심연에 빠지고, 우주에서 빛이 쏟아지고……."

"허언증이라뇨? 나지나 작사가님, 실망입니다! 제가 심연에 빠졌다는데 왜 못 믿으세요?"

"작사가님, 못 보셨어요? 오색찬란한 빛의 무리요!"

"자자, 심사 분위기가 과열되고 있는데요, 그럼 그림자 비서님이 준비한 무대와 함께 그림자 비서님의 정체를 공개하겠습니다!"

이번에는 그림자 비서의 개인 무대가 시작됐다.

준비한 곡은 성지훈의 그리워서.

누군가를 심연에서 허우적거리게 만든 감미로운 목소리가 흘러나오자 방청객들은 순식간에 무대에 집중했다.

성지훈의 허스키한 목소리와 달리 그림자 비서의 목에서는 생크림 담뿍 담긴 부드러움이 흘렀다.

그대는 날 참 많이 사랑했는데
나는 이제야 그 사랑을 알 것 같네요
그대의 소중함 너무 늦게 알아 미안해요

"보고 싶어서~ 또다시 그대 사진을 꺼내요~ 워워!"

방청객들의 함성이 쏟아질 때, MC의 목소리가 흘러나왔다.

"과연 그림자 비서님은 누구일까요? 그림자 비서님의 정체는……."

뒤돌아선 그림자 비서가 가면을 벗었다. 그리고.

"그림자 비서님의 정체는 바로! 장산의 여인에서 해바라기처럼 단 한 사람만 바라보던 윤 비서로 활약한, 배우 윤환 씨였습니다!"

놀란 관객들이 탄성을 터뜨렸다.

연예인 패널도 호들갑을 떨면서 엉덩이를 들썩거렸다.

이어지는 노랫말에 모두가 한마음으로 높이 손을 들고 좌우로 흔들었다.

땀에 젖은 윤환의 미소가 무대조명을 받아 별처럼 반짝거렸다.

아쉽게 1라운드에서 탈락했지만, 스태프들은 박수를 치며 성공적인 무대를 마치고 내려온 윤환을 응원했다.

인터뷰를 마치고 방송국에서 퇴근하는 내내 윤환의 마음은 구름처럼 두둥실 떠다녔다.

"윤환이다!"

"오빠!"

"너무 멋있어요!"

"저, 오빠 팬이에요!"

방송국 밖에 있던 팬들이 윤환을 알아보고 달라붙었다.

어떤 팬은 쇼핑백에 담긴 선물을 건네기도 했다.

겨우겨우 차에 올라 퓨처엔터로 돌아가는 길에 윤환은 엄마에게 문자를 보냈다.

[엄마, 저 무대 잘 끝냈어요. 오늘은 진짜 최고의 날이었어요.]

행복해서 죽는 병이 있다면 오늘 죽을지도 모른다는 생각이 들 정도로 최고의 날이었다.

하지만 아직 날은 밝고, 퓨처엔터에는 그를 기다리고 반겨주는 사람들이 있었다.

전 소속사에서는 회사에 가는 일이 정말 드물었는데, 간다고 해도 데면데면해서 안 간 것만 못한 적이 많았는데…….

"아, 환아, 지금 외삼촌 오셨다는데?"

회사 앞에 도착할 즈음 유병재가 넌지시 얘기했다.

"예? 삼촌이요?"

"어. 떡을 해 오셨나 봐. 우리 먹으라고."

"혼자 오셨대요?"

"글쎄."

떡을 해 왔다면 삼촌 아이디어는 아니었을 거다.

주차장에 차를 대는 중에 윤환은 삼촌의 차를 볼 수 있었다.

그리고 뒷좌석에 앉아 있는 엄마를 볼 수 있었다.

얼른 차에서 내려 엄마에게 가려는데, 최고남 대표가 계단을 내려와서 차로 향했다.

윤환은 그를 불렀다.

"저 대표님!"

"환이 씨 왔어? 잠깐만, 어머님께 먼저 인사드리고."

최고남이 차로 다가가 차창을 두드린다. 윤환은 괜히 마음이 조급해져서 외쳤다.

"저희 엄마 청각장애……."

하지만 윤환은 다음 말을 잇지 못했다.

최고남이 엄마에게 허리 굽혀 인사하더니…….

"대표님은 알고 있었어. 네 전 소속사에 찾아가 얘기도 들으셨고."

직원들 퇴근하고 밤에 혼자 남아 인터넷과 교재를 보면서 수화를 연습했던 최고남의 모습을 유병재는 알고 있었다.

"근데, 지금 뭐라고 얘기하시는 거야?"

"저는… 아드님의 회사 대표입니다. 훌륭한 아드님 덕분에, 요즘 일하는 것이 즐겁습니다. 저희와… 계약해 주셔서 감사합니다."

윤환은 눈물로 젖은 볼을 닦아내고 미소 지었다. 엄마가 윤환에게 손짓했다.

다가가자 엄마의 손이 말했다.

[네 말대로 정말 좋으신 대표님이구나.]

윤환은 고개를 끄덕였다.

"응."

*　　　*　　　*

[릴리시크 아이틴즈 아시아 10개국 지역 1위!]

[차트 올킬 광풍 멈추지 않는다! 릴리시크 인기 이유? 나노 분석!]

[벌써부터 대학가는 릴리시크 모시기 들어갔다! 여름 축제 가장 핫한 가수의 몸값은? 무려 7천만 원!]

[그림자 비서는 배우 윤환? 그 감미로운 목소리가 너였니? 덕후 기자의 주말 예능 후기!]

[장산의 여인, 7주 연속 넷플렉스 아시아 인기 드라마 순위 1위, 각국 관광청 윤소림 한 번만 와주세요!]

[키즈 유튜버를 만나다! 오늘의 주인공은 〈은별나라 은별공주〉 채널의 깜찍이 고은별!]

[배우 강주희와 유재하 감독의 도전, 느와르와 히어로물 둘 다 잡을 수 있을까?]

[우리 오빠 성지훈의 식지 않은 인기! 레트로 열기는 계속된다!]

[이젠 퓨처엔터 사단이라고 불러다오!]

—윤소림(배우), 고은별(유투버), 유병재(매니저), 강주희(배우), 성지훈(가수), 윤환(배우), 릴리시크(가수). 이들의 공통점은 소속사가 퓨처엔터테인먼트라는 것이다. 소속사 대표는 N탑 부문장 출신의…….

차곡차곡.

아침부터 프린트한 기사와 신문을 가지런히 책상에 올려놓는 것으로 미디어팀의 하루 일과를 시작한 권박하.

허리를 펴던 그녀가 문득 유리벽에 그려진 스케줄표를 보고 의아해져서 다가갔다.

딱 하루가, 소속 아티스트 모두의 스케줄이 비어 있었다.

심지어 가장 바쁘고 정신없을 릴리시크도 그날은 휴식이다.
“신기하네.”
권박하는 어깨를 으쓱하고 대표실을 서둘러 빠져나왔다.

*　　　*　　　*

「KIS 예능국」

점심 맛있게 먹고 와서 자리에 앉던 피디가 고개를 갸웃했다.
“어? 이거 박카수잖아? 누가 가져다 놓은 거야? 매니저인가? 웬일이래?”
예전에는 이런 일이 많았다. 매니저들이 새벽같이 찾아와서 피디들 책상에 박카수 가져다 놓고, 요구르트 가져다 놓으면서 자기 가수, 배우들 잘 봐달라고 말이다.
하지만 이제는 이런 열정을 가진 매니저도 없고, 김영란법도 생겨서 드문 풍경이 되어버렸는데.
“그거 퓨처엔터에서 놓은 거예요.”
지나가던 음악뱅크 피디가 힐끗 쳐다보며 알려준다. 그러자 피디가 자리에서 벌떡 일어났다.
“퓨처엔터? 지금 어딨어?”
왔으면 얼굴도장이라도 찍어둬야 할 것 아닌가.
지금 가장 핫한 엔터 회사니까.
“상욱이 형이랑 얘기 중이에요.”
음악뱅크 피디의 손가락이 회의실을 가리킨다.

·

·

·

'박상욱 씨피.'

지독한 곱슬머리의 남자가 내 앞에 앉아 있다.

아는 얼굴이긴 한데, 그다지 좋은 관계는 아니었다. 내가 N탑 부문장 재직 시절에는 호형호제를 논했던 그가, 퓨처엔터 초기에는 내 전화를 계속 피하던 기억이 남아 있다.

"오랜만이다, 그렇지?"

"그러게요. 잘 지내셨죠?"

"나야, 잘 지냈지. 아, 말 놔도 되지?"

"편하게 하세요."

내 말에 박 씨피가 뻔뻔하게 웃자, 저승이가 창백하게 마른 입술을 깨물며 중얼거린다.

[능구렁이 같은 놈이네.]

'뭐 어쩌겠냐. 저 양반이 사는 방식인데.'

[그러게요. 아저씨 같은 악덕을 상대했어야 했으니.]

그래, 방송국 사람들 처지에서는 나야말로 철천지원수였겠지.

오랜만에 훅 들어온 저승이의 말 한마디에 착잡해진 마음을 뒤로하고, 나는 박 씨피가 내민 제안서를 손에 쥐었다.

『퓨처엔터, 즐거움은 끝이 없다』

잘못 본 건가 싶어 눈을 깜빡여 봐도 타이틀에 '퓨처엔터'라는 문구가 선명했다.

박 씨피가 믹스커피를 홀짝거리며 말했다.

"프로그램 제목은 아직 가제야."

일단 표지를 넘기고 기획의도부터 살폈다.

[연예인도 회사가 있다. 하지만 스케줄로 눈코 뜰 새 없이 바쁜 연예인들에게 회사는 가까이 가기 어려운 장소. 그러다 보니 직원이 누구인지도 모르는 경우가 많고, 계약만료 직전에야 가끔 통화하던 홍보팀 직원 얼굴을 처음 본 연예인도 있다. 그래서 퓨처엔터테인먼트의 하루를 지켜보면서…….]

이제는 흔해진, 연예인들의 하루를 따라다니면서 일상을 볼 수 있는 관찰 예능.

대표적으로 〈3인칭시점〉과 〈홀로 산다〉가 있다.

그런데 이건 약간 달랐다. 중심이 연예인이 아닌 '회사'였다.

심지어 회사 대표, 그러니까.

"제가 메인이네요?"

"어, 그거 오타 아니야."

박 씨피가 똬리 튼 구렁이처럼 두 팔을 가슴에 모으며 싱글벙글 웃는다.

"이 프로그램은 최 대표가 메인이야. 최 대표를 중심으로 해서 퓨처엔터에서 일어나는 다이내믹한 일상을 시청자들과 공유하는 거지."

응, 안 할 거야.

나는 기획안을 대충 훑고 내려놓았다.

분위기를 감지했는지 박 씨피가 검은 눈썹을 급하게 들썩거린다.

"퓨처엔터 지금 잘나가잖아? 이럴 때 이미지 확 올려야지. 좋은 대표님, 따듯한 대표님, 모두가 사랑하는 대표님. 얼마나 좋아? 퓨처엔터를 향한 사람들 궁금증도 크고 말이야. 소문난 잔칫집일수록 먹을 거 던져줘야지."

"회사에서 하는 일이라는 게 스케줄 잡고, 출연료 조정하고 그런 건데… 그걸 시청자들이 재밌어할까요?"

결국 연예인들에게 포커스를 맞춰야 한다는 얘기고. 그럴 바에야 처음부터 연예인을 타깃으로 잡는 게 낫다.

"왜 못 보여줘? 출연료 흥정해! 그런 것도 얼마나 재밌어?"

박 씨피가 두 팔을 넉넉하게 벌리고 책상을 탁 짚더니, 오른손을 들어 전화하는 시늉을 한다.

"릴리시크 2천 아니면 못 갑니다. 아, 지금 막 2천 5백짜리 행사 들어왔네요. 뭐라고요? 3천 주겠다고요? 오케이!"

미친 건가.

도떼기시장도 아니고 누가 몸값을 그렇게 흥정한다고.

"글쎄요. 너무 회사에 포커스를 맞추면 방통위에서 경고 들어오지 않겠어요? 퓨처엔터를 광고하는 것처럼 비칠 수 있으니까요. 분명 경고받을 겁니다."

더구나 KIS는 공영방송.

나는 다른 기획안을 향해 손을 뻗었다. 그런데, 박 씨피가 손바닥으로 책상을 툭 치며 다시 말했다.

"나 방송국 피디 10년 차야. 내가 그 정도 감각도 없겠어? 경고받을 듯 받지 않는, 그 아슬아슬한 선. 딱 그걸 내가 알잖아."

알면서 그렇게 매년 경고를 먹냐고 물어볼까 하다가 관두고 다시 물었다.

"국장님은 뭐라고 하세요?"

설마하니 예능국 국장이 컨펌을 해줬을 리가.

"좋다고 그러시지. 이거 하면 퓨처엔터 올 푸시해 주시겠다고 하셨어! 사장님도 관심 두고 계시고."

"사장님이요?"

방 국장 찾아와서 사랑한다고 외쳤던 때가 엊그제인데…….

아무튼, 그러니까 이건 거부할 수 없는 왕이 내린 사약이라는 건가?

나는 관자놀이를 긁적거리다가 바닥에 놓인 바둑판을 발견하고 눈살을 찌푸렸다.

가만… 저 바둑판은 방 국장 사무실에서 본 것 같은데.

그러고 보니… 나는 코를 킁킁거렸다.

아까부터 희미하게 느껴지는 추어탕 냄새.

눈이 번쩍 뜨인다.

'방 국장이 여기 있었어!'

방금 전까지 있다 간 게 분명하다.

내가 온 걸 어떻게 안 걸까. 예고 없이 예능국을 찾아 온 건데.

아니, 우연의 일치일지도 모른다.

그냥 점심으로 추어탕 먹고, 여기 와서 바둑 한 판 두고 간 걸지도.

"가져가서 고민해 보겠습니다. 스케줄이 어떻게 될지 모르겠네요. 요즘 회사가 너무 정신없어서."

"우리 쪽에서 최대한 배려할게."

"담당 피디는 누구죠?"

거절할 생각이지만 예의상 물어봤다.

"아직 정해지지 않았어."

"이 기획안, 누가 쓴 건데요?"

내 말에, 박 씨피가 급격하게 당황하는 게 보였다.

고슬고슬한 앞머리 틈에 숨어 있는 눈동자가 파르르 떨리더니 괜스레 목을 긁으면서 눈길을 돌린다.

"누, 누구긴… 작가가 썼지."

박 씨피 목에서 염소 목소리가 나온다. 거짓말이 분명했다.

방 국장의 흔적, 박 씨피의 이상한 태도, 얼토당토않은 기획안…….

[함정이다!]

얼른 일어나는 그때, 핸드폰에서 알림이 울렸다.

자주 들어서 화면을 보지 않아도 알 수 있었다.

은별이의 라이브 방송 예고 알림이었다.

"그럼 연락드릴게요."

나는 기획안들을 품에 안고 밖으로 나오며 핸드폰을 꺼냈다.

이 시간에 은별이가 라방을 하는 이유가 궁금했다.

은별나라 스튜디오는 유병재와 김나영 팀장이 관리한다. 크게 문제 될 기획이나 스케줄이 아니면 나한테 보고할 필요 없이 처리하기 때문에 내가 모르는 스케줄도 더러 있었다.

그런데, 라방에 어디서 본 듯한 넙데데한 얼굴이 등장해서 웃고 있는 것이 아닌가.

은별이의 목소리가 또랑또랑하게 울린다.

—안녕하세요, 언니 오빠 이모 삼촌들! 오늘은 KIS 드라마국 국장님과 함께하는 즐거운 직업 체험 시간이에요!

젠장.

결국 유턴해서 드라마국으로 오고 말았다.

"대표님!"

날 보자마자 은별이가 쪼르르 달려왔다.

VJ 카메라는 패키지처럼 따라붙는다.

그 말인즉, 내 모습도 〈은별나라 은별공주〉 라방에 나오고 있다는 얘기.

"대표님, 여기 어떻게 오셨어요?"

"마침 방송국 왔는데, 은별이가 방송하고 있길래 왔지."

은별이는 처음 봤을 때보다 키도 크고 몸무게도 늘었다.

작년까지는 까치발을 하고 달려들어도 아무렇지 않았는데, 이제는 내 몸이 살짝 흔들린다.

볼도 더 동글동글해진 것 같고.

"우리 은별이, 국장님이랑 함께 있었구나."

나는 은별이의 머리를 쓰담쓰담해 주면서 방 국장을 바라봤다.

음흉한 눈빛이 날 마주한다.

말이 없어도 무슨 말을 하는지 알아들을 수 있었다.

'넌 내 손바닥 안이다.'

'치사하게 은별이를 인질로 잡고 있을 생각을 하시다니.'

제대로 덫을 밟아버린 내가 옴짝달싹 못 하는 사이, 은별이가 해맑게 웃으며 날 초롱초롱한 눈에 가둔다.

"대표님! 국장님이 그러시는데, 대한민국에서 최고로 멋있는 매니저가 대표님이래요!"

그새 밑밥까지 깔았군.

방 국장이 한 발 다가온다. 내 어깨에 손을 턱 하니 올리더니.

"허허, 나도 왠지 궁금하네, 최고남 대표님은 나를 어떻게 생각하시는지."

"대한민국에서 최고로… 멋있는 분이시지요."

방 국장과 나는 소리 없이 웃었다.

* * *

"그래서 최고남이 뭐래요?"

최고남과 은별이가 방송국을 떠나고, 김재하 피디가 국장실로 쪼르르 달려왔다.

"제 딴에는 내가 윤소림 얘기 꺼낼 줄 알았겠지. 그런데 윤소림 얘기는 일절 안 꺼내고 은별이 얘기만 하고 꺼지랬더니 눈이 휘둥그레져서는 말이야, 정말 가도 돼요? 정말 갑니다? 그러더라고."

"역시 우리 국장님."

김 피디의 알랑방귀는 방 국장의 입꼬리를 춤추게 한다.

"흐흐. 최고남 같은 놈 상대하려면, 두 수, 세 수 앞은 봐야지. 그래야 하지 않겠어? 으허허!"

한 차례 웃음을 터뜨린 뒤에 방 국장은 최고남에게 건넸던 대본 복사본을 손에 쥐었다.

"일단 대본 쥐여줬으니까, 그걸 읽고 나면… 최고남 그 감 좋은 놈이 욕심을 안 낼 수가 없지."

“저는 생각도 못 했습니다. 그걸 윤소림이 아닌 은별이한테 제안할 줄은.”

방 국장은 은별이에게 아역 배역을 제안했다.

어차피 최고남 그놈은 찡찡거리면서 윤소림은 안 된다고 할 게 뻔하니까.

그래서 대본의 힘을 믿기로 했다.

아역배우 분량을 체크하다 보면 자연스럽게 여배우의 모습이 그려질 테니까.

“이거 보고도 윤소림 꽂을 생각 안 하면 최고남이 아니지.”

방 국장이 손가락을 튕긴 순간, 국장실에 딱 소리가 울려 퍼졌다. 움찔한 김 피디의 입에서 조건반사적으로 아부성 멘트가 쏟아진다.

“그렇죠. 저도 대본 보고 깜짝 놀랐으니까요. 시인이 무슨 드라마를 쓰나 싶었는데, 이렇게 재밌는 걸 썼을 줄이야.”

“비비7 회사에서는 뭐래?”

“배역이 어지간히 마음에 든 모양입니다. 무조건 하겠다네요. 천재 여배우와 신입 매니저의 로맨스! 이건 무조건 되는 거니까요.”

흥분한 김 피디의 모습에, 방 국장이 만족한 듯 턱을 매만지며 속삭인다.

아주 진하게 웃으면서.

“최고남… 넌 미끼를 물어버린 것이여.”

*　　　*　　　*

"안 보이는데?"

대본을 다시 들여다봤지만, 보여야 할 빛이 보이지 않는다.

혹시나 싶어 왼쪽이 아닌 오른쪽 눈을 가려봐도 그대로였다.

[이상하네요. 운명선이 안 보이다니.]

"뭔가 잘못된 거야?"

[생의 계획도 안 보여요?]

"그건 아니야."

주차장을 지나가는 사람을 보니 생의 계획은 제대로 보인다.

[흠, 망자의 몸이 사자의 능력을 견디지 못해서 생기는 일시적 현상일 수도 있어요.]

저승이의 말이 퍽 신뢰 가지는 않지만, 어쨌든 대본을 내려놓았다.

빛이 새어 나오지 않으면 어떤가. 내가 읽고 판단하면 되지.

그렇지만, 이 대본은 읽을 필요가 없다. 어떤 내용인지 알기 때문이다.

그리고 방 국장의 의도를 어렴풋이 알 것 같았다.

이건 은별이가 아닌, 윤소림을 잡기 위한 덫이라는 것을.

툭툭 소리가 귀에 거슬려서 정신을 차려보니 핸들 커버에 손톱자국이 파였다.

[미끼인데… 너무 먹음직스럽다, 이 말이네요.]

"문제는, 이 드라마가 배우들 간의 알력 다툼이 꽤 컸다는 소문이 있었다는 거야."

나는 기억을 더듬었다.

.

.

.

「어느 날」

'얼굴이 왜 그렇게 상했냐?'

'웬일이야?'

술에 취해 사무실에서 쓰러져 자고 있던 나는 얼굴을 비비며 일어났다.

타는 목을 달래려고 물을 벌컥벌컥 들이켜는 내 모습에 김 피디는 혀를 끌끌 차다가 물었다.

"윤소림은 연락 안 돼?"

"요즘 많이 바쁘지?"

그 얘기는 하기 싫었다. 그래서 말을 돌렸더니 김 피디가 입맛을 쩝 다셨다.

"바빠도 일은 재밌다. TVX가 확실히 우리 같은 놈들이 놀긴 좋더라고."

얼마 전 TVX로 옮긴 김 피디.

"방 국장님은 뭐래?"

"뭐라긴, 나 죽인다고 난리지. 더구나 지금 현장에 문제가 생겨서 방 국장 심기가 엄청 안 좋대."

"현장에 뭐가 문제 있는데?"

나는 담배를 꺼내 물며 물었다.

"너 원래 담배 피웠어?"

"되는 일이 없어서 한두 대 피우다 보니까… 라이터 어디 갔어?"
라이터가 보이질 않아서 결국 담배를 도로 내려놓고 물었다.
"국장님 심기가 안 좋다는 게 무슨 소리야?"
"지금 촬영 중인 드라마 말이야. 촬영장이 몇 번이나 멈췄을 정도로 심각하대."
"왜?"
"배우들끼리 신경전이 장난 아닌가 봐. 기 싸움도 있고, 트러블도 있고."
"주연이 누군데?"
내 질문에 김 피디가 머뭇거리다가 말했다.
"남여울."
"뭐?"
순간 눈이 부릅떠졌다.
윤소림은 지남철과 연애한다고 오해받아서 온갖 악플에 치이다가 숨어버렸는데, 남여울은 뻔뻔하게 다시 활동한다니.
속에서 화가 부글부글 끓어올랐지만, N탑이라는 이름 앞에서 아무것도 할 수 없는 내 자신이 한심하게 느껴진다.
그래서 숨을 고르고 다시 물었다.
"무슨 드라마야?"
"천재 여배우와 신입 매니저가 만나서 성공하고 사랑하고 하는 얘기."
"연예인과 매니저의 이야기면 아이돌 출신도 많이 캐스팅됐겠네?"
"맞아. 아이돌 출신이 많이 캐스팅됐어. 카메오 출연도 잦고. 그래서 더 문제가 생겼나 봐. 원래 아이돌들이 데뷔일 때문에 족보 꼬이는 경우가 많잖아? 거기다 빠른 연생 때문에 유치해지는 경우도 많고."

"대본은 재밌어?"

"그게, 단순히 연예계를 보여주는 스토리로 흘렀다면 뻔했을 텐데, 이 드라마는… 완전 막장이야. 그리고 섬세하고."

"그건 또 무슨 말이야?"

나는 전기면도기를 꺼냈다. 거뭇거뭇한 수염이 보기 흉해서.

윤소림이 봤으면 질겁을 했겠지.

면도기의 윙 하는 소리가 들리는 동안 김 피디가 대본의 주요 스토리를 얘기했다.

재벌 3세로 태어났지만 아이돌을 꿈꾸다 포기하고 매니저가 된 남주.

천부적 재능을 가진 고아 출신의 여주.

알고 보니 남주의 아버지가 교통사고를 내서 사망에 이르게 한 부부가 여주의 부모님.

뒤늦게 사실을 알게 된 남주는 아버지를 원망하는데, 여주가 처음부터 진실을 알고 남주에게 접근했다는 충격의 반전.

그걸 이용하는 소속사 대표.

"진짜 막장이네."

"스토리라인은 막장이지. 근데, 듣자니까 여주의 감정선이 처연할 정도로 섬세하게 그려졌다나 뭐라나."

"작가가 누군데?"

"신인."

김 피디가 계속 말했다.

"웃긴 건 말이야, 남여울 연기가 너무 형편없어서 보다 못한 작가가 현장에서 직접 디렉팅을 한 적이 있다나 봐."

"그래?"

"그래서 스태프들 사이에서는 작가가 연기했으면 더 대박 났을 거라는 말들이 우스갯소리로 떠도나 봐. 메이킹필름 공개되면 난리 날 거라는 말들도 많고. 아, 작가 사진 한번 볼래?"

내가 고개를 가로젓자, 김 피디가 나직이 속삭인다.

"에휴, 남여울이 아니라 윤소림이 했으면 얼마나 좋아."

.

.

.

찝찝한 기억을 떠올리면 나도 모르게 인상을 쓰게 된다.

그래서 마른세수를 하는데, 저승이가 물었다.

[이거 할 거예요?]

"소림이가 하고 싶다고 하면."

그러면 윤소림에게 이 대본을 보여줘야 하는데.

기억 속 김재하 피디의 말이 떠오른다. 남여울이 아니라 윤소림이 했으면…….

[그럼, 은별이는요?]

은별이는 사실 때가 되기는 했다.

머잖아 키즈 유튜버에 제약이 걸리는데, 미국에서 아동 온라인 사생활 보호법 위반 혐의로 유튜브에 벌금이 부가되면서 결국 키즈 유튜버는 수익 창출이 막히게 될 것이다.

물론 은별이는 돈보다는 즐거워서 하는 것이지만, 키즈 유튜버를 향한 시선 자체가 안 좋아지는 상황까지 오면 선택을 해야만 한다.

그래서 진작부터 여러 가지를 준비시키고 있었다.

노래도 가르쳐 보고, 연기도 가르쳐 보고.

다행히 지난번 500살 마녀에서 어린 마녀로 출연했을 때 소질이 보여서 그쪽으로 방향성을 두고 있었다.

"글쎄. 은별이도 물어봐야지. 이제 곧 백만 유튜버니까."

그리고 구독자 수가 백만 명이 되면 받을 수 있다는 골드버튼.

골드버튼까지 남은 숫자는…….

* * *

지금, 은별나라 스튜디오에서는 중대 사건을 앞두고 있다.

전 직원은 컴퓨터 주위를 둘러섰고, 방금 막 KIS에서 라이브 방송을 마치고 돌아온 은별이도 작은 두 손을 포개 쥐고 모니터를 바라봤다.

물론 나도 곁에 있다.

두근두근.

모두의 기대 속에서 나는 새로고침 버튼을 눌렀다.

그리고 마침내, 모니터에 보이던 99.9만명이라는 구독자 수가 1과 0으로 바뀐 순간, 은별이가 두 손을 높이 치켜들었다.

"예!"

단순히 영상을 찍어 올리는 것이 즐거웠던 꼬마가 머리카락을 휘날리며 운동장을 달리는 사장님을 만났고, 전폭적인 지지 속에서 좋아하는 것을 촬영하며 1년을 즐겁고 알차게 보낸 결과였다.

스튜디오 직원들도 늘 함께였기 때문에 다들 제 일처럼 기뻐했다.

하지만 아직 골드버튼을 손에 쥔 것은 아니다.

유튜브 측에서 은별나라에 보내주기까지 보름 정도는 걸리기 때문이다.

"그럼 이제 그거 찍어야겠네?"

은별이는 구독자들에게 백만 유튜버 기념 공약을 걸었었다.

퓨처엔터 전 식구들이 출연하는 영상을 제작하기로.

그래서 백만 돌파 시점을 예상해서 스케줄도 미리 다 빼놓았었다.

잘나가는 스타들의 스케줄을 비워두는 거, 보통 일 아니다.

은별이를 위해서 다들 흔쾌히 참여하기로 했다.

"은별이 뭐 하고 싶은지 생각해 봤어?"

단순하게 인터뷰 영상도 좋고, 퓨처엔터 일상을 찍어 올리는 브이로그도 나쁘지 않을 것 같았다.

그래서 은별이에게 생각해 두라고 했었는데, 은별이가 방긋 웃으면서 말했다.

"소풍이요!"

"소풍?"

"예! 할머니랑 삼촌이랑, 그리고 언니 오빠들이랑 다 같이 소풍 가고 싶어요. 옛날처럼."

"옛날?"

"엄마, 아빠 있을 때요."

이어진 말에 잠깐 당황했지만, 나는 무릎을 굽혀서 은별이의 눈을 마주하고 씨익 웃었다. 예쁜 이마를 가린 잔머리를 정리해 주면서.

"그래, 소풍 가자!"

"가자!"

소풍이 결정되자 퓨처엔터 식구들은 다른 의미로 바빠졌다.

미디어팀은 소풍 장소와 알찬 하루를 위한 레크리에이션 구성을.

매니저들은 그날 이동경로를 분석하면서 스타들을 어떻게 옮길지, 안전상에 문제가 없을지를 고민했다.

스타일팀은 단체복을 주문 제작 했으며, 새로 파생된 지원팀 부서에서는 김밥과 간식거리를 준비했다.

「소풍 당일」

차들이 시골 학교에 줄지어 도착했다.

너른 운동장 안, 아름드리나무가 가지를 뻗어 그림자를 드리운 곳에 물건들을 내려놓았다.

소풍이지만, 공약은 공약이기 때문에 스튜디오 직원들이 서둘러 촬영 준비를 시작했다.

주차장을 따라 레드카펫도 설치했고.

"안녕하세요, 언니 오빠 이모 삼촌들! 우리 은별나라가 드디어! 드디어! 백만, 구독자 여러분과 함께하게 됐습니다! 와아!"

일찌감치 도착한 은별이가 마이크를 들고 카메라 앞에서 둥둥 떠다니는 기분으로 귀여움을 쏟아내고 있었다.

"오늘은 공약한 대로 퓨처엔터 전 식구들이 출연하는 콘텐츠를 촬영하게 됐는데요, 먼저 우리 퓨처엔터의 중심! 퓨처엔터의 상징! 바람의 아들! 은별이 바라기! 미다스의 손!"

계속 쏟아지는 수식어에 헛웃음이 흘러나올 때, 은별이가 마침내 나를 향해 손짓했다.

"퓨처엔터 최고남 대표님입니다!"

직원들의 박수갈채를 받으면서 카메라 앞에 섰다.

구독자님들에게 인사를 하고, 은별이와 함께 골드버튼을 받게 된 소감, 앞으로의 포부, 그리고 퓨처엔터 직원들에 대한 약간의 TMI(쓸데없는 썰), 마지막으로 차가희가 반협박하듯 부탁했던 〈퍼프의 신〉 채널을 살짝 홍보하고 물러나는데, 마침 카니발 한 대가 바람을 몰며 학교에 도착했다.

은별이가 외친다.

"앗, 여러분! 작년 가을 레트로 열풍을 일으키며 우리에게 다시 돌아온 가수, 성지훈 삼촌이 도착했습니다!"

선글라스를 쓴 성지훈과 오성식 매니저가 차에서 내린다.

두 사람이 입은 퓨처엔터 유니폼에는 〈제3의 전성기로 돌아온 성지훈&오 매니저〉라고 적혀 있다.

"제3의 전성기, 성지훈입니다!"

은별이와 함께 주먹을 힘차게 내밀고 자신을 소개하는 성지훈.

드림팀 촬영 때 생각이 나서 소풍이 기대된다고 하더니만, 의욕이 넘치는 모습이다.

뒤이어 들어온 밴.

"작년 여름 500살 마녀에서 톱스타 우진우의 얄미운 고모로 활약했으며, 현재는 유재하 감독님의 신작에서 알 수 없는 힘을 가진 여자가 하루아침에 모든 것을 잃으면서 복수심에 불타오르는, 더 이상 얘기하면 스포이기 때문에 말할 수 없는 그 영화에 출연한! 바로바로, 배우 강주희!"

은별이가 숨을 후우, 고르는 사이 영화 때문에 백발로 변신한 강주희가 차에서 내렸다.

〈내가 바로 퓨처엔터 왕언니 강주희〉라고 적힌 유니폼.

"안녕하세요, 배우 강주희예요! 여러분, 제가 많이 사랑하는 거 아시죠? 은별나라 은별공주 파이팅!"

"주희 이모! 오늘 누구하고 팀 하실 거예요?"

"음, 누구랑 할까?"

강주희가 생글생글 웃으며 우리를 바라본다.

나는 슬쩍 시선을 피했고, 성지훈은 괜스레 목을 좌우로 뚝뚝 흔들더니 알통을 내비친다. 그러자 레드카펫을 뛰어온 강주희가 성지훈의 어깨에 두 손을 찰싹 올렸다.

"나는 오빠랑 해야지!"

그녀의 직진에 성지훈이 내심 좋은지 얼굴이 새빨개진다.

괜히 나도 부끄러워서 고개를 돌렸다.

마침 차 한 대가 또 들어온다. 이번에는 유병재, 윤환, 릴리시크가 한 대에서 줄줄이 내린다.

〈3인칭시점 보셨어요? 유 매니저〉

〈그림자 비서 윤환〉

〈릴리시크에서 비타민을 맡고 있는 소연우〉

〈릴리시크에서 체력을 맡고 있는 권아라〉

〈릴리시크에서 브레인을 맡고 있는 송지수〉

〈릴리시크에서 나머지 세 명을 관리하는 박은혜〉

"자자, 차례로 인터뷰를 진행하겠습니다. 먼저 유병재 매니저님부터 시작하겠습니다!!"

*　　　*　　　*

"푸웃!"

점심시간, KIS 박상욱 씨피는 구내식당에서 밥을 먹다 말고 웃음을 터뜨렸다.

그의 손에는 핸드폰이 들려 있었는데, 퓨처엔터의 소풍 현장이 라이브 방송 되고 있었다.

그런데 이게 보고 있으니까 왜 이렇게 재밌는 거야?

매니저들이 닭싸움을 하는데, 김승권이라는 매니저가 유병재에게 한 방에 나가떨어졌다. 성지훈 매니저는 틈을 보다가 기권하고, 남은 사람은 최고남.

—병재야, 꼭 이겨야겠냐?

—죄송합니다, 상품이 걸린 게임이라서요.

—너와 나 사이가 고작 에어프라이어에 흔들릴 사이냐?

—마누라가 에어프라이어 못 타 오면 집에 못 들어올 줄 알라고 했습니다.

—배은망덕한 놈! 간다!

최고남이 날아간다. 닭싸움의 고난도 기술인 위에서 찍어누르기를 시전하는데, 유병재의 두터운 다리에 밀려서 뒤로, 다시 제

자리로 돌아왔다. 아무렇지 않은 표정으로 다시 말한다.

—들어와, 들어와!

유병재가 한 발로 쿵쿵 소리 내면서 다가가자 최고남이 요리조리 피하며 기회를 노리는, 그야말로 땀 튀기는 접전이 시작됐다.

—대표님, 이제 끝내겠습니다!

—꼭, 그렇게 이겨야겠냐!

—에어프라이어!

최고남이 쓰러지고, 리본 달린 에어프라이어 박스를 번쩍 드는 유병재의 모습을 보며 낄낄거리느라 밥 먹는 것도 잊고 화면에 빠졌던 박 씨피가 불현듯 정신을 차리고 반찬 하나를 씹으며 속삭인다.

"그 기획안… 진짜 되겠는데?"

제7장 — 하늘이 좋은 날

닭싸움을 끝내고 꿀맛 같은 휴식 시간이 찾아왔다.

김밥을 먹고 우리는 마음에 드는 곳에 돗자리를 펼쳤다. 그리고 몇몇은 낮잠을 청했고, 몇몇은 이야기가 끊이질 않았다.

유병재는 일찌감치 에어프라이어 박스에 기대 코를 곤다.

그래서 나도 잠깐 돗자리에 누워 하늘을 바라봤다.

맑은 하늘을 보고 있는 것만으로 몸이 씻기는 듯한 기분이 든다.

저 하늘에 발을 담그고 첨벙첨벙 소리 내 걷고 싶다.

왠지 은별이라면 정신없이 물을 튀기며 뛰어다닐 것 같고, 소림이라면 뒷짐 지고 천천히 걸으며 나를 향해 미소 지을 것 같다.

그러고 보니 윤소림은 어디쯤에 있을까.

녀석은 오늘 가족 여행 중이라서 소풍에는 불참할 수밖에 없었다.

바다에 있을까. 산에 있을까.

아니면 나처럼 하늘을 보고 있을까.

핸드폰을 꺼내볼까 하다가 좀 더 하늘을 바라봤다.

이렇게 여유롭게 시간을 보내는 게 얼마 만인지 모르겠다.

눈이 감길 듯 말 듯 해서 일어날까 생각하는데, 앙증맞은 손이 내 얼굴 위에 그림자를 만들었다.

"누구게요?"

내 머리맡에서 어린아이가 어른 목소리를 흉내 낸다.

"누굴까. 박은혜?"

키득키득 웃음소리가 들린다.

"땡!"

"아, 서희 씨?"

"땡!"

"그럼, 은별이구나!"

일어나서 와락 붙잡았다. 은별이가 까르르 웃으며 자지러진다.

은별이 할머니가 그런 우리를 흐뭇하게 쳐다보다가 말했다.

"최 대표도 장가가야지? 은별이 아빠는 스물아홉엔가 결혼했어."

불시의 기습에 아까 먹은 김밥이 배 안에서 널뛰기를 한다.

"만나는 사람 있나? 없으면 내가 소개시켜 주고."

"바빠서 연애할 시간이 없습니다."

웃으며 말했더니, 강주희가 키위 한 조각을 입에 넣고 웅얼거린다.

"연애할 시간이 없긴. 너 매니저 생활 하면서 연애 꼬박꼬박 했잖아?"

"하하, 누님 반주 하셨어요?"

"내가 한 명 한 명 말해볼까? 내가 아는 애들만 몇인데. 쟤 은근히 인기 많았거든."

강주희 입에서 옛이야기가 나오면 나는 꼬리를 말아야 한다.

"정말이요?"

차가희가 눈을 희번덕거린다.

릴리시크 녀석들도 흥미진진하다는 듯 쳐다본다.

"어, 진짜. 여배우들이 나한테 전화번호 물어본 적도 몇 번 있어. 뭐, 지 말로는 학교 다닐 때도 한 인기 했다나 뭐라나."

"제가 또 언제 그런 말을 했어요?"

"했거든? 너 은근히 자뻑 스타일이야."

나는 핸드폰을 들어서 전화번호를 누르는 척하고 귀에 딱 붙였다.

"거기 디스파스죠? 강주희 씨 연애사에 대해 제보할 게 있어서요."

키위 한 조각이 날아든다.

냉큼 피했다.

"그러지 말고, 최 대표 이상형이 어떻게 돼?"

"아휴, 할머님, 저 정말 괜찮습니다."

"물어나 보는 거야. 차 팀장 스타일?"

기다렸다는 듯 차가희가 머리카락을 툭 쳐올리고 목선을 드러낸다.

충격과 공포가 밀려온다.

"아니면 강 배우 스타일?"

내가 예언 하나 하지.

강주희와 결혼하는 자, 피 말리며 살게 될 것이다.

"그럼 예상대로 김 팀장 스타일?"

"할머니도 참. 저 혼자 이상형이라고 하면 뭐 해요. 다들 연애하고 있을 텐데."

"그러니까 말 그대로 이상형인 거지."

누구 한 사람 택해야 끝날 것 같아서, 나는 자고 있는 유병재를 깨웠다.

"제 이상형은 듬직하고, 덩치 있고, 일 똑 부러지게 잘하는 이 친구입니다."

자다 깬 유병재가 나를 멀뚱멀뚱 쳐다본다.

"전… 결혼했습니다."

다들 웃음이 터졌다.

넓은 돗자리에 가득 담아 들고 다니면서 듣고 싶을 만큼 큰 웃음소리가 하늘까지 닿는다.

* * *

"퓨처엔터 식구들과 즐거운 소풍! 2라운드 시간이 찾아왔습니다!"

은별이가 까랑까랑 울려 퍼지는 목소리로 게임 시작을 알렸다.

옆에서 소연우가 보조를 맡았다.

"연우 언니, 게임을 간략하게 설명해 주시겠어요?"

"예! 리포터 소연우입니다! 이번에 할 게임은 입 모양 맞히기입니다!"

"헤드셋을 끼고 상대방이 말하는 단어를 맞히는 거죠?"

"예. 맞습니다! 하지만 그 전에 단어를 찾아야 합니다!"

"단어를 찾아요?"

"단어는, 운동장 곳곳에 숨겨져 있는 빨간 공 안에 있습니다. 그걸 찾아와서 빨간 공 안에 있는 단어를 김승권 매니저님에게 입 모양으로 설명하고, 맞히면 해당되는 상품을 받게 되는 게임입니다!"

"오오, 그러니까 보물찾기와 입모양 맞히기를 동시에 하는 거네요? 단어를 직접적으로 얘기해선 안 되는 거죠?"

"바로 그렇습니다!"

"앗, 말씀드리는 순간 경기가 시작됐습니다! 참가자들과 인터뷰를 나눠볼까요?"

Joe1231: 아, 나도 보물찾기 하고 싶다!

은별바라기: 퓨처엔터 입사하려면 어떻게 해야 합니까?

pinkelephant: 연우야, 너 너무 재밌어하는 거 아니니?

소림바보: 소림이는요? 소림이 어디 있어요? ㅠㅠ

EUNM: 유병재 매니저 파이팅!

딸기꽁치찜: TIP. 헤드셋에서 나오는 음악이 잠깐 멈출 때를 노려야함.

9921ble: 이건 백프로 김승권 매니저에게 달린 게임이네요.

라방 채팅창에 네티즌들의 실시간 반응이 올라오는 사이, 퓨처엔터 식구들이 운동장 곳곳을 누빈다.

"차가희 팀장님! 몇 개 찾으실 예정인가요?"

"아, 지금 바빠서 인터뷰 사양합니다!"

"유튜브 채널 홍보할 기회도 드리는데, 진심입니까?"

말이 떨어지기 무섭게, 차가희가 정색하고 카메라를 향해 방긋 웃는다.

"안녕하세요. 〈퍼프의 신〉 차가희예요! 참고로 〈퍼프의 신 차가희〉에서 얼마전에 〈퍼프의 신〉으로 채널명을 바꿨답니다! 구독과, 좋아요 부탁드립니다!"

0sunkiss: 이 언니 채널 가면 릴리시크 메이크업하는 거 있음.

Joe1231: 아, 그거 지워졌던데요? 몰래 올리다가 대표님한테 걸려서 내려갔음.

소림바보: ㅇㅇ 초창기에 윤소림 영상도 올렸다가 잘렸어요.

pinkelephant: 아, 그래서 엊그제 대표님 뒷담화하는 라방 했구나.

EUNM: 그 라방, 결국에 '대표님이 최고더라'로 끝났어요.

딸기꽁치찜: 역시 월급 주는 사람 이길 수 없지.

"차가희 팀장님, 오늘 보물찾기 상품 중에 꼭 갖고 싶은 게 있습니까?"

"소원권이요!"

"소원권? 그걸로 뭘 하실 건가요?"

"대표님을 〈퍼프의 신〉 채널에 초대해서 메이크업을 하겠습니다!"

pinkelephant: ㅋㅋㅋ 내가 대표님이면 안 한다. 어떤 메이크업인지 대충 예상됨.

bath: 출연 순간 흑역사 예약! 내가 대표면 지금 소원권 회수하려고 눈 부릅떴다.

koi0909: 그러지 않아도 지금 최고남 대표 똥줄 탄 것 같네요.

.

.

.

"병재야, 소원권 어디에 숨겼냐?"

"저도 모르죠. 뒤섞여서."

"치사한 자식."

내 실수다.

김나영 팀장이 올린 레크리에이션 구성안을 자세히 봤어야 했는데.

상품 목록에 대표님 소원권이 포함돼 있었을 줄이야.

그걸로 뭘 하겠어 하고 웃어넘기기에는, 내 인생을 바꾸려는 몇몇이 너무 눈에 띈다.

"어? 차 팀장은 벌써 하나 찾았나 본데요?"

차가희가 빨간 공을 들고 전력 질주 해서 김승권에게 달려간다.

헤드셋을 쓰고 있는 김승권 앞에서 빨간 공 안에 든 단어를 외치는데.

"시간 보는 거!"

"간 보는 거? 미각!"

"시간, 시간이라고! 시간 보는 거!"

"지… 각? 앗! 지각!"

"어후! 손목에 차는 거!"

"손목!"

"야!"

안심해도 될 것 같다.

두 사람이 고래고래 소리 지르는 동안 나도 빨간 공을 찾기 시작했다.

일생을 원석 찾는 낙으로 살았던 나다.

빨간 공 몇 개 찾는 것쯤 일도 아니었다.

돌 틈에 숨겨둔 것, 나무 틈에 숨겨둔 것, 화단에 있는 것까지 순식간에 찾아냈다.

"지수야, 찾았어?"

"아니요, 못 찾겠어요."

송지수가 입이 뿌루퉁 나와서 볼멘소리를 뱉었다. 나는 주운 것 중 하나를 옆에 있는 나무에 슬쩍 떨어뜨리며 말했다.

"잘 찾아봐. 등잔 밑이 어두운 법이야."

"음……."

고개를 두리번거리던 송지수가 눈을 번쩍 뜬다.

"찾았다!"

"오우, 빨리 가서 말해!"

"예!"

송지수가 아이처럼 기뻐하며 빨간 공을 들고 달려간다.

"대표님은, 참 좋으신 분 같아요."

깜짝 놀라서 옆을 보니, 윤환이 눈을 반짝거리면서 날 쳐다본다.

얘는 요즘 틈만 나면 나보고 좋은 사람이란다.

"환이 씨도 좋은 배우입니다."

"열심히 하겠습니다!"

"언제든 연기하고 싶으면 말해요. 환이 씨를 기다리는 대본은 많으니까."

"예!"

윤환이 다짐하는 그 와중에 차가희는 포기했는지 패스를 외쳤다. 소원권은 아닌 모양이다.

이번엔 송지수가 헤드셋 쓴 김승권 앞에 섰다.

그러더니 입은 안 열고 몸을 흐느적거리면서 움직이기 시작했다. 그러고는 두 팔을 활짝 벌려서 엄청 크다는 것을 강조한다.

김승권이 눈썹을 껌뻑 올린다.

"아나콘다!"

송지수가 기쁨의 환호와 함께 펄쩍 뛰자, 차가희가 강하게 어필한다.

"승권 씨, 내 문제 일부러 안 맞혔던 거 아니야? 어떻게 뱀 건너뛰고 아나콘다가 바로 나와? 구렁이면 내가 이해한다! 근데 아나콘다는 아니지!"

"딱 봐도 아나콘다 맞는데요?"

"말도 안 돼!

"지수야, 또 뭐 하나 보여줘 봐!"

김승권의 외침에 송지수가 한쪽 다리를 들고 두 팔을 쫙 벌린다.

"학!"

"정답입니다!"

"이 사기꾼들아!"

내가 봐도 학이구만.

아무래도 송지수는 표현력이 좋은 것 같다.

.

.

.

파란 하늘에 주황빛이 섞인다.

게임을 마무리하고, 은별이가 오늘 열심히 한 직원을 호명했다.

"베스트상!"

그리고 소연우가 옆에서 상을 설명했다.

"베스트상은 대표님이 일일 매니저를 해주는 혜택이 있습니다. 장점은 어디에서나 대표님이 달려온다는 거고, 단점은 약간 불편할 수 있다는 겁니다."

웃음소리.
"수상자는……."
"두두두두!"
"강주희 이모!"
강주희가 꺅 소리를 내며 받아 간다. 제발 깜빡 잊고 안 쓰기를.
"아차상!"
"아차상은 퍼프의 신 출연권과 은별나라 출연권을 받게 됩니다."
"수상자는, 삼촌!"
은별이의 호명에 김승권이 '에이씨!'를 외치다가 차가희한테 멱살을 잡혔다. 오늘 보니까 둘이 엄청 친하네.
"노력상!"
"노력상은 은별이와 1일 데이트권을 받게 됩니다. 단, 꼭 사용해야 합니다."
"대표님!"
와아…….
일어난 김에 이번에는 내가 마이크를 쥐었다.
"마지막으로 제가 드리는 대표님상입니다. 부상으로 보너스, 해외여행 티켓이 있으며… 수상자는 전 직원입니다."
함성에 귀가 따갑지만, 이 맛에 대표 하는 거다.
나는 은별이를 보며 속삭여 물었다.
"오늘 소풍, 참 재밌었지?"
은별이가 빙긋 웃는다.

* * *

"상 드리려고 전화했죠."

—무슨… 상이요?

전유라 작가가 띄엄띄엄 물었다.

"불참상이요."

그래서 혼내주려고.

—에이, 그런 게 어딨어요. 저 바쁘다고 오지도 말라고 했으면서.

전 작가의 〈미래를 갔다 온 여자〉는 한창 촬영 중이다.

제작사가 바뀌고 배우가 하차하면서 홍역을 치르긴 했지만, 다행히 민대용 대표가 적극 지원 해줘서 위기를 잘 넘길 수 있었다. 물론 나도 새 배우 구해주느라고 부리나케 뛰어다녔고.

"아무튼 벌을 받아야 해서, 제가 작가님 집에 짐 좀 가져다 두려고요."

—짐이요?

보약이 든 상자, 드라마 대본들이 든 상자, 헬스권과 각종 비타민이 든 상자.

전 작가는 손수 챙길 값어치가 있는 사람이다.

물론 지난 명절 500살 마녀의 박세영 작가나 이현미 감독같이 관리할 사람들에게도 선물을 보내줬다.

그래서 명절이 오면 지갑이 텅 빈다.

"그럼, 짐 좀 맡아주세요. 안에 내용물은 다 처리하시고."

—고맙습니다!

경쾌한 목소리 뒤에 전 작가가 다시 말했다.

—저… 대표님.

“예, 말해요.”

—가끔 연락드려도 돼요?

언제는 연락 안 했나.

—요즘 바쁘신 것 같아서.

하긴. 릴리시크 데뷔로 바람에 살 베일 듯이 돌아다니긴 했다.

“언제든요.”

나는 전화를 끊은 다음 숨을 크게 들이켜고 내쉬었다.

드디어 하루가 끝난 것 같았다.

그러자 책상 서랍이 드르륵 소리 내며 절로 열린다.

저승이가 어깨를 덩실덩실 흔들면서 중국집 팸플릿을 들고 온다.

나는 팸플릿을 펼치다 말고 불현듯 생각이 나서 말했다.

“아, 아까 말이야, 은별이 생의 계획에 있던 물음표가 사라졌더라?”

전에는 은별이의 업보 지수와 전생부가 물음표였다.

그런데 오늘 보니 물음표는 사라져 있었고, 온전한 생의 계획을 볼 수 있었다.

저승이가 턱을 받치고 진지하게 속삭인다.

[전에도 말했듯, 아저씨와 상관없는 업보거나, 표시할 수 없을 정도로 업보가 많을 때, 혹은 아저씨에게 허락되지 않은 중요한 항목일 경우 물음표가 떠요. 그런데 그게 풀렸다는 것은… 아저

씨의 상황이 바뀌었다는 건데.]

순간, 저승이가 눈살을 찌푸리더니 명부를 꺼낸다.

나도 몇 번 본 내 명부.

그런데 전과 달리 은은하게 빛이 나고 있었다.

저승이가 눈을 크게 떴다. 시리도록 창백한 눈에서 흐르던 냉기가 놀라 흩어질 만큼.

[시소가… 기울었어요.]

제8장 — 선택

"누구 전화예요?"

"퓨처엔터 최고남 대표요."

전화를 끊은 전유라 작가는 고개를 돌리며 대답했다.

동그란 안경을 쓴 보조 작가가 자신을 보고 있었다. 이번 작품부터는 한 공간에서 함께 집필하는 중이었다.

"집에 뭘 좀 보냈다고 해서요."

"와, 그분 작가님 되게 잘 챙겨주시네요."

"그러게요."

계속 받기만 해서 미안할 정도로.

처음 봤을 때부터 그는 주기만 했다. 사람은 살면서 세 번의 기회가 있다는데, 최고남을 만나는 데 운을 다 쓴 것 같다는 생각이 들 정도로 받은 게 많았다.

"아, 민 대표님이 빨리 엔딩 결정해야 한다고 하셨어요. 작가님, 결정하셨어요?"

보조 작가가 속눈썹을 깜빡이며 쳐다본다.

현재 〈미래를 갔다 온 여자〉는 최종화 엔딩을 두 가지로 좁힌 상황이었다.

하나는 열린 결말로 장르적인 재미와 여운을 남기게 될 것이고, 다른 하나는 꽉 닫힌 결말인 대신에 여운은 크게 없을 것 같았다.

엔딩 자체만 두고 보면 둘 다 해피 엔딩이라서, 스태프들이 투표를 해봤지만 박빙이다.

"태리 씨는 어떤 게 좋아요?"

"전 아무래도 해피 엔딩이요. 로맨스는 역시 키스씬으로 마무리잖아요?"

"그렇죠?"

전 작가는 손등에 턱을 받치고 베란다를 바라봤다.

바람 한 점이 선선하게 들어온다. 저 바람이 여주의 머리카락을 흔들었다.

공항에 도착한 여주는 숨을 헉헉 내쉬면서 남주를 찾는다.

이제야 남주를 사랑하는 자신의 마음을 깨달았기에, 그를 떠나보낼 수가 없었다.

그래서 달려왔고, 그를 찾기 위해 미친 여자처럼 헤맨다.

그러는 사이 남자는 이제 떠나기 위해 자리에서 일어났다.

손에 쥔 여권과 비행기 티켓을 매만지면서 그녀를 떠올린다. 건강하길 바라며, 행복하기를 바라며.

그때, 뒤에서 들리는 울먹이는 소리.

—가지 마.

뒤돌아선 남주는 그녀의 젖은 눈동자를 보게 된다.

—가지 말라고! 이 못된 놈아!

오랫동안 기다렸던 그 말을 듣는 순간, 남주는 여권과 비행기 티켓을 손에서 놓고 그녀에게 달려가 와락 끌어안는다.

뛰어오며 남주의 이름을 애타게 불렀을 입술이, 여주를 기다리며 애틋하게 속삭였을 입술이 서로의 사랑을 확인한다.

그렇게 해피 엔딩으로, 꽉 닫힌 결말로 끝나게 될 것이다.

"근데, 민 대표님 얘기처럼 여운을 남기는 것도 나쁘지 않다고 생각해요. 원래 그런 드라마가 오랫동안 기억에 남잖아요? 해피 엔딩은 그 순간에는 좋지만 금방 잊게 되더라고요."

그 말에, 전 작가는 이번에 다른 손에 턱을 받치고 베란다 너머의 저 멀리 보이는 빌딩을 바라봤다.

빌딩 안에 수많은 직원들이 있을 테고, 회장실도 있을 것이다.

여주는 회의를 마치고 회장실로 돌아와 겨우 한숨을 돌린다.

책상에는 비서가 마련해 둔 점심이 놓여 있다.

식은 커피와 숨이 죽은 샐러드가 밥시간이 지났음을 알려준다.

커피를 내려놓은 그녀는 시간을 확인한다.

마침 창 너머 하늘에 비행기가 날아간다.

잠깐 생각에 잠긴 그녀의 모습과 함께 메인 테마곡이 흘러나온다.

잔잔하지만 슬프진 않은. 오히려 경쾌한.

여주는 책상 서랍에서 하얀 봉투 하나를 꺼낸다.

그 안에 담긴 것은 비행기표. 날짜는 나와 있지 않다.

비행기표를 보면서, 여주는 이내 미소 띤 얼굴을 가로젓고 나서 식은 커피를 마신다.

그 역시 해피 엔딩이지만 열린 결말.

"아, 그 대표님이 그렇게 안목이 좋다면서요?"

"누구요? 최고남 대표님?"

"예."

좋을 뿐인가. 척하면 척이지.

"우리 엔딩 한번 여쭤보시지 그러셨어요."

"흠."

잠깐 고민되는 얘기였지만.

"아마… 최 대표님은 제가 원하는 거 하라고 할 거예요."

분명 그렇게 말할 것 같았다.

"그럼 결정하신 거예요?"

"꽉 닫힌 결말로 가죠!"

"오케이, 고고!"

보조 작가가 주먹을 흔든다.

전 작가는 피식 웃으면서 노트북을 향해 손을 뻗었다.

그 순간, 무언가 그녀에게서 쑥 빠져나갔다.

"우리, 누구 얘기하고 있었죠?"

"어… 글쎄요. 누구 얘기하고 있었더라."

보조 작가가 고개를 갸웃하다가 눈을 크게 떴다.

전 작가의 볼에서 눈물 한 줄기가 흘러내렸기 때문이었다.

“작가님?”

“아, 내가 왜 이러지.”

이해할 수 없는 일이었다.

마치, 마음이 통째로 떨어져 나간 기분이었다. 세상에서 무언가 지워진 것처럼.

*　　　*　　　*

“시소가… 기울었구나.”

그 말이 무슨 의미인지 나는 바로 알아들었다.

저승이는 S급 운명 몇 명만 제자리로 돌리자고 내게 제안했었다.

꼬여 버린 운명들을 제자리로 돌려놓으면 바로 환생할 수 있다고.

그것이 선물이든, 벌이든 간에 나는 기회를 얻었고 잘못된 과거를 바로잡을 수 있었다.

[망자가 업을 짊어진 두 사람의 현생이, 마침내 S급 운명이 됐어요. 권아라와 소연우.]

두 사람이라면 어느 정도 예상했었다.

다른 멤버들에 비해서 가정환경도 좋고, 구김살 없이 잘 컸으니까.

업보의 원인 역시 데뷔를 하지 못한 것이었기 때문에 그것만 해결한다면 아마도 제일 먼저 업이 해결되지 않을까 했었는데.

"그럼, 가야 하는 거냐?"

저승이가 고개를 끄덕인다.

"언제?"

[망자의 상황이 바뀌었기 때문에 지체할 이유가 없습니다.]

저승이는 그렇게 말하며 허공을 바라봤다.

방금 전까지는 아무것도 없던 공간에 내 장례식장의 풍경이 아지랑이처럼 아른거린다.

시(時)와 공(空)이 이어져서 다시 저기로, 그리고 저승길로 가게 되는 것 같았다.

"…그래, 가자."

장례식장 풍경은 사무실 가운데에 딱 잘라 붙인 것처럼 선명해졌다.

먼저 시공을 넘은 저승이가 내게 손짓했다.

나는 천천히 걸었다. 그러다가 잠깐, 뒤를 돌아보고 사무실을 눈에 담았다.

퓨처엔터 식구들, 전유라 작가, 은별이와 내 스타들의 모습이 눈에 선명하다.

하지만 다시 고개를 돌려 영정 사진을 바라보는 윤소림을 향해 나는 발을 뻗었다.

.

.

.

저승길은 새벽녘 어스름한 때처럼 시야가 어두웠다.

둥둥 떠다니는 촘촘한 불빛이 비행기 활주로처럼 길을 만들지 않았다면 누구라도 길을 잃을 것 같았다.

빛의 길을 따라서 정체를 알 수 없는 사람들이 줄지어 간다. 느리고 힘없는 발걸음, 귀에 거슬리는 곡소리도 들렸다.

"자네는 그 길이 아니야."

누군가 최고남의 팔을 잡아당겼다.

옆을 돌아본 최고남은 상대의 얼굴을 보고 당황했다.

"대표님?"

N탑 연성만 대표의 얼굴이었기 때문이다. 얼굴의 주름이나, 미소 짓는 표정도 그대로였다.

"나는 연성만 대표가 아니야. 자네에게 친숙한 얼굴로 꾸며봤을 뿐이지."

"저승이는 어디에 있습니까?"

"잠깐 대기 발령 중이라고나 할까? 문책당할 게 많아서 말이지."

"문책이요?"

"사사로이 사자의 능력을 이용해 배를 채우고, 배달 어플에 별점 테러를 해서 업을 남기기까지 했거든."

연 대표는 껄껄 웃더니, 다른 길로 최고남을 안내했다.

최고남이 천천히 따라가며 물었다.

"저는 이제 어떻게 되는 겁니까?"

"아주 간단하지. 자네의 업보는 무겁지만, 그만큼 공덕을 쌓은 것도 사실이네. 미다스의 손 아닌가. 하여 신의 배려로 업을 소멸할 기회도 얻었었지. 흔치 않은 일이야."

"그럼 이제 환생하는 겁니까?"

"환생이 하고 싶나?"

연 대표가 물었다. 얄궂은 표정이다.

대답을 못 하자 그가 다시 묻는다.

"생의 계획을 본 적이 있겠지?"

"예."

"그동안 자네에게 생의 계획을 보게 한 것은, 망자가 전생부를 통해 생과 생의 이어짐을 깨우치고 업을 반성하고 잘못을 뉘우치라는 신의 배려였네. 뉘우쳤나?"

최고남은 이번에도 쉽게 대답하지 못했다.

노력을 하긴 했지만, 사실 윤소림이나 은별이는 빙산의 일각일 뿐이다.

장례식장에서만 해도 누구 하나 슬퍼하지 않았으니까.

"결과만 좋으면 될 줄 알았습니다. 약육강식 아닙니까. 모두가 잘될 수는 없다… 그렇게 생각했었습니다."

"지금은?"

"사람 쉽게 안 바뀝니다. 솔직히 지금도 크게 달라진 건 없습니다. 다만, 주변을 좀 더 보게 되더라고요."

연 대표는 고개를 끄덕였고, 최고남은 그동안 궁금하게 여기고 있었던 것을 입에 담았다.

"신은… 왜 이런 배려를 하신 거죠?"

연 대표가 콧잔등을 찌푸린다.

"자네의 생의 계획에 그 이유가 나와 있지. 그러니 자네는 결코 알지 못할 거야."

"전생에 나라라도 구했나요?"

"그럴 수도 있고, 아닐 수도 있지. 하지만 모든 환생한 인간은 어찌 됐든 기회가 주어진 것과 같다네."

뜬구름 잡는 소리.

"그러지 말고 좀 알려주시죠."

"명계의 문턱까지 와서도 능구렁이처럼 굴 텐가?"

최고남은 어깨를 으쓱했다.

연 대표가 마지못한 듯 다시 입을 열었다.

"결과적으로 얘기하면, 자네의 표현대로 시소는 기울었네. 바로 서천 꽃밭으로 가서 환생할 수 있다는 얘기지."

"환생하게 되면… 저는 제가 아니게 되겠네요."

"기준을 어디에 두냐에 따라 다르지. 기억만 두고 본다면 자네 말이 맞아. 또한, 지금의 전생부는 말끔히 지워지고 새 전생부가 채워지겠지. 저승이가 뭐라고 적을지 궁금하지 않나?"

지난번 저승이는 망자를 마지막으로 인도한 저승사자가 전생부를 적는다고 했다.

"못되고 악덕한 매니저였다… 뭐 그렇게 적겠죠."

"하하!"

크게 웃던 연 대표가 걸음을 멈췄다. 은은한 꽃향기가 풍겨오는 길목에서.

"여기서부터 혼자 가면 되네. 뛰어가도 좋고, 달려가도 좋고, 마실 가듯 천천히 가도 좋고."

하지만 최고남은 쉽게 발을 떼지 못했다.

"아이들은 어떻게 되는 겁니까?"

윤소림도 은별이도 아직 S급이 되지 못했는데.

"자네가 아닌 젊은 최고남과 함께하겠지. 혹은, 자네의 존재가 완전히 지워질 수도 있고. 나도 그것까지는 예측 못 하네. 오직 신만이 아시겠지."

과거의 과오를 되풀이할 악덕 매니저.

아니면, 전혀 다른 존재와 함께하게 된다는 얘기.

최고남이 걸음을 떼지 못하자, 연 대표가 한숨을 쉰다.

"내기에는 내가 진 모양이구만."

"예?"

"신과 내기를 했거든. 나는 자네가 서천 꽃밭을 향해 정신없이 달려갈 거라고 했고, 신은 자네가 망설일 거라고 했어. 아무래도 신의 배려가 효과가 있었던 모양이군."

"내기도 하는군요."

최고남이 고개를 절레절레 흔들었다.

"하여 신은 한 가지 제안을 한 번 더 하기로 했네."

"제안이요?"

"자네가 환생을 택할지, 아니면 책임을 질 것인지."

더 말해보라는 듯 최고남은 눈썹을 꿈틀거렸다.

"전자를 택하면 바로 서천 꽃밭으로 가서 환생을 하고, 후자를 택한다면 환생의 권리를 포기하게 되네. 그리고 다시 돌아가서 자네 스스로, 자네의 업이, 충분히 해결됐다 싶을 때, 자네는 평안을 찾을 수 있을 거네."

연 대표는 피식 웃고 다시 입을 열었다.

"힘든 여행이었지 않나? 이대로 서천 꽃밭으로 가도 된다네."

"어느 길입니까?"

최고남이 물었다. 연 대표가 웃으면서 손가락을 내밀었다.

"이쪽에서 꽃향기가 풍겨오질 않나."

"아니요, 돌아가는 길이요."

"후회하지 않을 자신 있나? 업이 해결되지 못하면 자네는 환생을 못 하네. 그러다가 구천을 떠돌게 될 수도 있어."

연 대표는 다시 한번 경고했지만, 최고남은 다시 말했다.

"상관없습니다. 어서 길이나 알려주시죠."

"이유가 뭔가? 기억을 잃는 게 두려워서? 아니면……."

"다 만들어놨는데, 이대로 가면 신경 쓰여서요."

"뭘, 만들었다는 건가?"

"스타."

연 대표가 헛웃음을 터트리더니 결국 고개를 끄덕인다.

그리고 다음 순간, 주변이 무너지기 시작하더니 바닥이 푹 꺼졌다. 추락하는 최고남의 귀에 연 대표의 목소리가 쩌렁쩌렁 울린다.

"망자는 지금까지처럼 업을 해결해야 할 것이다. 또한, 항시 망자의 상황이, 상이 아닌 벌임을 명심해야 할 것이다."

* * *

마치 방금 막 잠에서 깨어난 것 같았다.

나는 소파에서 눈을 떴다. 달콤한 꽃향기가 잠깐 스쳤다가 사라진다.

이곳이 2019년 퓨처엔터 사무실임을 확인시켜 주듯 그대로인 사무실과 그대로인 달력, 그대로인 시계 소리가 날 안심시켰다.

하지만 쉽게 정신을 차릴 수가 없었다. 긴 잠을 자고 일어난 사람처럼.

그런데 그때, 퓨처엔터 사무실 문이 열리고 누군가 들어왔다.

"대표님! 오늘 소풍 재밌으셨어요?"

뛰어 들어온 윤소림은 어느 때보다 밝은 얼굴이었다. 그런데 날 보더니 당황하며 말했다.

"왜… 울고 계세요?"

"어? 울긴 누가……."

내 손에 젖은 볼이 만져진다. 왜 우는지 이유를 알 수 없었다.

환생을 택하지 않은 것이 후회되어서인지, 아니면 윤소림을 다시 봐서인지.

알 수 없었다.

*　　　*　　　*

"눈에 뭐가 들어갔나 봐."

"정말요?"

윤소림이 걱정스러운 얼굴로 티슈 한 장을 뽑았다.

한 발짝 가까이 오길래 나는 손을 내밀었다.

"줘, 내가 할게."

티슈를 건네받아 축축한 볼과 눈가를 닦았다.

턱 주름을 모으고 날 바라보는 윤소림이 조심스럽게 물었다.

"정말 괜찮으세요?"

"괜찮아. 근데, 집으로 가지 않고 왜 회사로 왔어?"

여행의 마무리는 집에서 쉬는 건데.

"왠지 회사에 계실 것 같은 감이 와서요."

이상한 감도 다 있네.

나도 모르게 피식 웃었다. 머릿속에 복잡한 것투성인데, 그냥 웃음이 나왔다.

"아, 너 대본 하나 볼래?"

나는 방 국장에게서 받아 온 대본을 꺼냈다. 그런데 윤소림은 다른 데 정신이 팔려 있었다. 테이블을 보더니 눈썹을 꿈틀 올린다. 내민 손가락 끝이 가리킨 것은 빨간 공이었다.

"이거 뭐예요?"

"보물찾기 했거든. 공 안에 단어하고 상품이 적힌 종이가 있어. 그걸 가지고 헤드폰을 쓰고 있는 승권이한테 가서 단어를 설명하는 거야. 맞히면 상품 가지는 거고."

"재밌었겠다. 그럼, 이건 누가 찾은 거예요?"

나는 대답 대신 어깨만 으쓱했다.

그러자 윤소림은 제 입술을 살짝 빨아들이며 빨간 공을 열었다. 안에 든 종이를 보더니 얼굴이 확 폈다.

"소원권이다!"

그게 거기 있었구나.

차가희가 눈에 불을 켜고 찾던 소원권이 그 안에 있었던 모양이다.

"저, 이거 써도 되는 거예요?"

"뭐, 게임의 규칙상 김승권이 맞혀야 하는데, 여기는 없으니까……."

윤소림이 눈을 크게 뜨고 조마조마하게 다음 말을 기다린다.

"…이런 건 부전승이라고 해야 하나?"

"앗싸!"

"그렇게 좋냐?"

돈도 많이 번 애가.

"소원이 뭔데?"

차기작이면 당장 보여줄 책들이 산더미고, CF면 성 대리 조르면 되고.

설마, 첫사랑 찾아달라 뭐 그런 거면 어떻게 하냐.

갑자기 겁이 덜컥 나네.

"대표님이 저 일일 매니저 해주시는 거요."

소원권을 소중한 것이라도 되는 듯 손에 쥔 윤소림은 손가락을 꼼지락거리다가 빙긋 웃었다.

싱겁기는.

"그게 무슨 소원이야? 나 네 매니저잖아."

"요즘 바쁘셔서 저랑 같이 안 다니시잖아요."

저 얇은 입매에 불평이 서렸다.

애한테 이런 모습이 있었다는 것을 깜빡했다.

"나보다 병재가 편하지 않아? 나랑 같이 다니면 뭐가 좋은 거야?"

"그건… 대표님이 운전을 더 잘하세요."

뭐야.

아마도 가재눈처럼 변했을 내 눈을 피하며, 윤소림이 웅얼거린다.

"안락한 승차감? 정확한 스케줄 타임?"

자식, 좋은 건 알아가지고.

하긴 내가 운전을 잘하긴 하지. 병재는 터프한 스타일이다. 주로 남자만 맡았으니까.

반면 나는 오랜 시간 강주희를 맡았기 때문에 운전이 조금만 튀면 뒤에서 뭐가 하나씩은 날아오곤 했었다.

아무튼 소원권을 썼으니까 들어줘야지.

"언제가 좋을까."

스케줄표를 살피며 중얼거리자, 윤소림이 귀를 쫑긋한다.

도대체 유병재가 얼마나 운전을 험하게 하길래 저러나 싶다.

언제가 좋을까… 고민하는 중에 사무실에 전화가 걸려왔다.

*　　　*　　　*

스카이데일리 마영환 기자는 오늘도 배가 아프다.

대중문화산업 관련 시상식에 참석했는데, 오늘의 주인공이 황숙희 기자이기 때문에.

"…기사의 공정성과 정보성을 훼손하지 않고 늘 새로운 시각과 접근으로 대중문화 발전에 기여하였기에 이 상을 수여합니다."

시상자는 말쑥한 정장 차림의 황숙희 기자에게 대중문화산업 감사패와 꽃다발을 전달했다.

작년 한 해 숱한 특종기사를 냈으며, 얼마 전에는 릴리시크의 캐스팅 비하인드 스토리, 전 멤버 단독 인터뷰라는 업적을 달성한 세러데이의 자랑.

그녀가 감사패를 받자마자 세러데이 기자들의 박수 소리가 우렁차게 들렸다.

앙숙처럼 서로 으르렁거리던 세러데이 부장도 오늘은 황 기자에게 쌍따봉을 날리면서 푼수처럼 웃고 있다.

"젠장."

"솔까말, 저게 쟤가 잘한 거야? 최고남이 다 퍼준 거지."

"그러니까 말이야. 둘이 기브 앤 테이크 한 거지. "

"아, 참 섭섭하네. 내가 최 대표 N탑에 있을 때 그렇게 잘해줬는데."

기자들이 오늘은 단체로 설사약을 먹을 것 같은 분위기였다.

"수상자들, 사진 한번 찍겠습니다."

기념사진을 끝으로 행사는 마무리되고 참석한 모든 기자들이 뒤풀이를 위해 따로 모였다.

아직 해는 쨍쨍했지만, 술집에 들어갈 때부터 비닐봉지 한 가득 박카스와 술 깨는 약을 챙겨 간 기자들은 내일이 없는 사람들처럼 부어 마셨다.

"선배님, 어떻게 해야 황 기자님처럼 특종을 잡을 수 있지 말입니까?"

신입 기자가 감사패를 부러운 시선으로 바라보며 강아지처럼 칭얼거렸다.

선배 기자가 그런 신입의 어깨에 팔을 얹더니 훈수를 두었다.

"열심히 나와바리 쏘다니고, 간장약 꾸준히 챙겨 먹다 보면 너도 언젠가는 저렇게 될 수 있어."

"지금도 그러고 있는데 말입니다?"

"개기냐?"

"아닙니다!"

"인마, 네가 방송국이나 서성거릴 때, 황 기자는 서울 구석 안 돌아다니는 데가 없어. 방송국에 신입 사원들 들어오면 제일 먼저 명함 돌리는 기자가 황 기자일걸?"

"와, 그 정도입니까?"

"그 정도니까 네 핸드폰에 광고 문자 들어올 때, 황 기자 핸드폰에는 대박 정보가 들어오는 거지."

"대박 정보 말입니까?"

"그럼 왜 싸돌아다니겠냐? 인맥 뚫어놓으려고 돌아다니는 거지."

"더 열심히 하겠습니다!"

"그래그래, 자, 술잔들 들어!"

모두가 잔을 챙겨 들자, 선배 기자가 큰 소리로 외친다.

"황 기자! 너도 건배사 해야지!"

오늘의 주역이 자리에서 일어나며 머리카락을 쓸어 올린다. 쓸어 올린 머리카락이 다시 흘러내리기 무섭게 그녀가 외쳤다.

"다들 축하해 주셔서 감사합니다! 다 같이 한 해 열심히 하셨는데, 제가 대표로 받은 상이라고 생각합니다. 앞으로 더 열심히 하겠습니다. 나폴레옹이 말했다죠? 가장 커다란 위험은 승리의 순간에 도사린다고. 프로이센 전투에서 승리한 그는 병사들에게 이런 말도 했답니다. 자, 따라 해볼게요! 드숑, 마숑! 뭐라고요? 드숑~"

"마숑!"

꿀꺽꿀꺽 마시고, 빈 잔들이 탁탁탁 놓인다.

그리고 다시 시작된 업계 이야기.

"최고남 말이야. 내가 봤을 때 그 양반 지금 1라운드도 안 뛰었어. 이제 시작이야. 본격적으로 뛰기 시작하면, 단언하는데 올해 엔터계에 지각변동이 일어날 거다."

"그러게. 퓨처엔터 지금 행보면 3대 기획사 안에 들어가는 것도 시간문제지."

"사실 윤소림만 두고 보면 그냥 운 좋게 대박 터졌구나 할 수 있었지. 근데 뜬금없이 성지훈 데려와서 포텐 터뜨리더니 이번에 릴리시크 터뜨리는 거 보면 진짜 클라쓰는 영원하구나 싶더라니까."

"솔직히 릴리시크도 찌리들 모아다가 성공시킨 거더만. 걔들 다 N탑에서 떨어진 애들이라며?"
"난 포 워리어즈하고 낄낄거리며 웃는 거 보고 소름이 돋더라니까?"
"나도나도! 내한 기자회견장에 에어컨 튼 줄 알았다니까?"
그때, 제법 취한 마 기자가 넥타이를 풀어헤치고 황 기자 곁에 비틀거리며 다가왔다. 삐딱한 자세로 앉은 그가 이맛살을 구긴다.
"황 기자, 윤소림은 차기작 언제 들어가는 거야? 뭐 들은 거 있어?"
기자들의 시선이 황 기자에게 모였다.
다른 테이블에 앉은 타 매체 기자들도 귀를 쫑긋 세운다.
"작품 들어오는 건 많은 것 같은데, 아직 고르는 중인 것 같아. 신중하더라고."
"하긴 지금 애매하지. 솔직히 작년에 상 하나도 못 탔잖아?"
"그거야 윤소림이 데뷔 시기가 안 맞았던 거고. 500살 마녀도 공중파가 아니었잖아."
"요즘 상이 상이냐? 개나 소나 다 주는 거지."
"그래도 신인상은 무게가 다르지. 인생에 딱 한 번뿐인데. 그걸 데뷔 첫해에 받는 게 배우한테 어떤 의미인데."
"그럼 뭐 해. 이미 해 바뀌었는데."
"아직 상희예술제 있잖아?"
툭 던져진 황 기자의 말에 기자들이 탄성을 내지른다.
"아, 그게 있었지."

"야야, 그럼 거기서 신인상 유력 후보 아니야?"

"하긴 윤소림만 한 애가 없었으니까. 안 그래, 황 기자?"

질문에, 황 기자는 의미심장한 미소를 짓고 속삭였다.

"난 여우주연상도 보고 있는데?"

"에이, 그건 오버다."

"아니지. 가만 보면 〈장산의 여인〉이 지금 열풍이잖아. 윤환이 또 요즘 주목받고 있고 말이야."

"넷플렉스 영화라서 반발이 있지 않을까?"

"그래서 넷플렉스에서 힘쓴다는 얘기가 있어. 이참에 생태계에 자리 잡으려고. 그리고 데뷔 첫해에 두 개 동시에 받은 배우가 아주 없는 건 아니잖아?"

"그럼, 가능성이 있는 건가?"

"노미네이트 결과 아직 안 나왔지?"

"그거 아직일걸? 걔들 후보 명단 나오면 언론에 보도 자료 돌리잖아?"

머리를 맞대고 쑥덕대는 기자들.

황 기자는 남은 잔을 비우고 화장실에 다녀온다며 자리에서 일어났다.

"황 기자 쟤 말이야. 최고남이 뭐 좋다고 자꾸 쟤한테 기삿거리를 주는 거야?"

"사바사바 특기잖아."

두 손바닥을 비비는 마 기자.

낄낄거리며 웃는 그때, 황 기자 자리에 놓여 있는 핸드폰이 부르르 몸을 떤다.

[상희예술제 노미네이트 명단 방금 나옴. 윤소림 다섯 개 수상 부문 노미네이트…….]

기자들의 눈이 동그래졌다. 소리 없이 다들 옷들을 챙기기 시작했다.

"아이고, 일이 생겨서 저는 이만."

"나도 가봐야겠네. 우리 애가 아파서 말이야."

"아차차, 기사 넘길 게 있었는데."

기자들이 경쟁하듯 신발을 챙기자 식당 안이 어수선해졌다.

그 모습에, 화장실에 다녀오던 황 기자가 고개를 갸웃하며 물었다.

"다들 어디 가?"

*　　　*　　　*

"소림아, 상희예술제에 노미네이트 됐다고 연락 왔다."

나는 통화를 끝내고 윤소림에게 바로 소식을 알렸다.

작년 연말 윤소림은 어떤 시상식에도 참석하지 않았었다.

영화제 같은 경우는 데뷔일이 영화제 시상 기준과 맞지 않기도 했고, 〈장산의 여인〉이 해를 넘겨 올해 방영됐기 때문이다.

어차피 이런저런 조건이 맞다고 해도 기성 예술인들 사이에서 넷플렉스 영화가 진짜 영화냐는 논쟁이 일어나는 상황이라서 수

상과는 거리가 멀었을 거다.

〈연상의 그녀는 500살 마녀〉 역시 공중파가 아닌 케이블 매체 드라마라서 공중파 시상식은 참여할 수 없었다.

KIS가 〈공서〉로 하나 준다고는 했는데 정중히 사양했다.

단막극으로 상 받을 수는 없으니까.

"상희예술제는 작년 5월부터 올해 4월까지 기준이라서, 이번에 〈공서〉, 〈연상의 그녀는 500살 마녀〉, 〈장산의 여인〉 모두 후보에 올랐어."

상희예술제는 원로배우 추상희 씨가 작고하기 전 만든 예술제인데, 매해 5월에 열리는 시상식이다.

한 해 동안 스크린과 TV 매체에서 활약한 모든 예술인들을 대상으로 하기 때문에 상반기 가장 큰 예술인 축제이기도 했다.

그곳에서 방금 연락이 온 것이다.

당연히 윤소림이 출연한 작품의 관계자들도 각종 상에 노미네이트 됐다.

전유라 작가가 극본 시나리오상 후보에 노미네이트 된 것은 물론, 제작사인 화음도 후보에 올랐다.

윤소림이 노미네이트 된 상은 여자신인연기상, 여자조연상, 인기상, 베스트커플상, 그리고 여우주연상.

설레발치면 안 되겠지만 이번에 소림이가 신인연기상 정도는 받을 것이 확실해 보인다. 작년에 이만큼 주목을 받은 여배우가 없었으니까.

들뜬 얼굴로 상희예술제에 대해 얘기하는데, 윤소림의 표정이 뭔가 불만족스러워 보인다.

"왜?"

"제가 소원권 안 썼어도, 그날 대표님 시상식에 가셨을 거죠?"

"아마도?"

"그건 좀 아니다."

뭐가 또 아니야. 그리고 왜 그렇게 억울해하는데?

"그럼, 스케줄 하나 더 같이해요."

"맘대로 해라?"

이번에는 윤소림이 직접 골랐다.

주르륵 스케줄표를 훑던 소림이의 손가락이 딱 멈춘 곳은 라디오 일일 DJ 스케줄이었다.

원래 주이래가 하고 있는 라디오프로그램인데, 일본 팬 미팅 스케줄이 잡혔다고 윤소림에게 직접 부탁해 왔다.

"오케이."

나는 흔쾌히 고개를 끄덕였다. 소원권이라는 아주 위험한 폭탄을 그렇게 스케줄 두 개로 해결했다.

다행히 윤소림은 아버님이 주차장에서 기다리고 계셔서 바로 회사를 떠났다.

그녀가 떠나고 나는 눈을 감은 채로 소파에 기댔다. 아무 생각도 하지 않으려고 노력했다. 뭐 하나 떠오르면 꼬리에 꼬리를 물 것 같았다.

그러다가 한기가 갑자기 느껴진 순간, 비로소 나는 눈을 떴다.

저승이가 한층 더 창백해진 얼굴로 나타났다. 그 얼굴이 반가웠다.

저승 가서 얼마나 문책을 당했는지는 모르겠지만 눈동자에 힘이 없어 보였다.

털썩 주저앉더니, 한참 만에야 나를 스윽 보고 입을 열었다.

[후, 다시는 짬뽕 못 먹는 줄 알았네.]

그 말이 전부였다.

『내 S급 연예인』 8권에 계속…